陆春祥笔记新说系列

袖中锦

陆春祥　著

GUANGXI NORMAL UNIVERSITY PRESS
广西师范大学出版社
·桂林·

袖中锦
XIU ZHONG JIN

图书在版编目（CIP）数据

袖中锦 / 陆春祥著. --2 版. --桂林：广西师范
大学出版社，2020.10
（陆春祥笔记新说系列）
ISBN 978-7-5598-3006-7

Ⅰ．①袖… Ⅱ．①陆… Ⅲ．①随笔－作品集－
中国－当代 Ⅳ．①I267.1

中国版本图书馆 CIP 数据核字（2020）第 122818 号

广西师范大学出版社出版发行

（广西桂林市五里店路 9 号　邮政编码：541004）
网址：http://www.bbtpress.com
出版人：黄轩庄
全国新华书店经销
广西广大印务有限责任公司印刷
（桂林市临桂区秧塘工业园西城大道北侧广西师范大学出版社
集团有限公司创意产业园内　邮政编码：541199）
开本：889 mm × 1 194 mm　　1/32
印张：11.375　　　　字数：270 千
2020 年 10 月第 2 版　　2020 年 10 月第 1 次印刷
定价：65.00 元

如发现印装质量问题，影响阅读，请与出版社发行部门联系调换。

我觉其间，

雄深雅健，

如对文章太史公。

——辛弃疾

序言：寻+常

我想用拆字的方式完成这个序言，诸位耐心读来。

壹、寻

1.时常

我们平时说的寻常，或者不寻常，用的基本上是"时常"这个意思。愚以为，就历代笔记而言，它是古代除诗词歌赋以外的最常用的一种文体。一般的文人，多多少少都写有一些笔记，那些著名的诗人词人，差不多都有比较著名的笔记。

历朝历代，留下的无数笔记，大致可分三类：传奇小说类，历史琐闻类，考辨考据类。第一类基本上是虚构，天马行空，山海谈经；第二类差不多是见闻，听到的见到的奇事罕事都记下来；第三类则是对事对物对字对词刨根究底的各类考证考辨。

无论哪一类，都有对当时社会的深深折射。

2.不久

陶潜虽不愿为五斗米折腰，但生活还是不能自给自足，于是常常白日里做美梦。他给我们讲的那个桃花源的故事，一看就知道是编的，但文章自身逻辑性比较强，能自圆其说。

《桃花源记》的结尾报告：未果，寻病终。南阳隐士刘子骥，听了那渔人的话，竟然不断找寻桃花源，很遗憾，不久就因病而亡。

寻，不久，在这里表示短暂的时间。

反观历代笔记，从汉魏六朝，一直到唐宋元明清，其实也不过两千来年的时间，这和人类发展的整个历史相比，也就是"寻"，甚至，"寻"都算不上，只能算一瞬间。

3.八尺

寻，其实是个数量词，从又寸，本义为八尺。

据《史记·五帝本纪》记载，大禹定自身高为一丈，以其十分之一为尺，男子称"丈夫"，估计就是这么来的。

古人认为，小孩两年半可以长高一尺，即二十三厘米，年少的孤儿，就是"六尺之孤"，差不多是十岁的样子，一百三十八厘米，那就是尚未成年了。

曹交想拜孟子为师，他首先问孟子：人皆可以成为尧舜吗？

孟子答：是的。

曹交却发牢骚道：我听说文王身高十尺，汤九尺，而我有九尺四寸呢，我这样的身高，介于他们两人之间，但我为什么还是普通老百姓呢？我要怎么做才能像他们一样呢？

孟子自然不愿意收这样的人为学生的，你这样的身高，可以进国家篮球队嘛，但不一定能成为领导人。他打发曹交另外去找老师。

现在，那些宋朝高大的蹴鞠者就站在我的眼前：红黄两队，他们均是身高九尺以上的健壮汉子，他们个个机灵，他们今天要完成一场重大对决，皇帝正坐在主席台上，神情专注得很呢。

4.讨伐

《国语·周语》有记："夫三军之所寻，将蛮夷戎狄之骄逸不虔，于是乎致武。"东西南北，那些少数民族，不听话，还屡屡犯境，那就用武力来讨伐他们。这里的"寻"，就有派兵镇压的意思。

纵观笔记中的历史，虽无成篇累牍的战争场面，但战争细节更具体，甚至更血腥，因为统治者的正史，总不能血淋淋的，他们要包装，他们要修饰，他们会一再强调，他们是应天而生，你们就俯首吧。即便兄对弟，父对子，子对父，君对臣，也都毫不留情，王只有一个，谁觊觎它，谁就要付出鲜血。年羹尧的罪状竟然有九十二条，君要臣死，不会留他到下一个夜晚。

贰、常

1.丈六

也是数量，寻的一倍，就是常，那就是丈六，一丈六尺。

丈二和尚就摸不着头脑，丈六呢，更摸不着了。所以，不要小看这个"常"，其实很不平常呢。

《袖中锦》的许多故事，都是这样的不平常。小概率事件是会影响历史进程的，汉代也有"灰姑娘"，诗人李赤的至死执着，南宋骗子的高智商，乾隆居然会编剧……在笑过之后，希望你能摸得着头脑。

2.裙子

《逸周书》载："叔旦泣涕于常，悲不能对。"有人就解释说，这里的"常"，是通假字，指裳，也就是下裙。古人上衣叫衣，下衣一般称裳。

除了讨伐和战争，历代笔记中，有太多的情爱故事，它们是传奇小说的源头，素材丰富至极。《孙氏的曲折爱情》，《一对绣花鞋》中的程公子夫妇，都让人唏嘘不已。

3. 规律

《荀子·天论》有名言："天行有常，不为尧存，不为桀亡。"

此"常"，就是规律，这个规律不可抗拒，它不会因为出现了尧和桀这样的帝王而改变什么。

这数十年来，我读历代笔记，继《字字锦》《笔记中的动物》《笔记的笔记》《太平里的广记》《相看》后，又推出这本《袖中锦》。笔记读多了，也读出了一些"常"（规律），感触最深的有：

（1）基本真实的人物。从帝王到平民，无所不包，但笔记里帝王更多，原因就是读书人大多为当官人，他们沐浴着皇恩，写着写着，就要写到本朝的故事、帝王的各种传奇，自然津津乐道了。还有那些官员故事、平民传奇，都是笔记写作的主体，因为无所拘束，大多面目本真，这也是正史有益的补充。

（2）人性之善恶。从信仰到宗教，各个时期的报应故事，一再证明着古老的真理。从另一角度观察，这些报应故事，除了说明当时该教的兴盛，更多地暗含了人们的希冀，用故事来教育人，希望社会变好。

（3）离奇的情节。笔记故事中，有人为不断改编添加的故事，情节之曲折，常常会让人笑得满地找乐，比如《阳羡的书生》，像俄罗斯套娃一样，惊喜中还有惊喜；花如人，也有官场，药谱如俗世，一针见血；即便是那些真实的新闻，也都有鼻子有眼，有地点人物事件，一应俱全，不由得你不信。

叁、寻常

就整个历史长河而言，历朝历代不断发生的事，有许多都似曾相识，无论事件本身还是事件产生的影响，都非常类似。历史似乎就是不断在重复昨天的事，只是一般的人，忘性比较大，一会儿就忘记了。

因此，笔记中记载的人和事，自然都是寻常之事了。

寻常，回归本义，就是普通，一般，平常。

公元770年，暮春时节，潦倒的著名诗人杜甫，碰到了落魄的著名音乐家李龟年，杜诗人一时极为感慨：岐王宅里寻常见，崔九堂前几度闻。正是江南好风景，落花时节又逢君。

那时光，岐王和崔九的府第中，我常常能听到您李先生的歌唱，音乐水平一级棒，今天在这秀丽的江南碰到先生，真像做梦一样。

嗯，嗯，以往寻常，现今奢谈。

是为序。

己亥初春
杭州壹庐

目　录

B

编剧乾隆

笔记中的医学

编剧乾隆

都知道诗人乾隆,虽然你记不住他有哪一首诗出名,但他一生确实写了四万多首诗,堪比《全唐诗》。其实,多才多艺的乾隆也是个不错的画家,出版了画册,画册还当礼物送给老外。另外,乾隆还是名副其实的老编剧,每次重大战役胜利后,他都会写戏来表达自己的伟大,1793年创作的昆戏《四海升平》,应该是他戏剧写作的代表作。

壹

清人赵翼的笔记《檐曝杂记》卷一有一节《大戏》,他写到了在热河行宫亲历的一场演出:

> 上秋狝至热河,蒙古诸王皆觐。中秋前二日为万寿圣节,是以月之六日即演大戏,至十五日止。所演戏,率用西游记、封神传等小说中神仙鬼怪之类,取其荒幻不经,无所触忌,且可凭空点缀,排引多人,离奇变诡作大观也。戏台阔九筵,凡三层。所扮妖魅,有自上而下者,自下突出者,甚至两厢楼亦作化人居,而跨驼舞马,则庭中亦满焉。有时神鬼毕集,面具千百,无一相肖者。神仙将出,先有道童十二三岁者作队出场,继十五六岁、十七八岁者。每队各数十人,长短一律,无分寸参差。举此则其他可知也。又按六十甲子扮寿星六十

人，后增至一百二十人。又有八仙来庆贺，携带道童不计其
数。至唐玄奘僧雷音寺取经之日，如来上殿，迦叶、罗汉、辟
支、声闻，高下分九层，列坐几千人，而台仍绰有余地。

演出的时间和内容、剧场和舞台设置、演出的阵势，都代表
着当时的最高水准。这里虽然没有写明看的是哪一场戏，但，演大
戏，在热河行宫已成常态。

贰

1793年，清朝的对外交往史上，发生了一个大事件，就是马
戛尔尼使团来访。

尽管乾隆已经知道英国人打着替他祝寿的旗号，主要却是奔贸
易而来，但为充分体现本朝的大好形势，乾隆还是下令，沿途各地，
都要热情接待来宾。

马戛尔尼确实带着重大的使命。

据有关资料记载，使团出发前，内务部长敦达斯给了马戛尔尼
七条建议，实际上就是七项使命：

1. 为英国贸易在中国开辟新的港口；

2. 尽可能在靠近生产茶叶与丝绸的地区获得一块租界地或一个
小岛，让英国商人可以长年居住，并由英国行使司法权；

3. 废除广州现有体制中的滥用权力；

4. 在中国特别是在北京开辟新的市场；

5. 通过双边条约为英国贸易打开远东的其他地区；

6. 要求向北京派常驻使节；

7. 在不引起中国人怀疑的前提下，什么都看看，并对中国的实力作出准确的估计。

使团一行，先到舟山定海。定海总兵马上送去各类礼物，第二天，还设盛宴招待，这个过程中，就有戏剧表演，至于具体的剧目，使团副使斯当东的儿子——十三岁的小斯当东在他以后写的《英使谒见乾隆纪实》中没写明白。没写的原因，我觉得，主要是英国人根本看不懂戏剧内容，隆咕隆咚呛，咿咿咿，呀呀呀，他们只是感觉到了热闹的场面。以我推测，极有可能是昆曲或者高腔之类的，那个时候，浙江盛行的越剧，种子远远没有发芽呢。

行行复行行，终于要见到皇帝了，而这回，乾隆是在热河行宫接见的使团。马大使精心准备了十九件礼物，有星空仪、望远镜、会转动的椅子、地毯、马车、英王的画像等，反正一定要代表前进中的大英帝国的辉煌成就。

收下，收下，不管他国带来什么礼物，都是朝贡，本朝一定要回报，丰厚的回报，你真没白来，这一趟来得值，回去好好宣传！

1793年9月18日，马戛尔尼和副使斯当东一行应邀进宫，乾隆请他们看戏，从上午的八点，一直看到下午。五个多小时，中间都没有休场。

乾隆坐在正中，面对舞台，两侧的观众都站立着。楼上面还有包厢，用门帘挡着，那是女嘉宾们的专座，她们看得见戏，戏看不见她们。

乾隆在演出前，专门接见了马大使一行。

他虽然已经八十岁，但看上去非常健康，言谈举止，怎么看都不像一位老人。

乾隆并没有摆出一副大国君王的霸气，而是十分谦逊地和马大使一行交谈：我大清朝，疆域广阔，我呢，政事也繁忙，平时，我是呕心沥血，基本没有工夫休闲娱乐，不过，今天我高兴，我要陪你们尊贵的客人看大戏！（我猜，乾隆的表情，甚至有些得意，因为，英国人将会看到由他编的大戏。）随后，马大使得到了一本画册，是乾隆本人的作品哦，一等国礼。斯当东也得到一件礼物，一个景泰蓝盒子，所有的使团成员都收到了礼物。

叁

《四海升平》，乾隆会以什么样的形式表达他的理念呢？

其实，他也脱不了朝贡戏的套路。

每年的三个大节，万寿节（皇帝的生日）、冬至、元旦，和王朝有点关系或者一点关系也没有的国家，只要打着纳贡的旗号，大清王朝还是非常欢迎的。同样，为显示大清的强盛，往往会为朝贡使举行欢迎宴会，演大戏就是一种重要的形式。这种戏，虽然专门为朝贡国而编，但内容不可能完全原创，台词什么的往往东借西挪，反正主题不外乎神仙、菩萨，或者某个著名的历史人物，他们也向本朝皇帝祝寿来了。

从纳贡的角度说，不可能只有清朝才有纳贡的国家，清以前的那些朝代，甚至一直可以追溯到春秋战国，都有纳贡，纳贡就是强者和弱者的游戏。

但是，这一回，马大使碰上的是一个非常爱弄风雅的乾隆，他多才，必须显摆一下，于是《四海升平》来了。

乾隆笔下的大戏场面大致是这样的：

开头还是老编剧常用的套路，让著名人物出场，打前站，以前

5

他让舜帝都当他的角色。这回，率先出场的是文昌君，就是我们经常在文昌庙看到要拜的那位，他也是帝，掌管人们的知识和文化。文昌帝君不是一个人出来，他领着一帮星宿呢！各种星宿文官武将打扮。文昌帝君唱道：大清天子，治世有方，如今天下太平，百方来朝，普天同庆。今天，我们众星齐去向乾隆皇帝祝寿。皇帝的恩泽，惠及八荒，连万里之遥的英吉利国也来向我们朝贡了！

天上的神仙齐齐拍着皇帝的马屁，他们没有以筋斗云的形式，快速到达热河，而是在大洋中一步步航行，一起前往大清国。

突然，舞台中间出现了一个大洞，一群精灵出现了，它们是鼋精、鳖精、龟精、蛇精、虾精、蟹精、蚌精，领头的是一只大海龟精。

这些精是来捣乱的，它们要掀起风浪，阻碍文昌帝君及英吉利朝贡使者向皇帝贺寿。

文昌帝君一看形势紧迫，这要出事呀，有国际友人在，弄不好有损本朝国际形象的。于是，他立即将四海龙王召来：怎么个情况，你这管理有问题呀，我们去朝贺，这些水族却来挡道，赶紧，解决问题！

四海龙王立即召开现场会议，几方信息一汇集，原因找出来了：是一只头脑简单的大龟精在捣乱，可能是它看不惯英国人的派头吧，开着大舰，载着大炮，耀武扬威的。

——立即消除不稳定因素！

八位神仙随即上场捉拿大龟精。雷公电母、风伯雨师、潮神河伯，他们一起向大龟精开战。锣鼓铿锵，战旗飘扬，众神轮番和大龟精斗法，最终，大龟精落荒而逃。

文昌帝君见效果明显，很高兴，大龟精已被打败，我们可以继续渡洋了!

不想,四海龙王又报告:不行啊,那大龟精是千年修炼而成,它身上藏有一颗偷来的宝珠,它还会来捣乱的,我等已经无能为力了,您必须再派太白金星来,才能将其收服!

接着,又是一番打斗,太白金星一掌将大龟精击倒,夺回宝珠,众神仙上来,齐齐将大龟精踩住,高喊:仰仗圣主天威,大龟精已擒获,请帝君发落!

——打入大牢!

于是,众神欢呼,高呼万岁。

这时,出来一个演员,捧着一个大瓶,边跳边舞,一个跟头翻过,打开一条大横幅,上书:四海升平。

肆

要是马大使一行英国人能看懂这出戏,就太好了,真难为乾隆的一片苦心,可惜,这是一场"聋子对话",答非所问。

小斯当东在他的《英使谒见乾隆纪实》里,这样描述上面的场景:

> 有一天特使和几位主要随员被邀请至行宫内女眷部分的一个剧场去看哑剧。……剧台上不是表演人,而是表演其他生物化身以及陆地和海里的无生物。各种角色占满了三个剧台,估计剧情系表演大地同海洋结婚,来表达世界概略。

十三岁的小斯当东看得迷迷糊糊,马大使也不明白。他这样理解：

> 最后一个节目是大型哑剧，我认为，从受到的称赞看，它是一流发明创造的果实，就我所能理解而言，我认为它表演的是海洋和陆地的婚姻。陆地展示她的各种财富和产品，龙、象、虎、鹰等，还有鸵鸟、橡树、松树，及其他各式各样的树。海洋却不甘落后，而在他的舞台上倾吐他境内的财宝，有鲸、海豚、小海兽和大海兽，以及其他的海怪。此外，还有各类海洋生物，他们各自的表演都很完美，海陆两支队伍，在分别绕圈游行相当时间后，最后会合，形成一体。

中英文化基本没有沟通，中国人甚至都没怎么见过英国人，马大使这样理解中国的戏剧，情有可原。

天神和海神，被理解成陆地和海洋联姻；先后上场，被理解成各自展示财富比较；众神和大龟精的打斗，被理解成绕圈游行。这一切，都让人捧腹。

中国戏剧的基本动作，大多数外国人并不理解，扬着马鞭在舞台跑几圈，就是上战场了。

伍

据当时的史料记载，马大使虽然坐在那看戏，但其实有点心不在焉，因为他老想着重大使命，他想演出早点结束，好和中国人谈条件，但坐在他身边陪着的和珅，似乎完全不急。

其实，乾隆皇帝早就有对策。你们礼也送了，戏也看了，要想谈判，而且还有那么多的条件，没戏，你们赶紧回国吧，我大清万物不缺，人民丰衣足食，不需要通商！

《四海升平》结束，马大使们随后提出了条件，自然被拒绝，而且还被告知：你们可以回家了！

马大使急了：我们的条件，你们再考虑下嘛。我们在北京的费用可以自理，让我们多留些日子，全面考察贵国的大好形势，还不行吗？

和珅答：最高统帅说了，没有商量余地，不行不行，就是不行！

英国作家阿兰·佩雷菲特在他的《停滞的帝国：两个世界的撞击》一书中，这样描写一肚子不高兴的马大使对大清王朝的判断：

> 清政府好比一艘破烂不堪的头等战舰，它之所以在过去一百五十年中没有沉没，仅仅是由于一班幸运、能干而警觉的军官们的支撑，而它胜过邻船的地方，只在它的体积和外表。但是，一旦一个没有才干的人在甲板上指挥，那就不会再有纪律和安全了。

这种判断，虽然毫不客气，却无限真实。他们打着通商的旗号，其实也是一种军事刺探，他们已经有数，这艘舰，外表强大，只是貌似而已，其内部早已开始破烂，只需大的风雨，便足以让其飘摇。

一个外表强大的拳师，大声挑战着众人：来来来，谁敢再来！只是，大多数时候，过度的表演，反而会让真拳师一眼就看出了空虚的架子，喏，关键的地方，只需几拳，他就倒下来了。

屡试不爽，果然如此！

笔记中的医学

中国的文字由甲骨文肇始，自然，我们能看到的医学记载，也只有从这个时代开始了。远古时期，我们的先人，生存为第一要义，面对各种疾病，他们怎么办呢？

壹

三皇五帝时代，一日而遇七十毒。

这是《淮南子·修务训》中的一个著名描述，说的是神农尝百草的故事。

这自然是一个传说了，不过，合情合理：

> 古者，民茹草饮水，采树木之实，食赢蚌之肉，时多疾病毒伤之害。于是，神农乃始教民播种五谷，相土地宜，燥湿肥硗高下，尝百草之滋味、水泉之甘苦，令民知所辟就。当此之时，一日而遇七十毒。

这是刘安替我们设想的先人的生存环境。在那种环境下，人类别无选择。吃嫩草，喝生水，吃果子，吃螺肉，吃蚌肉，吃咬得动吞得下的各种软体动物，如此不顾一切地吃，一日而遇七十毒就不奇怪了。其实，毒远远不止这些，七百种都有。果然，坏消息不断传来，这个部落的人中毒，那个部落的人生病，接二连三，有时竟然成片倒下。

神农挺身而出。

神农采取的方法，既治标，又治本。他尝过百草，试过水质，他吃各样食物。然后，将百姓召集起来，神情虽有些憔悴，但语态坚定而有力：这些，我已经尝过，大家可以放心吃。他又指着另外一堆东西，拱手作揖，大声告诫：这一些，我也已经尝过，你们不能吃，不要去碰，会中毒的！

接下来的日子，他在广阔的原野上奔波，寻找合适的土地，什么作物需要什么样的土壤，一点也马虎不得，干燥、湿润、肥沃、贫瘠，都要一一注意。做完必需的准备工作，神农开始教百姓种植常见农作物了：稻、粟、豆、麦、黍，当然，还有各式蔬菜。

神农是圣人，他早已具备各种生活常识，对病理学也有相当研究。尝百草，不仅是替人类找寻食物，也是在探索医治人类疾病的途径。

晋朝干宝的笔记《搜神记》卷一记载：

> 神农以赭鞭鞭百草，尽知其平、毒、寒、温之性，臭味所主，以播百谷。故天下号神农也。

可以推想，神农救民于水火中，他就是百姓眼中的神。

我觉得，神农的故事，并不完全是虚构。下面的数据都足以佐证，神农为许多发现都做了有力的铺垫：

公元前约6500—前6000年，中国的北方出现了粟；

公元前约5000年，浙江余姚的河姆渡，出现了稻；

公元前约4000年，农耕广泛传播和完全确立，若干植物和动物都已清楚分类。

不仅神农，还有三皇五帝中的其他几位，都在为他们子民的生存和健康，做着不懈的努力，他们都是中国农业和医学的先驱。

贰

即便是原始的医学，首先要处理的也是人和环境的关系。

神农救治百姓，也不是个个灵验，同样的病状，同样的药物，甲部落的患者治好了，乙部落的病人却被眼睁睁地看着死去。

以中原大地为中心，那么，四面八方之少数异族就是南蛮、西戎、北狄、东夷。

张华的笔记《博物志》卷一的《五方人民》，就分析了人类因居住方位不同而造成的差异：

> 东方少阳，日月所出，山谷清，其人佼好。西方少阴，日月所入，其土窈冥，其人高鼻、深目、多毛。南方太阳，土下水浅，其人大口多傲。北方太阴，土平广深，其人广面缩颈。中央四析，风雨交，山谷峻，其人端正。

五方人民，之所以形貌各异，主要是因为环境和地理的原因。

唐代著名作家段成式，他的笔记《酉阳杂俎》也有同样的记载，且进一步分析了因居住地不同而产生的千姿百态，即便疾病，也呈不同症状：

> 山气多男，泽气多女，水气多喑，风气多聋，木气多伛，

石气多力，险阻气多瘿，暑气多残，云气多寿，谷气多痹，丘气多尪，衍气多仁，陵气多贪。

住山里，生男孩的多，住水边，生女孩的多；水边上容易生哑巴；风大的地方耳朵容易不好，树太多容易驼背（现代恰好少树）；深山里则容易出现甲状腺肿大，因风寒湿，肢体会疼痛麻木；丘陵地带的人瘦弱，云雾缭绕的环境，则会让人长寿。

环境甚至还会影响人的性格，平原地区多有好人，丘陵地带的人多贪心不足（判断显然有些主观）。

居住环境不一样，人们的口味就不尽相同：

东南之人食水产，西北之人食陆畜。食水产者，龟蛤螺蚌以为珍味，不觉其腥臊也；食陆畜者，狸兔鼠雀以为珍味，不觉其膻焦也。

虽然有偏颇，但大部分仍然准确，即便在今天，也相当有道理。宋代叶梦得的笔记《避暑录话》卷一，有一则因人而异的药方：

我（叶梦得）看了很多医书，得出一条经验：一些正规的方子，富贵的人用了都灵的，而贫穷的人用了大多不灵；一些民间的方子，贫穷的人用了都灵的，而富贵的人大多不灵。

今年夏天，热死热昏很多人。那些人都是身体比较虚弱，或者是一些干重体力活的劳动者。本来就饥饱不均，身体素质又不好，一下就被暑气击倒了。而医生治暑气，并没有别的办法，都用一些辛甜的药物来发散疏通。

我在书局时，有一马夫快马到书局，忽然倒地，好像断了气。

医生急忙用五苓大顺散等什么汤灌，都不见效果。过了好长时间，另一位王姓同事，拿来一些大蒜，将其剥皮捣碎，再用凉水拌搅，滤去蒜渣，大家七手八脚用蒜汤灌他，过了一会儿，马夫就醒了。到了傍晚，这马夫的身体就复原如初。

叶梦得这个例子告诉我们，中医也讲究药到病除，可它是系统工程，头痛不一定医头，脚痛不一定关注脚，头痛说不定是因脚神经引起，脚病也有可能是头部疾病所发。总之，中医讲究循环，讲究因果。

那五苓大顺散医不好马夫，蒜汤反而救了他的命，是因为他的日常生活和蒜紧紧相连，身体适应，就好这一口。

叁

宋代张邦基的笔记《墨庄漫录》卷五，记载了王安石的常见病，他有偏头痛：

王安石做宰相时，有一天，他正向皇帝汇报工作，突发偏头痛，厉害得很。皇帝命令王，就在中书省休息。过了一会儿，一太监拿着一个小金杯，里面盛有少许药，递给王说：左边头痛就灌右鼻，右边头痛就灌左鼻，左右都痛，两边鼻子都灌。药服下，疼痛立即停止。

第二天，王宰相向皇帝致谢。皇帝告诉他：宫中从太祖皇帝时就传下来数十个治偏头痛的方子，民间没有的，昨天给你的药只是其中的一份。皇帝将方子也一起赐给了王安石。

有不少人都患偏头痛。

苏东坡从黄州回来，过南京时，偏头痛发作，十分厉害。王安石就送上这个方子，也很神，苏东坡一会儿就不痛了，只是眼睛很红。

这个方子极简单：新鲜萝卜，取自然汁，加入生龙脑少许调匀，抬头滴入鼻孔就可以。

有的时候，越是复杂的病症，用药也越简单，一物降一物。

我也有偏头痛，头痛时只知道求医生、吃西药，难受时，对孙猴子被唐僧念紧箍咒痛得满地打滚，深表同情。还没有试过这个方子，明日找个中医问一下，头痛时试试就知道了。

只是担心，这萝卜，和一千年前的萝卜是不是有区别，这龙脑香的质地和一千年前是不是也一样。否则，不灵的可能性极大。

那么，古代有哪些常见病呢？

有医学研究专家总结出，在二十六部正史中，各科疾病名称约有二百六十种，基本概括了常见病及一些疑难病症。

比如《宋史》，所列内科有：伤寒、暑湿、咳、寒咳、喘疾、咯血、呕血、瘵、呕泄、内秘腹胀、下利、心疾、心痛、心悸、水疾、病蛊、风眩、中风、病偻、病足、病风、大风疾、痹症、风瘘、风禁不语、发痈、癃疝、目张不瞑、绝倒、中毒，共三十种；外科：疡、疽、矢毒，共三种；其他科：难产、目疾、口疡，共三种。

《宋史》虽编得粗糙，但毕竟也算官方，这三十多种病，基本算常见病。

再看笔记。

南宋周密的《志雅堂杂钞·医药》中，记载了三十多条实用方子，我们可以从方子上倒推常见疾病。兹举数例：

治溺死：凡人溺死者，以鸭血灌之，即活。

治喉痛：治喉间仓卒之疾，用巴豆，以竹纸渗油令满，竹燃点灯，令着，吹灭之，以烟熏喉间，即吐恶血而消。

治暴聋：耳暴聋，用全蝎去毒为末，酒调下，以耳中闻水声即愈。

治金疮刃创：治金疮及刀斧疮，用独壳大栗，研为干末，傅之立出，或仓卒用生栗敷之，亦得。

治暑天痱子：暑天痱子，用王瓜摩之，即消。

笔记中的方子，不能全信，有的现今看起来，还很荒唐，究其因，或是道听途说，或是碰巧，但也确有不少医治好的个案。

现在来看常见的"溺死"。

周密的鸭血灌之，没有听说过，他也没有举例。和周同时代的宋慈，是中国乃至世界著名的法医，他的《洗冤录》是比较专业的古代法医笔记，对"溺死"有专门的论述：

若生前溺水尸首，男仆卧、女仰卧。头面仰，两手两脚俱向前。口合，眼开闭不定，两手拳握，腹肚胀，拍着响。两脚底皱白不胀，头鬓紧，头与发际、手脚爪缝，或脚着鞋则鞋内各有沙泥，口、鼻内有水沫及有些小淡色血污，或有搕擦损处，此是生前溺水之验也。

若检复迟，即尸首经风日吹晒，遍身上皮起，或生白疱。

若身上无痕，面色赤，此是被人倒提水揾死。

若尸面色微赤，口、鼻内有泥水沫，肚内有水，腹肚微胀，真是渰水身死。

若因病患溺死，则不计水之深浅可以致死，身上别无他故。

若疾病身死，被人抛掉在水内，即口、鼻无水沫，肚内无水不胀，面色微黄，肌肉微瘦。

若因患倒落泥渠内身死者，其尸口、眼开，两手微握。身上衣裳并口、鼻、耳、发际并有青泥污者，须脱下衣裳用水淋洗，洒喷其尸，被泥水淹浸处即肉色微白，肚皮微胀，指甲有泥。

若被人殴打杀死推在水内，入深则胀，浅则不甚胀。其尸肉色带黄不白，口、眼开，两手散，头发宽慢，肚皮不胀，口、眼、耳、鼻无水沥流出，指爪罅缝并无沙泥，两手不拳缩，两脚底不皱白却虚胀。身上有要害致命伤损处，其痕黑色，尸有微瘦。临时看验。若检得身上有损伤处，录其痕迹。虽是投水，亦合押合干人赴官司推究。

将个溺死都研究得这么透，算是很专业了。但仍然有不少值得商榷的地方。

溺死后的姿势，男仆卧，女仰卧？实际上，尸体是仆还是仰，现代科学证明是取决于重心，而不是性别，所以，宋提刑也常常将个案当普遍。有实例，两名姑娘，一起投水自杀，尸体同时浮起，一仆一仰。

周密的另一部笔记《癸辛杂识》，多处写到药方，有则"呼名怖鬼"，治小儿夜啼，尽管搞笑，但不少地方的人依然在用：

刘胡面黝黑，似胡蛮，人畏之，小儿啼，语云："刘胡来！"便止。杨大眼威声甚振，淮、泗、荆、沔之间，童儿啼者，呼云："杨大眼至！"即止。将军麻秋有威名，儿啼辄呼："麻秋来！"即止。檀道济雄名大振，魏甚惮之，图以禳鬼。江南人畏桓康，以其名怖小儿，且图其形于寺中，病疟者写其形帖床壁，无不立愈。

小孩啼哭，不完全是病，有些是成长过程必需的，但有一些啼哭是因为身体不适。时间过去了数百上千年，大人治啼的方法，却没怎么变，就是用恐吓法治，不管如何，你必须将眼前的哭先停下来，剩下的事，咱们明天早上起来慢慢说。于是，刘胡、杨大眼、麻秋、檀道济、桓康，就成了镇人（尤其是小孩）、镇鬼的符。他们或因长相，或因性格独特，总之，他们足够让人害怕。

再看《癸辛杂识》中的另一则"过癞"：

> 闽中有所谓过癞者。盖女子多有此疾，凡觉面色如桃花，即此证之发见也。或男子不知，而误与合，即男染其疾而女瘥。土人既皆知其说，则多方诡作，以误往来之客。杭人有嵇供申者，因往莆田，道中遇女子独行，颇有姿色，问所自来，乃言为父母所逐，无所归，因同至邸中。至夜，甫与交际，而其家声言捕奸，遂急窜而免。及归，遂苦此疾，至于坠耳、塌鼻、断手足而殂。癞即大风疾也。

这里的"癞"，就是麻风病，难怪这么厉害。

根据周密的描写，麻风的症状是面如桃花，会掉耳朵、鼻子，手脚也会烂，直至死掉。这种病，女子容易得，传染性极强，如果传染给男子，那么，患病女子就会病愈。

杭州人嵇供申，不知什么原因去的莆田，或者旅游，或者做生意。总之，他在行道途中，碰到了一个患麻风病的漂亮女子，自以为是一场艳遇，在宾馆正行好事时，却不想，被有备而来的家人惊扰。对这样的骚扰，嵇自然逃之夭夭，病却从此落下，他得知真相后，一定后悔万分，然而，只能在痛苦中死去。

从前后文看，这莆田女子，显然是有意的，她患病，她的家人也知道，只有传染给别的男子，病才会好，而这个外地的色鬼，是个理想的传染对象。

因治疗水平所限，历朝历代，名目不同的传染病，是脾气极为暴烈的瘟神，打击人类快速而精准，常常弄得家破人亡、城破人亡，甚至国破人亡。

《后汉书》中，记载东汉时期的大疫流行就有二十二次，疾疫史料达四十五条，公元38年到217年，特别是在汉末，瘟疫极其频繁，死者数百万。据《五行志》《灾异志》记载，清代，公元1644年至1893年，大疫流行至少八十七次。

中国如此，外国也如此，对传染病，不仅没办法，认识也不足，人们常常用祷告的方法请求上帝帮忙。没想到，传染病就怕人接触，空气也能传染，本来没病，人多一聚集，反而成片传染。

肆

除了大量的常见病外，古代也有不少怪病，让许多名医无从下手。被李约瑟称为世界科技史丰碑的《梦溪笔谈》，里面就有怪病记载。卷二十一《异事（异疾附）》，记载了古代不常见的病：

世有奇疾者，吕缙叔以制诰知颍州，忽得疾，但缩小，临终仅如小儿。古人不曾有此疾，终无人识。有松滋令姜愚无他疾，忽不识字，数年方稍稍复旧。又有一人家妾，视直物皆曲，弓弦界尺之类，视之皆如钩，医僧奉真亲见之。江南逆旅中一者妇，啖物不知饱，徐德占过逆旅，老妇诉以饥，其子耻之，对德占以蒸饼啖之，尽一竹簟，约百饼，犹称饥不已。日食饭一石米，随即痢之，饥复如故。京兆醴泉主簿蔡绳，予友人也，亦得饥疾，每饥立须啖物，稍迟则顿仆闷绝，怀中常置饼饵，虽对贵官，遇饥亦便龁啖。绳有美行，博学有文，为时闻人，终以此不幸。无人识其疾，每为之哀伤。

这里有好多例怪病：

第一例，颍州知州吕缙叔，身体忽然变小，临死前只有小孩那么大。

第二例，松滋县令姜愚，忽然就忘记了字，多年后才稍有好转。

第三例，某人小老婆，视力有问题，看东西都是弯的。

第四例，某旅店有老妇，吃东西不知道饱，一百多个饼吃下，一石米的饭吃下，随即拉掉，接着就饿。

第五例，醴泉主簿蔡绳，也得了饥饿症，饿的时候必须吃东西，否则晕倒。

这五例所谓怪病，今天看来，一般都能查出原因：第一例是肌肉萎缩；第二例大约是现在的阿尔茨海默病，或者说是比较严重的健忘症；第三例应该是视网膜出了问题；第四例或者是糖尿病，或者精神系统出问题，不知道饿；第五例是低血糖，我也有，只是比较轻度，备着巧克力，饿起来，吃点东西就好，没什么大碍。

第二例的病，再补一则笔记。

清代王端履《重论文斋笔记》卷二有：

> 桐城姚文燮年六十余，忽病不识字，即其姓名亦不自知，医不知为何证也。余友汪苏潭亦患此病。

老年健忘症还不少呢。

怪病接二连三，哪个朝代都有。唐代张鷟的笔记《朝野金载》卷一，有"应语病"：

唐朝洛州有个士人，患了一种奇怪的病，他一讲话，喉咙中就会有声音出来答应他。医生找了好多，都治不好，最后，找到名医张文仲。

张大医生，见多识广，但也没医过这样的病。他日思夜想之后，想出了一个办法，找了一部《本草》医书，让这个士人读，士人一边读，喉咙里还是一边应，一边读，一边应，但读到某处，忽然不应了，张大医生一看，这不是一帖药的方子吗？嗯，估计，这个病怕这服药！于是，赶紧按药开方子。士人吃药后，病立即好了。

这就是歪打正着，听起来像笑话，但依我推测，唐朝根本没有这种病，这是作家或者当时的批评家臆造出来的，他们的用意就是，批评那种对什么事都应诺，没有自己主见的人。

宋代庄绰的笔记《鸡肋编》中，有让人不太能理解的怪病：

参知政事孟庚的夫人徐氏有怪病，每每发作时，全身颤抖，差不多要死掉的样子。她的母亲和弟弟也都有这种毛病。

徐氏还听不得"徐"声及打银打铁的声音，买东西不能看见多余的钱，也不找回一文钱。有一个婢女，已经服侍她十多年了，很称心。有一天，徐氏偶然问起婢女家里从事什么职业时，婢女说：打银。一听到这两个字，徐氏怪病又发作。病好后，徐氏根本不想见那婢女，老孟只好将婢女遣散。徐氏除了这个怪毛病，其他都好好的，医生看了多次，也诊不出什么毛病。

我以为，极有可能是徐氏的声音系统出了问题。

这几种发声，会触发她敏感的神经系统，从而引发怪病。嘘，系，挤，从发声的角度看，这个"徐"字也没有什么特别的地方，只是有点塞牙而已。银、铁、金钱，都是金属，她听不得见不得这些金属，多么肮脏，多么龌龊，除了能交换货物，这些东西还有什么功能呢？

嗬，徐氏见不得听不得钱，她一定不会为钱去奋斗而努力的，否则就是自讨苦吃，自找毛病！

伍

春光无限好。这一天，齐景公带着一帮人登上了临淄南面的牛山。

面向北方，眺望着美丽的京城，齐景公热泪盈眶，忽然诗如潮涌：我大齐国的国土，多么辽阔啊！草木茂盛，一望无际。郁郁葱葱，令人感慨无限。哎呀，人为什么会像江河那样不停地流逝而死去呢？如果自古没有死，我就不会离开齐国到别的什么地方去了吧？

看着齐景公泪流满面的样子，史孔、梁丘据两位侍臣也禁不住声泪俱下，他们附和说：我们依靠君王您的恩惠，食有鱼肉，出有车马，我们还不愿意去死呢，何况君王您呢？

众陪臣伤心一片，只有晏子在一旁偷偷地笑。

齐景公看到晏子这样的表情，很不高兴，他擦擦眼泪说：我今日游玩，心情不好，他们都陪着我难过，你为什么暗笑，你什么意思嘛？！

晏子回答说：我的王啊，道理很简单，如果让贤明的君主永远掌管国家，太公、桓公就不会离去；如果让勇武的君主永远掌管国家，庄公、灵公也不会离去。如果这几位君主都永远掌管这个国家，请问，还轮得到您吗？依我看，您大概只能做一个农夫，披着蓑衣，戴着斗笠，现在这个季节，您一定在田野中，一天到晚在忙活庄稼的事，您还有什么工夫去考虑死的事情呢？历代君王一个接一个地登位，一个接一个地死去，这才轮到了您呀！不停地生，不停地死，不断地轮换，这是自然规律。而您却因为人会死亡而痛哭，更有一些人陪您哭，我认为这十分的矫情，这就是我笑的原因。

妄想永远，这大概是所有皇帝的梦想了。历朝历代，有多少皇帝在寻找或研制长生不老药呢？

中国历史发展中，药物和食物的界限始终模糊，有的时候，根本就不存在界限。《神农本草经》以质地为依据，将药物分成上中下三品：上品主要是滋补；中品有特定价值，又有一般营养；下品专门用来治疗病症。

看被《神农本草经》列为上品的女贞子。

清代张潮的笔记《虞初新志》卷九，有《毛女传》的故事，和女贞子有关：

黄毛女，河南嵩山秀才任士宏的妻子，姓平，美丽而贤惠。她自嫁给任秀才后，三年没有怀孕，于是就和先生一起，往少室山祈祷。走了二十里地，经过一个断岭，她下轿徒步，想让轿夫休息一下。

一头猛兽，横地里突然冲出，平氏受惊，掉进深谷。任秀才惊慌四顾，都是千丈高的悬崖，根本下不去，大哭一场，快快而归。任秀才回到家，叫来了好多和尚，为妻子做法事，并发誓不再娶妻。

平氏"去世"已经三年。乡人张义，以前在任家做过仆役，他往山中砍柴，突然听到，丛林深处，隐约有人在喊他的名字，张义吓得要命，不知发生了什么事。他猛然回头，发现一黄毛女人，全身长满黄色的细毛，有六七寸长，张义的舌头，因惊吓，伸得老长，说不出话来。

黄毛女开口了：我是任家的大嫂啊，你不认识我了吗？

张义还是吃惊，以为白日遇鬼：大嫂您还好吧，为什么在这里呀？

平氏说：我当初掉下悬崖时，幸好抓住了蔓藤，才没有摔死。过了不久，我感到肚饿，见树枝间长有很多女贞子，就摘来吃，味道有点涩口，实在咽不下去。但三天后，吃起这种果子，就觉得满嘴香甜。三个月后，我身上开始长出黄细毛，半年后，我感觉身子轻如树叶，可以树枝上下跳跃自如。整座山都没水，只有这里有山泉，我渴了就来此喝水，不想在这碰到你。

张义将任秀才失去她后的悲痛，详细说给平氏听，黄毛女听了很平静：我天天与仙鹤鸾鸟为伴，生活得很快乐，我怎么会再回到人间的樊笼里去呢？你替我谢谢任先生，让他早续婚姻，也好后继有人，不要苦了自己！

黄毛女说完这些话，一跃离去。

张义急忙跑回家，将情况报告给任士宏。任听了大喜，立即和张义一起回到遇见黄毛女的地方。他俩躲在草丛中候着，一连三日，黄毛女果然来喝水。

任秀才一见，立即冲上前，将黄毛女紧紧抱住。黄毛女吃了一惊：谁啊？任答：我是你丈夫！黄毛女答：我的容貌，已经很丑了，您不必挂念我。任答：我不嫌弃你，我们往日的恩爱，难道你都忘记了吗？任秀才说完，眼泪吧嗒吧嗒流下来。黄毛女也被感动，答应和丈夫一起回家。

黄毛女初回家，吃东西时，肚子微微要痛，稍过几天就好了。半月后，全身的黄细毛全部脱光，人仍旧很漂亮。此后，任秀才和平氏夫妻俩，感情越来越好。黄毛女生了好几个孩子，活了四十多年后才去世。

从黄毛女的自述中，可以推断出，她活着有相当的合理性。

女贞子是一种药材，味甘，微苦，中国长江流域及南方大地均无数生长。女贞子能补肾滋阴、养肝明目。女贞子紫色透明，应该是一种不错的食物。

身上为什么会长满细细的黄毛？房龙《人类的故事》说，我们生活的这个星球，在大约四十亿年的时候，就出现了生物，最初的简单生命是细胞，一直到人类的前身——古猿，然后再到几百万年前的猿人。如果人类长期在野外生存，茹毛饮血，吃各类野果，那么，就会开始出现人类原始的一些特征，全身长满细黄毛，就是一个变化。

接下来说养生。

中国古人养生，不外乎汤、散、丸三种。

散，五石散最有名。东汉末年，著名医生张仲景，经过长时间的研究，将五种矿石放在一起研制煅烧：紫英石、白石英、赤石脂、石钟乳、石硫黄。奇迹出现了，男人们服用后，全身发热，雄风大振。笔记中的经典——刘义庆的《世说新语》，记载了何晏如此夸赞"五石散"的功效："服五石散，非唯治病，亦觉神明开朗。"这也就是说，经常吃"五石散"，不但能治病，而且神清气爽。

再说丸，长生丸。这个话题也够写一本书了。即便智商极高的唐太宗李世民，也逃不出这个怪圈。《旧唐书》卷八十四记载：

> 昔贞观末年，先帝令婆罗门僧那罗迩娑寐依其本国旧方合长生药。胡人有异术，征求灵草秘石，历年而成。先帝服之，竟无异效，大渐之际，名医莫知所为。时议者归罪于胡人，将申显戮，又恐取笑夷狄，法遂不行。

研制长生药丸，其实有一个相当长的过程。印度僧人那罗迩娑寐，一定极有名，否则，李世民不会将事关自家性命的重任交给他。印度僧将这个光荣的使命当作自己的毕生追求，行走在中国大地，炼制灵丹妙药。服丸的过程，一定也是隆重而虔诚的，李世民似乎是在承接上天的意志，和天地对接，他以为，他服下这些长生丸，就能长生，虽然他明明知道不能长生，但起码可以"再活五百年"。但结果是，竟然没有什么大的效果，身体本来就有病，每况愈下，马上就到弥留之际了，唐朝名医也无力回天，那么就将这个罪名归咎于印度僧，他是罪魁祸首，治了他的罪，我们也许就平安无事。最终，又怕被这些人取笑，于是就不了了之。

说李世民死于长生药，我并不完全相信，但这个经年研制的丹丸，一定是主要诱因。这些丸，重金属大大超标，且不少有剧毒，本来就病入膏肓，这么一丸下去，弱不受补，加速死亡，不可避免。

李唐的子孙，并没有吸取这个教训，还是一如既往钟情于长生丸。

唐宪宗、唐穆宗，父子俩都迷丹丸，一个四十三岁死了，一个三十岁死了。

唐武宗不喜欢佛，却喜欢道，也极度迷信长生不老。他在郊外建起了"望仙台"，在宫内建起了"望仙楼"，为的是有朝一日，和神仙相会。他过量服用丹丸，再加纵欲，三十三岁也死掉了。

刘义庆的另一部笔记《幽明录》中，写了一个小女孩在古墓中生存下来的故事，其实也有着丰富的养生道理：

汉末大乱。颍川有户人家，将要到别的地方去避难。家中有一小女孩，七八岁，体力很弱，不能跑远路，带上要牵累家人，大家都跑不了。于是，只好狠狠心，将其丢下。正好，道路的下方，有一座破败的古墓，大人就用绳子系着小女孩，小心翼翼地往古墓里放。

一年后，这户人家返还。他们到古墓查看，想将小女儿的骨头捡起，带回家安葬。突然发现，小女孩还活着。父亲大惊，问女儿是靠什么活下来的。女儿说：墓中有一个东西，早晨和傍晚，它就慢慢地伸出头来吐气和吸气，我也学着它的样子做吐气和吸气，慢慢地，就没有饥渴的感觉了。

大家连忙在墓中找，一看，原来是一只大龟。

这应该是传奇，人不吃不喝，不能活一年，除非神仙。但传奇中却有养生道理。小女孩和大龟相处一室，是龟独特的生存方式救了她。龟长寿，有研究者说，靠的就是它的慢节奏。它喜欢大自然，空气清新，泉水洁静，草木芳香，树叶飘香，吐纳就是运动，生命在于平衡。

然而，残酷的现实，总是将人们长生的梦想击个粉碎。

唐代谷神子的笔记《博异志》里，有则"张竭忠"，看道士们的升天闹剧：

天宝年间，河南缑氏县的东太子陵，有个道观叫仙鹤观，里面常年有道士七十多人。入这个道观，要求极严格，都是在修道上有精深独到的研究，并且正式注册的道士，专业不好的，悟性不高的，进不了这个道观。

因为，这里，每年都会有一个道士得道成仙。

按规矩，每年的九月初三夜里，所有道士的房门都不关，各自独处，以追求升仙。到了早晨，哪个房间的道士不在了，就代表他成仙了。道观就将升仙道士姓名报到上级有关部门。

张竭忠做了缑氏县的县令，他不相信有这样的事。

到了九月初三夜里，他派两名胆大有武功的士兵，埋伏起来，偷偷地观察。

很刺激啊，两士兵高度紧张，一直侦察，并没有什么动静。三更以后，见一只大黑虎悄无声息潜入道观，一会儿工夫，黑虎就叼着一道士出来。两士兵立即射杀，没射中，黑虎放下道士跑掉。天明，按常规观察，并没有什么人升仙。

两士兵将所有情况报告给张县令。张县令明白是大黑虎作怪，又立即报告给上级，请求支援。多位有经验的猎手，带着精良的武器，到太子陵东的石洞中围猎，杀掉了好多只老虎。

在杀虎现场，他们发现了很多金简玉箓、道冠道袍，还有不少人的头发和骨头，这些都是每年所谓升仙的道士留下的。

后来，著名道观仙鹤观，道士急剧减少，直至没有。

陆

自从神农尝百草后，华夏的中药事业迅速发展。

晋代张华的《博物志》中，载有草药六十余种；唐代段成式的《酉阳杂俎》中，载有草药八十余种。

现以宋代周去非的《岭外代答》百余种草药为例，作一简述。卷八花木门，卷九禽兽门，卷十虫鱼门，三卷中都有大量的草药。

看花木门中的"百子"条所例：

> 罗晃子、木竹子、人面子、五稜子、黎朦子、橹罟子、搓擦子、地蚕子、火炭子、山韶子、部蹄子、木赖子、黏子、千岁子、赤枣子、藤韶子、古米子、壳子、藤核子、木莲子、萝蒙子、特乃子、不纳子、羊矢子、日头子、秋风子、黄皮子、朱圆子、粉骨子、搭骨子、布衲子、黄肚子、蒲奈子、水泡子、水翁子、巾斗子、沐浣子、牛粘子、天威子、石胡桃、平婆果、木馒头。

宋代周辉的笔记《清波别志》卷二也有记述：广南有七十二子，皆果实也。蜜汁致远，人多不识。尝有类为《七十二子谱》行于世。

由此可见，这七十二子，虽然大部分人不识，名气却不小，有人还专门写了本书。作为果类的七十二子，大部分都可作药物，比如，"地蚕子"，就是"甘露子"，祛风清热，活血散瘀，利湿。比如，"赤枣子"，就是"山楂果"，开胃消食、降血脂血压。再如最后一子"木馒头"：

木馒头，在中州蔓生枝叶间，可以充药物；在南州则木生，不生于枝叶，而缀生于本身，可以为果实。二物其形相类，但蔓者肉薄多子，未熟先落；木生者肉厚，中有饴蜜，当其红熟，亦颇可口。深广难得佳果。公筵多用以备数。

可以食用，可以作药，如前述，中国许多东西都是食药同源。

看一只普通瓜的妙用。

南宋叶绍翁的笔记《四朝闻见录》卷三丙集，有《王医》，御医王继先用瓜治好了赵构的拉肚子：

有年夏天，宋高宗拉肚子，王继先被叫来。王拜见后，向皇帝提了个要求：我热死了，能不能先赐个瓜给我吃呀？我吃后，好静下心来慢慢给陛下看病。

高宗急忙让太官（尚食局官员，管膳食）抱上一个好瓜。王继先津津有味地吃着瓜，吃完后，高宗口水也上来了，觉得这瓜一定好吃，连忙问王：我能吃吗？

王继先立即叩头：臣死罪，我要瓜之前，应该先告诉陛下您，您应该先吃这个瓜的！

又一个好瓜上来，高宗吃了很舒服，肚子也不拉了。

左右惊奇，高宗也有疑问，问王继先：你这是什么方子呀？

王答：皇上您只是中暑拉肚子，这个瓜，就能消暑。

看王继先的漫不经心，其实是一个方子。这种方子的妙处在于，似乎是开玩笑，玩笑开着开着，就将病治了。这种方子的前提在于，他深知高宗的体质，也时刻关注着高宗的身体，久居深宫，四体不勤，南宋的消暑条件又不那么好，中暑是很正常的事。当然，最重要的是，王继先的医术，高宗极度信任，且关系融洽，因此才有赏瓜之举，一般的御医，怎么敢提这样的要求？战战兢兢，打死也不敢！

中医的精妙处在于，看似一样的症状，却需要辨证施治，世上没有包治百病的药和方子，必须因人而异。

宋代施德操的笔记《北窗炙輠录》卷上，两则看似差不多的治便秘方子，却蕴含着中医博大精深的理论。

一则方子如下记述：

蔡元长被大肠便秘所苦，好多医生看了，都不能通，都说是元长不肯吃大黄等药的原因。那时，史载之还没有成名，他去拜访元长，看门人还不肯让他见，解释了好半天，才让他进去。史载之诊完脉后，要求元长给二十钱去买紫苑。紫苑买来，碾成粉末，用水服下，立即便通。

元长大惊，问原因，史载之解释：大肠，是肺的传送带，您今天的便秘，没有其他原因，只是肺部有浊气罢了。紫苑清肺气，所以通了！

这则治便秘的方子，古今都未曾听说过，不知道是用什么水搅拌的。

另一则方子是这样的：

杭州有人便秘，用了百多种方子都不见效。有一个叫钱宗元的道士看了病人后，给他用了缩小便的药，不一会儿，病人的肠就畅通了。

人人都感觉到奇怪，要求钱宗元解释。

钱道士说：这位病人因为便秘，所以，医生们都急忙下药疏通，便秘突然通了，小便也突然涌来，尿道愈满，小便愈不得通，小肠也不得通。现在，我用药使他的小便缓慢流出甚至停止，他的反而畅通了。

这则方子，也很特殊，从来没有听说过。

一果多因，一因也会多果。这便秘、体质、肾虚、上火、饮食不调、季节变换，哪一个都会引起，万万想不到的是，便秘要清肺，要止小便，这就如我们解决问题，不能局限于一个或几个方向，而要根据脉象，另辟蹊径，才有可能豁然开朗。

宋代杨亿的笔记《杨文公谈苑》中，《百药枕》则更多给人的是告诫：

益州有药市，每年的七月七日，四面八方的人都会来赶这个集。集市上，药品种类繁多，买卖的人很多，要三天才结束。

淳化年间，有右正言叫崔迈的，他被多种疾病苦扰。平时，他睡觉用的是柏木枕头，他任职峡路转运使，恰巧遇上益州集市，就花了万余钱，将集市里上百种药买来，各取少数放进柏木枕中，做了个百药枕，并在枕头周围钻了些小孔，便于药气发散。

百药枕睡了几个月后，他得了麻风病，眉毛胡须都掉光。崔转运使忍受不了疾病的痛苦，投江自杀了。

一般人都认为是病急乱投医。这有前提。益州那个集市，众多的药贩子，都对自己的药王婆卖瓜，都说能治百病。这就让百病缠身的崔官人起了这么个创意：将数种药放在一起，通过枕头上的小孔慢慢散发，说不定能达到根治的效果。

这基本上是将自己当作试验品了，危险系数大得很。果然，崔官人，做的是转运使，运却没转，不仅没转，还得了不治之症。

知书达理的读书人，应该明白一个简单道理：百病百治，百药更不可能治百病。即便他侥幸治好了，也不能推广，只是巧合而已。

柒

历代笔记中的一些医方和病例，作者看似漫不经心的叙述，有许多却显现着特定时代的特定意义。

南宋周密的笔记《癸辛杂识》后集中，有《马相去国》，这马相国的胃病，让人唏嘘不已：

咸淳甲戌年的夏天，老家鄱阳的马廷鸾丞相，以胃病申请退休，申请了十余次，才被批准，而这时，他的胃病已经比较厉害了。

因为夏天太热，他又病重，路上经不起折腾，于是暂时移居到六和塔。

马公对我（作者周密）有知遇之恩，隔一天，我一定要去探望他一次。我去他居住的地方，他很痛苦地仰躺在小榻上。本来就没什么侍婢，只有一村仆在他旁边煮药。他和我说起了经历：他家很贫困，少年时，应南宫之试，穿着草鞋，盖着破被。有一天，他在赶路，实在是太饿了，就到村里的小店买了螺蛳羹，泡自己带着的冷饭吃，那一次，就落下了这个毛病。没钱看医生，朋友可怜，用二陈汤替他治疗，居然治好了。这一年，他中举。后来，毛病又复发，医生用丁香草果煎汤，三两服药下去，又好了。他做丞相期间，工作量太大，人极累，老毛病又复发，这一回，什么药都用过了，都不见效，他说他活不久了！所恨者，没有更多的精力来报效国家啊。他一边说，一边流眼泪。

但是，贾似道却对马丞相的病有怀疑。他向皇帝报告，要亲自去探望马丞相，其实，他是来探虚实的。贾见了病床上的马，看他瘦得只剩下一把骨头，呼吸都困难，很惊讶地说：看来，你是真有病呀。第二天，贾向皇帝报告马的真实情况，皇帝立即批准，让其荣归故里，沿途一切单位都要悉心照顾。

马回到老家，病情就稳定下来了，过了个把月，毛病好了。没有多久，吴坚接他丞相的位置。这一年冬天，元军打过来，吴率军抵抗，但迅速被打败，随后，南宋就灭亡了。假如马不生病，病得不厉害，那么，应该是马去抗击元军。

马安处山林，写书教子，十四年后病逝。

嗯，胃病折磨了马廷鸾数十年，但也正是胃病救了他。

古代官员中，有许多也是苦出身，当他们成功后，他们的奋斗经历常常流传后世，成为激励后人的榜样。螺蛳汤泡冷饭，导致胃极度不适应，现代医学不知道有没有验证。治马的顽疾，药都极简单，陈皮汤、香草汤。他回家乡，估计也不会有什么灵丹妙药，这就引出了一个问题：究竟是什么治好了他的胃病？

简单认为，药加上适当的调理，更重要的是心情。胃和神经有关系，极度紧张，也会出现痉挛。脱离官场后，特别是离开那纷繁而凶险的官场环境，马的心情一定大好，心静心安，百病除。

所以，马相国的胃病，表面是胃病，真正的还是官场病之一种。被动解除，有可能病情加重；主动脱离，基本药到病除。明代陆容的笔记《菽园杂记》卷九，治理恼人的白发，也颇具深意：

陆展染白发以媚妾，寇准促白须以求相，都是想达到自己的欲望而不顾身体的自然生长。张华的《博物志》里，就有染白须的方法，唐宋人也有镊白诗，所以，这种风气，想必也是由来已久。但是，从今天看，媚妾的人肯定很少了，大多数都是贪恋职位的人。吏部前，多有染白须白发的药卖，当然，修补门牙的牙科诊所也不少。

是的，一个染白发装年轻，一个促白须装资历，当时的社会，一定是发白为美，白就是资历。在一个什么都讲资历的社会，连寇准这样著名的政治家也不能免俗。

大才子钱谦益，喜欢美女柳如是，也极喜欢她那一头乌发。清代作家王应奎的笔记《柳南随笔》中，就有一段趣对：

> 某宗伯既娶柳夫人，特筑一精舍居之，而额之曰"我闻室"，以柳字如是，取《金刚经》"如是我闻"之义也。一日，坐室中，目注如是，如是问曰："公胡我爱？"曰："爱汝之黑者发，而白者面耳。然则汝胡我爱？"柳曰："即爱公之白者发，而黑者面也。"侍婢皆为匿笑。

这一对相差三十多岁的恋人，在历史上留下了惊天动地的爱情篇章。老钱以大夫人的礼节，迎娶小美女，大夫人还健在，他却不管不顾，老年人的爱情，如老房子着火，没得救。柳如是呢，显然是爱恋式的拍马屁，白发年长，但它也是思想的象征，她自然喜欢，真心地喜欢白发。

捌

端午前后，在中国南方大地上，田间路边，一种普通菊科植物，丛丛蓬蓬，挤挤挨挨，枝干并不粗壮，枝条却茂盛，叶子羽状，叶片饱满，暗绿或棕绿，它们在阳光下微风中婀娜摇曳，你靠近它们，会闻到一种特异的清香。端午这天，人们会采三五枝回家，插在门上避邪。这种植物，有一个很普通的名字：青蒿。

二十世纪七十年代，我国的一位普通医学科研人员屠呦呦和她的研究团队，受东晋葛洪《肘后备急方》的启发，从青蒿中发现了抗疟疾新药青蒿素及双氢青蒿素，挽救了数百万人的性命。2015年10月，屠呦呦获诺贝尔生理学或医学奖，这是中医的最高荣耀。

历代笔记中的医学因子浩如烟海，它们是现代医学珍贵的精神故乡。

如屠呦呦们，从故乡出发，一路披荆斩棘，从而抵达世界医学的巅峰。

C

长洲库吏

周叔懋的《长洲库吏》，我以为在他的笔记《泾林续记》中是比较好的一篇，似乎是一本正经，又谆谆告诫，为人处世要检点又检点，叶景初这样的小人，也许就在你身边！

壹

叶景初，长洲县（古属苏州府）的库吏，就是管仓库的工作人员，他是个马屁高手，很得陆知县的欢心。

陆知县也是普通人啊，他也有起居日常，要过平常人一样的生活——不，他是个官，要过官员的体面生活。他常托叶景初去买东西，一会儿绸缎，一会儿黄金饰品，一会儿又要珍珠宝物。而叶呢，做这种事，太有经验了，他一定精心挑选买上品，高价买进，但开列账单的时候，故意报低价格，陆知县心里暗喜，这小叶子，太懂我心了，真能干。

更有让陆知县惊喜的。陆的家人来来往往也不少，每当家人返回老家，叶一定会到库房支取一千两银子，给陆知县送去，一点也不耽误。

陆知县这种好日子差不多过了近一年，他不知道的是，他用去的库银已经超过一万两了。

叶的工作任期快满了，他知道，小吏也要经常调动工作的。于是他心里盘算，库房亏空这么多，靠陆知县那点工资，根本补不上，如果事发（一定会事发的），他百分百受牵连，一样要承担罪责，思来想去，就动了坏心思，并立即付诸行动：索性将库房里的银子全部装进腰包，让他父亲带着银子并家人先逃。他们逃过钱塘江，一直逃到浙江新昌县的一个乡村中，租了个房子住下。他们对外假称是躲避粮役。叶自己呢，每天照常上班，与童仆守在苏州的家中。

叶心极细，他将陆知县平时用掉的库银，详细造了一本账册，而且，每一项的数目都翻了一倍，总数有二万多两。

机会来了。

此时，巡按御史正好到长洲巡察。按惯例，县令必须将检查的相关公文当面呈给御史。叶就将账册一起装进要送呈的公文袋中。而当陆知县进入按察使衙门行礼时，叶就和童仆迅速溜走了。

陆知县进门，行礼，将公文袋呈上，一点也没有发现有什么不对的地方。

巡按使公事公办，打开公文，一看，咦，还有本账册呢，先看账册，上面列了他盗用库银的细单，一项项，名目繁多，什么乱七八糟的费用都有，十分可笑。

巡按使不动声色，立即将陆知县叫进询问：你们长洲的库吏呢？

这个时候，陆知县还不知道上官的用意，随口答道：在县里呀！

巡按使对陆知县说：老陆呀，你立即将库吏叫来，有件事情要你们当面对质才弄得清楚。

陆知县转身退下，急忙让人去叫叶景初，叶自然早就跑了，无影无踪。

巡按使坐在大堂上等了好久，陆知县只有硬着头皮去报告：库吏可能外出了，等他回来，一定带他来见您。

此时，巡按使才将那账册拿给陆知县看：老陆呀，你看看，这是什么东西？

陆知县接过来一看，吓出一身冷汗：长官，我并没有盗用库银，不知道这账册是何人所弄？

巡按使：这是你们县的库史所列，今天早上，你自己递送给我的呀！

到这时，陆知县才知道，他已经被叶景初出卖了，又羞愧，又害怕，退出大堂后，急忙派人去抓叶景初，自然是抓不到了。

接下来的情节是，陆知县东当西借，好不容易凑足了库房亏空的银两，但还是被革职了，理由是居官不谨。

贰

时间过得很快，一晃一年多过去了。叶景初躲在新昌乡村，几乎足不出户，没人知道他是谁。时间越长，他心里越高兴，以为事情过去了。

有一天，他的父亲在家周围踱步，偶然碰到邻居陈老头，老陈很热心，一再邀请叶父去他家坐坐。这一聊，非常投合，两人都很尽兴，于是两家就相互往来，像朋友一样走动了。

离叶家三里路左右，有一座秀丽高耸的山峰，山上的寺院也非常幽雅，陈老头经常带了酒食，请叶父子一同去那里游玩。叶家呢，有时也备了酒食，回请陈老头。他们这种聚会，十来天就要搞一次。

有天，聚会又要进行。

这一次，是叶家请客。

不幸的是，叶家的童仆，带着盛酒食的菜盒，在半路上摔了个跟头，将酒菜全部打翻在地，半数食品都掺杂了泥沙。叶景初看到后，大怒，狠狠地打了童仆一顿。

童仆气得不行，他到寺院的厨房中去暖酒，一边弄一边低声骂：我又没盗过库银，我又不是存心弄翻，为什么这样毒打我？我如果揭出他的老底，看他还有什么脸面做人！

童仆这一番自骂，正巧被寺里的和尚听到了，和尚生了疑心，觉得有故事，就用甜言蜜语，从童仆嘴里套出了事情的来龙去脉。

这一下，和尚很高兴，他庆幸自己找到了一件宝贝。

和尚也是急性子，第二天早晨，他就去叶家拜访，胸有成竹地拿出化缘账册，以修建寺院为由，要求叶景初出资助建。叶答应出三两银子，和尚要求再增加一些，叶答应出五两，再一次请求增加，再次增加到八两。三次下来，和尚远远没有达到自己的心理预期。

临离开时，和尚就冷言冷语讽刺叶了：你那不义之财，不如高高兴兴地全部施舍给佛菩萨，如果再吝惜，早晚一定会遭报应的！

叶景初一听，大怒：你这狗和尚，乱说什么？几次三番，还不满足，快滚！

和尚也不好惹，两人一阵对骂。

吵着吵着，邻居们围上来了，好事者询问吵架原因，和尚指着叶高声揭露：这人，是个逃犯，他就是苏州府长洲县盗取库银的库吏，他躲到我们这儿来了！逃犯！

逃犯，那还了得！

众人一起围上，将叶景初抓住，押到新昌县衙门。

面对县令的审讯，叶自然百般抵赖，打死也不认。

和尚告诉县令：他的童仆很清楚这件事。

童仆抓来，一经审问，一五一十，真相全部清楚。

按规定，新昌知县将叶景初递解回原籍长洲，长洲县则以监守自盗罪，拟判处叶终身充军，不过，法律要求叶积极退赃。

后来，叶因为无法退清赃款，病死在狱中。

叁

陆布衣曰：

叶景初讨好陆知县，手法其实拙劣。

郭冬临演过一个小品，花自己的精力和金钱，帮人买票，图个路子广的虚名。

而叶景初不是，他帮县令办事，花的是公家的钱，高价购进，低价记账，用国家的钱补不足，目的很简单：讨县令高兴。县令一高兴，什么事都好办。

陆知县未必不知那些贵重物品的行情，叶景初自己也不是富户，那么，叶的手脚一定用在了库银上，但他总是侥幸。

叶的坏，体现在他卷库银而跑路，且又将罪名全部嫁祸于知县。

巡按使还算通人情，他深知，官员们都不容易，且这两万两银子，真不是什么大事，自己处理完就行了，但仍然要上报，该怎么处罚就怎么处罚，他不会为县令承担责任。陆知县为官不慎，必须承担过错。

叶被捕，是偶然，也是必然。

叶对那个童仆，其实应该施以更多的关心和爱护，童仆全程参与了他的盗窃活动，怎么可以因菜盒打翻而毒打他呢？换谁，谁都不高兴。

和尚也不怀好意，他是在揭露坏人，但手段和目的都不正当，要挟，威吓，样子不好看。假如叶满足了他的要求，是不是就躲过去了？肯定的。

这是一出"活报剧"，叶景初，陆知县，巡按使，童仆，和尚，陈老头，他们各自都有活生生的社会形象。剧情结束，这些人物在舞台上投映出的影子，好长好长。

草丛里的柜子

壹

李隆基喜欢宁王李宪，是有原因的。

当初，他发动"唐隆政变"，帮助老爹睿宗李旦重新复位后，李宪就在朝堂上坚决辞让皇太子之位，言辞相当恳切，态度非常坚决，最终李旦下诏立李隆基为太子。看着李宪那眼泪鼻涕一大把，李隆基真是感动极了，他发誓，以后一定好好对待这位兄弟。

而李宪也真是在践行他自己的诺言。

李隆基其实是不太放心诸王的，他经常派人暗中监视。有一年夏天，手下人来报告：那个宁王，在用皮革绷鼓面呢，起劲得很，大汗淋漓，他身边还放着一本《龟兹乐谱》。李隆基一听，高兴地说：我的兄弟，就应该这般纵情娱乐！

他对待兄弟是真好。

有一次，宁王生病，李隆基不断派出宫中使者，送药、探望，来来回回的人，路上都首尾相接。最后，僧人崇一治好了宁王的病，李隆基大喜过望，甚至亲自授予和尚五品官的红袍和鱼袋。

贰

好，现在，宁王正式出场。

这一回，他带着一群部下，浩浩荡荡，前往户县打猎。

宁王打猎的方法常常是，将一片山林围起，慢慢缩小包围圈，缩小，再缩小。那些动物，反正就往没人的地方跑，它们不知道，路却越跑越窄了。

正紧张搜索时，他们突然发现，草丛里躺着一个柜子，大大的柜子，且用十分坚固的锁锁着。这就奇怪了，荒山野岭的，怎么会有柜子呢？

宁王也好奇，他首先想到盗贼，一定是贼来不及处理，将东西先藏在这。

立即打开。

柜子里蜷缩着一位少女。

少女披头散发，面对眼前一帮官军，一脸惊恐。

什么情况？大家都很好奇，必须问问清楚。

少女对着这一群官员自述：俺姓莫，俺父亲也曾做过官呢。俺家和伯伯、叔叔家，都住在同一个村子里。昨天晚上，俺们村突然火光冲天，人们惊慌失措，东奔西跑，原来是一群强盗袭击了俺们，他们凶得很，见什么抢什么。俺家进来的贼中，有两个是和尚，他们不由分说，把俺装进箱子，劫持到这里。俺也不知道和尚跑哪里去了，反正，俺在箱子里弓着躺好久了。

噢，原来是这么一回事。

宁王仔细打量莫少女，发现她土是土了点，但容貌艳丽，满脸娇态，是一个漂亮女孩呢。于是，宁王吩咐手下，让莫少女整理整理，坐进他们一行的车里。

此时，手下来报：逮到一只大活熊。

宁王略一思索，计上心来，吩咐随从：哈，来，将大活熊装进柜子，我们等着看好戏，那两个和尚一定会再来取柜子的。

宁王是有打算的。他知道，李隆基当时正在全国各地挑选绝色美女呢，而这个莫少女，人长得相当不错，且又生于官宦人家，虽然低级，也算官。想到这里，他一阵兴奋，立即通知随从：今天停止打猎，回城。

当天，宁王就给李隆基打了个报告，详细汇报了这件事的前因后果，报告和莫少女，一并送进宫中。

李隆基是信任兄弟的，一看人非常不错，马上下旨，将莫少女充任后宫才人。

莫少女于是成了李隆基后宫无数佳丽中的普通一员，只是，她来的途径不普通，她是宁王送来的礼物，来自真正的山野。

叁

故事朝着好玩的方向继续发展。

三天后，京兆府有报告上奏：

我们户县一家客栈，发生了一件离奇的人命案。

基本案情是这样的：一个大白天的下午，有两个和尚来到这家客栈，拿出一万钱，要包租一天一夜，说是用来做法事。随后，他们神神秘秘地将一只大柜子抬进店，再也没出门。因为他们要做法事，客栈老板也不便多问。半夜里，只听乒乒乓乓的声音乱响过一阵，好像有人打架，凶得很，之后再无声音。店主不知道发生了什么，也不敢问。到了天亮，人们都已经上工干活了，两个和尚还一直不打开门。店家就很奇怪，叫来几个伙计，想打开门看看，究竟发生了什么事。门刚打开，一头大熊，吼吼地叫着，冲着人群一溜烟跑出，一会儿就不见踪影了，进门一看，只见那两个和尚躺在地上，满身是血，面目模糊，已经认不出人样，惨不忍睹：他们被熊吃得骨头都露出来了。

对这样的突发事件，京兆尹和他的手下，研究了半天，毫无头绪，这案子怎么破呢？干脆先报告算了。

李隆基一听报告，哈哈哈，大笑三声。

众官有点莫名其妙，但也不敢随便问。

李隆基抑制不住兴奋，提起笔，给宁王写了个便条：宪大哥呀，你处理这两个贼的办法太妙了！

肆

大唐皇宫好笑的事并不多，皇帝又多无聊，我相信，李隆基一整天都在为这件事偷偷乐着。他有丰富的文艺细胞，想象力异常丰富，他会随着案子进入情境。关键环节是，那两个贼秃（他对和尚印象本来就不怎么样，何况是两个坏和尚）抬进柜子后的情节，哈哈，实在好玩，越想越好玩！

还有，那活熊，为什么不哼哼？和尚们抬它的时候不哼哼？熊舒服了，哼哼，和尚们就发觉了，可它就是不哼。也许，那熊是哼哼了，只是哼得轻，和尚们色心大起，忘乎所以，根本没有听到想到。

李隆基开心还有原因，宁王替他找来这个莫才人，有一种别样的山野风情，很合他心。

莫才人能唱秦地的歌曲，且声音很有特点，当时的人都称之为莫才人调。

要知道，李隆基极度喜欢音乐，亲自谱曲（霓裳曲），办戏剧学院（梨园），指导人训练马跳舞（舞马），打鼓（他打坏的鼓杖就有四柜子之多），总之，凡是音乐，他都喜欢，且精通，所以，当一个漂亮的懂音乐的少女出现在了他的眼前，他没有理由不喜欢。

宁王六十三岁去世，当李隆基在朝堂上听到消息时，"号叫失声，左右皆掩涕"，他亲自定下宁王的谥号"让皇帝"，他忘不了宁王的辞让，甚至忘不了草丛里的柜子。

伍

段成式显然是个有心人，用心搜集各类好玩的新闻，他在笔记大著《酉阳杂俎》前集卷十二《语资》、前集卷三《贝编》中，给我们讲述了上面的故事。

只是故事好玩吗？

我却看到了唐朝宫廷的政治生态，藩王要想好好活着，宁王就是榜样。

成寻和尚杭州行

成寻是和尚，日本和尚。

北宋熙宁年间，成寻（1011—1081）六十岁时偷渡到大宋学经，留下了一部详细的日记——《参天台五台山记》。我也把它看作是笔记，真正的笔记。他两次游历杭州，记载颇为详细。

壹

先要说一下，成寻为什么偷渡。

遣唐使运动，为古代日本的求新求变带来了明显的好处。但安史之乱使唐朝元气大伤，再加上唐武宗灭佛，深深打击了信仰佛教的日本人，他们回去报告，说唐朝已经衰落，不再是佛国，用不着派留学生到唐朝学习，于是，遣唐使的使命差不多就结束了。

一直到宋朝建立，日本政府仍然没有公派出国学习的计划。

成寻，俗姓藤原氏，七岁就进入京都的岩仓大云寺受戒，研究学习天台宗的显密二法。天台宗是第一个起源于中国的佛教宗派。其实，宋代，天台宗已经有些式微，禅宗、净土宗等广泛传播。1053年，他已经做到延历寺总持院的阿阇梨（教授、导师之类）。因为从小学修天台宗，作为天台宗的海外逸枝，成寻特别向往去发源地作朝圣之旅。他上书天皇，要求搭宋船到中国访学，可是，报告打上去三年，都没有回音。六十岁的成寻，决定不再等待，自行联络宋朝商船，偷偷到了中国。

虽没有经过政府同意，但成寻带了两份足以让北宋政府认可的文件：一份是日本政府颁发的，证明他是"大日本国延历寺阿阇梨寺主"；另一份就是他的前辈圆仁法师的《入唐求法巡礼行记》。

于是，成寻到达中国，一路受到欢迎。

对外交流，北宋在唐代的基础上，已经相当完善。

看一个机构的设置：鸿胪寺。

鸿胪寺就是宋朝政府的外交部，外国使节来访、朝见、宴请、迎送等皆由他们安排管理。根据国家不同，还下设不同的机构：

往来国信所，掌宋与辽之聘使事宜；

都亭西驿及管干所，执掌河西蕃部朝贡之事；

礼宾院，掌管回鹘、吐蕃、党项、女真诸族朝贡馆设及互市译语之事；

怀远驿，掌管南蕃交州，西蕃龟兹、大食、于阗、甘州、沙洲等朝贡之事；

同文馆及管勾所，掌高丽使节往来事宜；

传法院，在太平兴国八年以前称译经院，掌翻译佛经，设有译经僧官、译语官，又有译经润文官，以宰相兼职。传法院曾在北宋后期接待天竺、日本、高丽僧人，属于特殊时期的对外机构。

成寻到了汴京，就由传法院对口接待。

贰

《参天台五台山记》，是成寻在北宋的日记，共八卷，自熙宁五年（1072）三月十五日始，至熙宁六年（1073）六月十二日，合计四百六十八篇。对刚刚到达的国家，他新鲜得很，也勤奋得很，虽然长短不一，但几乎每天都记。

他在京城开封逗留的时间最长，有五个多月。其次是杭州，两次时间相加，也有一个多月。因为是亲身经历，所以，无论风土人情，还是宗教活动，记录都相当详尽。

我只关注成寻的杭州之行。

熙宁五年（1072）四月，他从明州经越州，十二日后抵萧山，并停泊一夜。

这一夜，还是很温馨的，船上艄公林廿郎、陈从，各送了他们六枚糖饼，大家分了吃。次日上午十点，大雨稍止，出船过江，前往杭州：

> 潮满满来，音如雷声，人人集出见之，造岸潮向来，奇怪事也。

钱塘江的潮，总是让初见的人吓一跳，成寻自然也吓一跳，后来的鲁智深更加吓一跳，半夜听到潮声，一个跟头惊醒，拎了根禅杖就要出门。

下午二时左右，成寻他们的船，就泊在杭州的码头：

> 津屋皆瓦葺，楼门相交。海面方叠石，高一丈许，长十余町许，及江口，河左右同前，大桥亘河，如日本宇治桥，买卖大小船，不知其数。——入河十町许，桥下留船，河左右家皆瓦葺，无隙，并造庄严。大船不可尽数。

杭州初次给成寻的印象，水网相连，华丽雄伟，是个大城市。

这次来杭州，成寻前后逗留了二十一天时间，主要为了办理入境以及巡礼天台山的相关手续。

十四日午时，涨潮了，河中关门打开。沿河行数里，又进一个水关，过一座大桥，桥的柱子，都是大石头，庄严得很。到了官府，见都督的门"如日本朱门，左右楼三间，前有廊并大屋向河悬帘。都督乘船时屋也。官人乘舆，具五六十眷属，出入大门多多也"。

看看，都督的船，像房子一样大。那个派头呀！

十五日。整天下雨，在船上休息，成寻特别记载了艄公陈从买的一支甘蔗，长四尺，口径一寸，切碎挤汁喝，甜得不得了！

——插一下杭州的水果。

据《武林旧事》一类的笔记记载，杭州城里有各色水果，品种不计其数，一方面是说杭州市民的富足，另一方面，也足以说明，杭州是个流通度很大的国际性城市，南来北往，海内外好的东西，都会销售到这里。

十六日，仍然下雨。办完公事回到船上，看见几十家店铺，放果子的物品都用金银打造，觉得不可思议。

——再岔开说一下杭州的富裕。

意大利人马可·波罗说，杭州是个天城，不仅官家富家，杭州的百姓，穿的都是绸缎。

十七日，成寻在街上看见了稀奇动物：兔马两匹，一匹负物，一匹人乘。马大如日本二岁小马，高仅三尺许，长四尺许，耳长八寸许，似兔耳形。

哈哈，两只大耳朵竖起来就是兔子吗？这是骡子，不是像兔子一样的马，成寻绝对是第一次看见这种动物。

这一天，成寻还花了八十文钱，买了双线鞋。这双鞋子，一定中他的意，穿起来舒服，否则出家人在外，大多是能简则简的，但和尚行的是长脚路，绝对不能亏了自己的脚。

二十一日，成寻一行八人去澡堂洗澡，每人花费十文。

——又要岔开去，杭州多澡堂。

据马可·波罗的游记记载，杭州人洗澡成瘾，早上起来，洗个澡后才吃早点，整个杭州城，估计有不少于三千座澡堂，一般的富裕人家都有浴室，公共浴室则分男女，有冷水浴、热水浴。在这样一个洗浴成风的城市，过客们也会被感染的，似乎不洗个澡，就对不起仙身如玉的西湖了。

二十二日，逛杭州庙会，看各种把戏表演。当夜，"都督从市中过行，前后共有数百人也"，这个官当得真是有点气派呀。

二十三日，第一次吃到杭州的干柿饼，"太平白美也"，也就是说，这种柿饼，泛着一层浅浅的白霜，又大，又扁，味道相当好。

二十五日，参拜杭州的著名寺院。有趣的场景是，做完佛事后，主人邀请客人用餐，虽是寺庙，排场也不小：先吃干果，有荔子、梅子、松子，其中"龙眼味如干枣，似荔子，颇少去上皮吃之，胡桃子实极大，破薄易吃"。随后，又"作果五六种，不知名。甘蔗、生莲根、紫苔为果子，有樱子。先乳粥，次汁三度，最后饭极少盛之"。这一场参拜活动，一直持续了整整三小时。

二十八日，收到南屏山兴教寺考察的邀请。

二十九日，在通事的陪同下，成寻一行坐轿到兴教寺。成寻在这里，恰好听到一场讲经课："百余人着座。教主一人礼佛，登高座，只一座，无读师座，高六尺许，有桥，如佛说法仪式，歌二人，维那打柱，出歌，教主表白，读《玄义释签》第六卷。"没有更多的评论，这就是一场观摩教学啊。看看别人是怎么做这些他们日常也在做的事，交流一下，也可以促进自身的研修。

从兴教寺出来，已经下午四点了，成寻一行往北走二里，又到了净慈寺。行动路线也差不多，都是先参拜，后交流，边交流边吃点心。

成寻一行离开之际，无论是兴教寺，还是净慈寺，大小教主、大师，都送出大门，边上还有诸僧列送。官府都如此重视，人家又是专门来观摩交流的，自然要以最高礼节接待。

五月一日，朝廷巡礼天台山的批文已经下达，成寻一行准备前往天台山了。

叁

熙宁六年（1073）一月，成寻完成了天台山和五台山巡礼的心愿，心情大好，自觉佛法精进了许多，申请回国，得到批准。神宗皇帝相当重视，他不仅亲自接见成寻，还托成寻转交给日本天皇许多礼物。

其实，宋朝对外交相当重视的，那些来过大宋的访学高僧，一般都受到皇帝的亲自接见。

中间也有新鲜事。

三月二日，因为长期干旱，成寻就被请去主持作法祈雨，结果呢，歪打正着，四日之后，果然连降大雨。这下不得了，成寻的地位一下子又提高了很多，成寻趁机提出，要去大宋宫中参观。自然，一切都遂成寻的意。并且，他还得到了神宗的赐封，赐予"善慧大师"名号。

四月十五日，成寻一行离开首都汴京。

五月十八日，从嘉兴一直南行。

十九日住杭州十八里店。

二十日，再次来到杭州。

成寻这回到杭州，停留的时间不长，只有几天。

因为荣耀而归，所以，二十一日至二十四日，接待的都是官府有关人员，还有一些已经熟悉的朋友，吃茶吃酒，互赠礼物，准备归国船只。

二十六日，成寻一行在通事的陪同下，渡西湖三里，到了五里松一带，又到了灵隐寺，"山体似飞来，山洞数处，奇秀绝异也"。灵隐寺大师点茶以待。

成寻在这里，见到了数十首诗，他在日记里摘引了好几首，不引。

从灵隐寺出来后，成寻一行又去了天竺寺，正好又碰到了一场讲法课：

> 寺主房百余人学问天台教，管内僧正海月大师惠辨问："《仁王疏》有无?"答云："四卷疏纷失了，有天台一卷疏，三卷章安私记，《金刚般若疏》非天台疏由示之。"

后来，成寻一行又来到葛洪炼丹处，但见泉水极清凉，他们都知道葛天师的故事，人人争着饮泉。

这一天，成寻他们跑了好多地方，玩得好开心。将近傍晚时，才回到了船上，在西湖上荡舟，宾主吃酒尝果，煞是快活。

二十七日，天竺寺僧正派来使送碑文一张，成寻感喜无极。

二十八日，成寻与嵩大师、三人小师再次一同去灵隐：

> 在西湖坐船，先去参见天竺寺僧正，善妙大师出来点茶，

以桥上塔院礼拜了，处处吃茶四个度。

这里有两个看点，一是"点茶"，就是用白汤泡沫茶，这是寺院主要的饮茶方式。二是"四个度"，这里的"度"，应该作量词用，即"次"，或者"回"，也就是说，成寻一行是尊贵的客人，每一处都接待得非常正规和隆重，喝茶，必须过了四回才可离开，上面也有"三度"。不知道这样解释对不对，我也没有把握。

而点茶这种方法，我去年在径山寺下面的一家民宿，还见到了比较完整的表演。茶艺师介绍，真正的茶宴，有专门的仪式，包括献茶、闻香、观色、尝味、论茶、交谈，也有专门用具，讲究得很。据说，这种吃茶方法原本是径山禅寺所创，后来传到日本，变成茶道，再从日本传回。文化的因子就是这样，来来回回，互相影响着。这一天的下半日，成寻还拜见了灵隐寺的慈觉大师，并洗了浴。申时返回。这更加有意思，如前述，杭州城里到处是澡堂，沐浴已经成为普通百姓的生活方式，所以，寺院也自然少不了好的沐浴场所。沐浴完，污垢全除，神清气爽。成寻这时候沐浴，是因为他第二天要上船回国了。

二十九日，成寻一行离开杭州，六月到了明州。

肆

在明州，成寻仍然要等待合适的行船回国机会。

然而，不知什么原因，成寻却将行李托付给弟子，让他们先回去，自己准备再去天台山修行一趟，然后再到五台山巡礼。

不想，成寻永远回不了日本了，他在中国圆寂了。

他圆寂的年代不甚明了，但一般考证为元丰四年（1081）。

人与人之间，国与国之间，有多种不同的交流形式，互相认同的宗教使双方达成共识，北宋政府和寺院以这种温文尔雅的接待方式，让成寻感到了许多的温暖。

程明道巧断案

宋朝施德操的笔记《北窗炙輠录》卷下，讲了作为官员的明道巧判案的一组故事，机智又解气。

明道姓程，即程颢，他和他弟程颐，是宋朝大理学家、教育家、哲学家。他十二岁时，还没有成名成家，但因为老成持重，几乎人见人爱。他有多少学问？成语"程门立雪"就是说他的，那杨时，也算很有学问的进士了，但为了得到程的指教，竟然不顾天下着大雪，等候在他的门前。所以，这位宋朝大名人，流传故事广泛，有的几乎被神化。

这里不说他的学问，只讲他做小官时断的几则趣案。

壹

第一则案：巧断钱。

明道在做金华知县的时候，有个租住别人房子的人，某天，在租房里，突然挖到了一窖钱，这钱有一千多缗（一缗钱为一千文）。

房主很淡然地告诉房客：这钱是我藏在那里的。

租客则不以为然：不可能！你藏的，为什么事先不挖走？

你争我辩，似乎都有道理，谁也说服不了谁，自然闹到了衙门。

到了明道的大堂上，两人仍然争论不休。

程知县开始审理了。

程知县问房主：既然你说这个钱是你所藏，那么我问你，你是什么时候藏的？

房主答道：很久了，我当时建这所房子的时候就将钱藏进地窖了。

程知县又问租客：你租这房子有多少年了？

租客答：三年。

程知县胸有成竹：好，我知道了。现在，请办案人员将那些钱币拿我细看。

明道将数枚铜钱，一一细看，正面看，反面看，一串串地看，下面的观众都不知道他要干什么。

看过之后，明道开始断案：这钱是房主的。

租客一听，急了，仍然和知县争辩：这钱是我的，凭什么说是他的！

程知县突然沉下脸色，大声训斥租客：你还要狡辩，你租这房子才三年，可是我刚才细看铜钱，都是久远年号，从埋藏的成色看已经超过三年，你租的时候，怎么可能有这些钱，扯淡！

听到知县这样训斥，租客低下了头，也心服口服。他本来以为，这钱，如果不是房东的，那他就可以占有，想碰运气。

贰

第二则案：巧断假父。

有个姓于的富人死了，他只有一个独生子。

有天，突然有一医生闯入于家，他对于家的儿子讲：我是你的亲生父亲。于子一脸惊讶地问：不可能，怎么回事？

医生一五一十告诉于子：你实际上就是我的亲儿子，你小时候，我因为儿子多，抚养你有困难，就将你抱给你现在的父亲养育，现在，我年纪也大了，你应该跟我回家，给我养老。

虽然有点道理，但于富翁的儿子已经成年，他并不相信这个医生的一面之词。医生却缠着于子不放，拉拉扯扯，双方只好让程知县来断案。

程知县照例问：你有什么证据证明你是于子的亲生父亲？

医生答：我当然有证据证明，知县大人，您看，这就是我的证据。

医生拿出一本药方簿：这上面，清楚地记载着我儿子的出生年月。

程知县一看药方，哎，果然是，且药方的纸、写药方的墨，都有些年份了，药方上写：某年某月某日，以第几子与本县于二翁。

看着这个药方，程知县一时竟想不出什么好的办法，他思忖：这有点难了，一般人是不可能知道别人的生日的。

程知县又做了细致的当堂调查。他问于子：你几岁了？你父亲多少年纪？

于子一一回答。

问完这些，明道心中有底了，他当堂断案：原告，本县根据你提供的材料，和原告的证词，本县推定，你犯了欺骗罪，你不是于子的亲生父亲！

医生急了：知县大人，我怎么敢欺骗啊，我确实是孩子的亲生父亲！

程知县有理有据：你药方上所记，于子的出生年月，确实不错，但你作为医生，也完全有条件和机会得到他具体的生辰，关键是，你药方上有一个致命的漏洞：刚刚问了于子的年纪和他父亲的年纪，简单推算，于子出生时，于父才三十四岁，一个三十四岁的青年人（古代有可能称中年人），怎么可能是翁（老头）呢？

铁证如山，这个医生只有灰溜溜地服输。

第三则案：巧分财产。

也是一富人，也是只有一儿子，儿子还是很小的年纪，母亲早死，富翁自己也快要病死，他对女婿嘱咐道：我将小儿子拜托给你，希望你好好抚养他，待他长大成人时，家中的一半财产分给你。口说无凭，富翁手写遗嘱，让女婿保管好。

时光如梭，富翁的小儿子，无忧无虑中很快长大成人了。

姐夫拿着岳父的遗嘱，要求小儿子将一半财产分给他。

小儿子不肯：自古以来，从来就是儿子继承家产，我为什么要分给姐夫一半呢？不分！

姐夫不和小舅子多啰唆，拿着岳父的手书，将小舅子告上了法庭。

程知县一看状子和证明材料，他决定，采用另一种方法，庭外和解。

程知县暗地里将被告小儿子找来，如此教育他：你的父亲真是个聪明人啊，如果不是你父亲这样的安排，你已经死很久了。你姐夫心中惦记着一半的财产，所以才会好好地抚养你，你才会顺利长大到今天。公正地说一句，即便这样，你姐夫仍然是个好人，假如他不是好人，那你小时候就会死于非命，他反而得到了整个家产。今天你难道还要和他计较那一半的财产吗？

程知县循循诱导，小舅子立刻听明白了，痛快地分了一半家产给姐夫。

肆

第四则案：果断推理。

程明道做县官的时候，待百姓亲如家人，有人来告状，居然不带状子，而是到大堂口述案子。他的大堂，也不分白天黑夜，有案就审。

曾经有个地方，夜半发生了一件凶杀案，案子报来，程知县甚为痛苦：我管理的地方，竟然还有如此严重的刑事案件，这是我没有料想到的。又深深地想了一会儿后，他告诉差役：这个案子，一定是某村的某人犯的！

紧急追捕。

办案人员回来报告说：程知县真是神人，果然是某村某某作的案。

程知县答：以前，我曾经走遍各乡各村，遍阅乡人，只发现某某人有不讲理的凶暴气，所以推断如此。

自信心，想必是有来由的，缘于他的务实工作作风，群众工作做得细密。

伍

总起来说，四则案子，都不是什么大案要案，程知县凭着自己的学识和为人，凭着细致和踏实的工作方法，都轻易解决了：一、二是从年代入手，三是以情断案，四则完全是调查研究的结果。

古代官员大多读书人出身，特别是县官，什么事都要亲力亲为，考试考得好并不代表做官做得好，案子判得好，像程明道这样，学问好，又留下好口碑的，才会让百姓喜欢。

蹴鞠·相扑·弄潮

壹

对常人来说，这是一场不平常的寿宴。

吴自牧的《梦粱录》卷三，有《宰执亲王南班百官入内上寿赐宴》。这场寿宴，共上了九盏酒。其中的第六盏是这样的：

> 第六盏再坐，斟御酒，笙起慢曲子。宰臣酒，龙笛起慢曲子。百官酒，舞三台，蹴球人争胜负。且谓："乐送流星度彩门，乐西胜负各分番。胜赐银碗并彩缎，负击麻鞭又抹枪。"下酒供假鼋鱼、蜜浮酥捺花。

这盏酒，分几个层次。除了美妙的音乐伴奏，还有一场运动——蹴鞠，就是踢足球。虽然只有一句"争胜负"，但从后面几句诗，可以看出场面激烈的大概：踢球，分出胜负，胜者奖励银碗、彩色绸缎；负者要受到鞭打，还要抹上花脸。这鞭打，估计只是象征性的，不会像罪犯判决那样，因为还要"抹枪"（脸上抹白粉），这就类似于现代打牌，输的人脸上背上贴纸条那种，逗着玩的。

蹴鞠运动，已经深入宋朝人的生活。

《水浒传》中，高俅就是个踢球高手，这是他进阶得宠的不宣秘诀。

周密的《武林旧事》卷四，《乾淳教坊乐部》里，列出了可能是史上第一份比较完整的足球队名单，"筑球三十二人"，竞赛时两队主要运动员的名单与位置都极详细：

> 左军一十六人：球头张俊，跷球王怜，正挟朱选，头挟施泽，左竿网丁诠，右竿网张林，散立胡椿等。
>
> 右军一十六人：球头李正，跷球朱珍，正挟朱选，副挟张宁，左竿网徐宾，右竿网王用，散立陈俊等。

这一支正规的皇家球队，有一些著名的球员，这些球员百里挑一，就如现在的国家队，每位队员都有自己的特长。卷六《诸色伎艺人》中，周密还列出民间足球运动员黄如意、范老儿、小孙、张明、蔡润等。

他们如何踢球呢？

孟元老的《东京梦华录》卷九记载如下：

> 左右军筑球，殿前旋立球门，约高三丈许，杂彩结络，留门一尺许。左军球头苏述，长脚幞头红锦袄，余皆卷脚幞头，亦红锦袄十余人；右军球头孟宣，并十余人，皆青锦衣。乐部哨笛杖鼓断送。

这个球门，和现代足球差不多了，但比现代足球门豪华，现代用网，古人搭个框。除了球头（应该是队长之类的角色）的打扮略有不一样外，运动员身高都相当可以，长腿，裹着头巾，身着红蓝两色锦缎球衣，这种丝绸衣裳，跑动起来轻盈，透汗性能也比较好。

《宋史》里记载有蹴鞠专门的方法与规则：

> 有司除地，竖木东西为球门，高丈余，首刻金龙，下施
> 石莲华坐，加以采缋。左右分朋主之，以承旨二人守门，卫士
> 二人，持小红旗唱筹，御龙官锦绣衣哥舒棒，周卫球场。

这里的球场设施，显然更加豪华，也更加规范，皇家队嘛，总是要做全国的样板。还有专门的乐队助威，哨，笛，鼓，加上鼎沸的人声，宋朝的球场，往往是一片欢乐的天地。

百姓怎么能不欢乐呢？这是连皇帝都喜欢的体育运动。这种运动，需要调动起身体的许多部位，头、肩、背、腹、膝、足，方法极为灵活多变。元代画家钱选，他仿的宋代画家苏汉臣的《宋太祖蹴鞠图》，生动地记载了一场高端运动赛事：宋太祖和其弟赵匡义（宋太宗），还有大臣赵普、郑恩、楚昭辅、石守信六人，在球场上纵横驰骋。

宋代承继了唐代的蹴鞠方式，也分为有球门的比赛和无球门的比赛，而骑在马上打马球则又是另一种流行的军事训练方法。

岳珂的笔记《桯史》，卷第二有《隆兴按鞠》，写了一场惊马的事故：

隆兴初年，孝宗决心锐志复古，他骑马射箭，戒酒少娱乐，把心劲都用在强身健体上。他模仿陶侃运砖的方法，经常召集各位将领，在殿中打球。即使刮风下雨，他仍要求将帷幕搭好，在地上铺上沙子练球。

群臣三番五次劝他，不要这么拼命，要以宗庙为重，危险动作少做，他一概不听。有一天，他又骑马打球，跑来跑去的，打了好久，连马也疲劳了，这马突然往大殿的廊道中跑去，屋檐比较低，眼看要碰到横梁，大家都惊叫起来，急忙跑过来解救，众人跑到跟

前时，马已经穿廊而出，只见孝宗，两手抓住横梁，直着倒垂身体，脸上一点也没有变色，回头还向群臣指着马逃跑的方向，要大家去追马。

见此景，群臣都称万岁，赞孝宗英武天纵，和宋太祖抵城挽鬓的事一样。

显然，宋孝宗是为了基业的复兴，利用室内球场打球习武呢。

贰

我们继续那场寿宴。

最后一场酒，就是第九盏酒，程序是这样的：

> 进御酒，宰臣酒，并慢曲子。百官，舞三台。左右军即内等子相扑。

有音乐，有舞蹈，还由"内等子"（军队中挑选出来的大力士）表演了"相扑"，就是角抵。

说起这个角抵，那是相当有历史了。

《汉书·武帝纪》记载：元封三年（公元前108）春，"作角抵戏，三百里内皆来观"。

人类最原始的比赛，除了马拉松式的跑步，似乎就要算角抵了。这是一种最简单省力，且又能一决高下的比赛。两人手拉手，头抵头，在一个合适的地方，无论边上有没有人起哄，都可以分出胜负。高手和高手过招，腾挪推让间，看似平淡无奇，两人的身体里，却如大海般波澜起伏，都在试探对方，都小心翼翼，都想一下子摔倒对方。这个高手，凭的不仅仅是气力和技术，还有相当成熟的心智，唯此，才能置对方于死地。

因此，在汉朝灿烂的冬日暖阳下，国家突然举行这样一场全民健身运动会，无疑吸引人，四方百姓可以放下手中的活计，从几百里外赶去观赛。

从此，这项简单的比赛活动，就风靡了全国，传至后代。角抵，相扑，两相搏扑，最原始坦诚的相见。

皇家有专业相扑运动员，民间似乎更热闹，而且成了某些艺人谋生的方法。《梦粱录》卷二十《角抵》这样记载：

> 瓦市相扑者，乃路岐人聚集一等伴侣，以图摽手之资。先以女颭数对打套子，令人观睹，然后以膂力者争交。若论护国寺南高峰露台争交，须择诸道州郡膂力高强、天下无对者，方可夺其赏。如头赏者，旗帐、银盆、彩缎、锦袄、官会、马匹而已。顷于景定年间，贾秋壑秉政时，曾有温州子韩福者，胜得头赏，曾补军佐之职。杭城有周急快、董急快、王急快、赛关索、赤毛朱超、周忙憧、郑伯大、铁稍工韩通住、杨长脚等，及女占赛关索、嚣三娘、黑四姐女众，俱瓦市诸郡争胜，以为雄伟耳。

设擂台，高奖赏，围观者众多，男运动员都有自己的绝技，"急快"，几个回合，就站在了胜利的擂台上了。不仅有男运动员，女运动员也很厉害，嚣三娘，这一位女子，她相扑起来，估计嘴巴连连发出吼声，先声夺人，从气势上率先压倒对方。

一项运动，全民参与，普及性高，基数大，就相对容易出人才。《武林旧事》卷六《诸色伎艺人》中，有点名气的相扑运动员也不少：王侥大、张关索、撞倒山、铁板沓、曹铁拳、王急快、卢大郎、韩通住、严铁条等四十四位。

一个热心于市民写作的作家，一天到晚都沉浸在南宋热闹的街市上，不仅有精神享受，饱眼福，也饱口福，运动的街市，其实也是个小吃的街市，那些来来往往、熙熙攘攘的人群，此起彼伏的叫卖声，甚是悦耳。

叁

这又是一场盛大的游园活动。

《东京梦华录》卷七《驾幸临水殿观争标锡宴》，记载了娱乐项目秋千的变体——水上秋千，类似今天的跳水运动：

> 又有两画船，上立秋千，船尾百戏人上竿，左右军院虞候监教，鼓笛相和。又一人上蹴秋千，将平架，筋斗掷身入水，谓之"水秋千"。

这两条彩船，船上竖着秋千架，非常牢固稳定。一边有人擂鼓，一边有人吹笛，两边还有不少军人负责安全保卫。这时，一个运动员开始了表演，向左一下，向右一下，荡圈的幅度不断加大，重力不断加强，这种加速应该是极快的，没几下，运动员就将秋千荡到了和架子一样高的高度，突然，运动员离开了秋千，翻着筋斗，像一条鱼一样，飞身入水，水面上激起了小小的浪花。

这只是皇帝驾临金明池临水殿观看表演时众多节目中的一个镜头而已，但项目已经非常成熟，运动员动作娴熟，场上高潮迭起。

我们常看现代跳水，三米十米跳板，运动员按难度系数逐次增加，但无论多高，都是固定跳台。而宋朝的跳水运动员，将秋千与跳水结合，难度应该更大。

北宋诗人王珪有诗《宫词》写这种跳水运动：

> 内人稀见水秋千，争擘珠帘帐殿前。
> 第一锦标谁夺得，右军输却小龙船。

高手在民间，真正比赛时，专业运动员（右军）不一定赛得过民间高手。

肆

宋治平（1064—1067）中，杭州太守蔡襄，发布了一道命令《戒弄潮文》，以法律的形式禁止弄潮活动。

《淳祐临安志》卷十《浙江》，这样记载了禁止的缘由：

> 斗牛之外，吴越之中，唯江涛之最雄，乘秋风而益怒。乃其俗习，于此观游。厥有善泅之徒，竞作弄潮之戏，以父母所生之遗体，投鱼龙不测之深渊。自谓矜夸，时或沉溺。精魂永沦于泉下，妻孥望哭于水滨。生也有涯，盍终于天命；死而不吊，重弃于人伦。推予不忍之心，伸尔无家之戒。所有今年观潮，并依常例。其军人百姓，辄敢弄潮，必行科罚。

这个命令，谆谆告诫，语重心长，好像大人在唠唠叨叨教育孩子：那钱塘江潮呀，可不是开玩笑的，秋潮更加厉害，碰都不要去碰！那些水性好的人，你们不要以为自己本事，淹死的往往就是水性好的，弄潮弄不好就喂了鱼！一旦出事，你们的妻儿老小，只会在江边哭哭啼啼，悲伤的场面让人不忍卒看。人生苦短，千万要珍惜生命。今年谁敢再弄潮，一定严惩不贷！

这弄潮，形式上有点像现代的冲浪，但危险系数绝对高于冲浪，浪还是温和的，有规律的，而钱塘江大潮，若遇八月十六至十八，凶猛无比。

政府的命令颁布过了，责任也就尽到了，至于是不是令行禁止，则完全取决于执行的程度，而执行，往往高成本，因此，宋朝民间，弄潮还是很活跃。

世异时移，南宋的弄潮观潮，全民参与，似乎有点产业化了，出现了新高潮。

周密的《武林旧事》卷三《观潮》中，已经有专业表演者了：

> 吴儿善泅者数百，皆披发文身，手持十幅大彩旗，争先鼓勇，溯迎而上，出没于鲸波万仞中，腾身百变，而旗尾略不沾湿，以此夸能。

这些弄潮儿都是个性青年，长头发，文身，手上拿着大彩旗，他们在猛浪里穿梭，上下腾越，竟然能做到不湿旗，可见本事是十一分了得。

政府也顺应时势，将体育运动和军事训练相结合。周密继续写道：

> 每岁，京尹出浙江亭教阅水军，艨艟数百，分列两岸，既而尽奔腾分合五阵之势，并有乘骑弄旗、标枪、舞刀于水面

者，如履平地。俄尔，黄烟四起，人物略不相睹，水爆轰震，声如崩山。烟消波静，则一舸无迹，仅有敌舟为火所焚，随波而逝。

从周密描写的场面看，这场规模宏大的演习，也是精心准备的，并且相当有气势，既有联合舰队的整体行动，也有精致的单兵作战，在波涛起伏的钱塘江上能"如履平地"，这是常年坚持训练的结果。而且，还有实战打击目标，一场激烈的战斗后，假想中的敌船随即灰飞烟灭。

"玉城雪岭，际天而来，大声如雷霆，震撼激射，吞天沃日"（周密语）。要在这样凶猛的大潮中弄潮，确实是天下奇观。

2017年2月，我去杭州最年轻的城——萧山益农采风。这座小城，就是用十年时间，在钱塘江边围垦起来的。当地老渔民李阿兰说，他二十三岁开始柯鱼记工分，最刺激是抓潮头鱼，每次都可抓几十斤，最神奇的是坐潮：潮头挤涌着许多鱼，看准机会，一个箭步冲上去，随着潮的高低迅速下手，坐在潮头抓鱼，但这需要极强的平衡技术，弄不好就跌进潮里出危险，他捕到最大的一条鲈鱼有五十三斤。

貌似强大的东西也有弱点，弄潮和坐潮，都是对潮的蔑视。

$$伍$$

南宋临安的天空下，勾栏瓦肆中，蹴鞠，相扑，喊叫声此起彼伏。湖面上江波中，跳水和弄潮的身影，矫健无比。尽管南宋江山不完整，但还是要正常过日子，这就是百姓的日常，无论古今。

D 读书人王嘉宾

读书人王嘉宾

明代江盈科的《雪涛小说》中有《不善用书》，讲了他家乡一个可恶的读书人王嘉宾，鬼点子坏点子太多，自作孽。

壹

明万历三年（1575），常德府学有两个读书人，生员王嘉宾和童生杨应龙。王很聪明，但性格暴烈，歪点子特别多，而杨童生，不学好，跟在王的屁股后面，亦步亦趋。他们东逛西玩，还常常去妓院。

他们的家境不好，并没有太多的钱供他们玩耍，他们就动起了歪脑筋。

这一天，他们找到了同乡，也是童生的邹文鉴。这小邹是个富裕人家的孩子，家里管得也不紧，也喜欢玩。于是，王和杨两人，不断地骗小邹钱，以各种冠冕堂皇的理由。钱去如流水，一来二去，他们一共骗了小邹三百两银子了。

这么多钱，如果哪一天小邹要求他们还，怎么办？两个穷读书人怎么还得起呢？思来想去，恶计胆边生，干脆灭口。

某个下午，他们俩又一块喝了好多酒，壮了胆子，将小邹约到郊外的一个空旷处，趁小邹不注意，用石头猛砸，小邹本能转身反抗，抱住王嘉宾，将他的两根手指（作者没说哪只手，我猜左手）差不多咬断，王的身上沾了不少血滴，腰部以下看着像雨痕。

读书人小邹又没有冤家，突然死了，这一下子就成了当地的头条新闻。案子迅速报上来，常德知府叶日葵、同知王麟泉，立即命人缉捕。一番紧急忙乱，却毫无所获。

王嘉宾素来胆子大，又自以为做得神不知鬼不觉，就装得像没事的人一样，该干啥还干啥。事后第二天，他就大胆前往同知府，要求免去操军的役任，这役是皇家的任务，不是什么人说免就可以免的，王麟泉断然拒绝他的要求。这王嘉宾，火气一下上来，冲到王同知的办公桌前，一把夺过同知手中的笔，想自己抹掉操军的名字。面对王嘉宾的强悍无理，王同知非常厌恶，但他不动声色，因为他从王的身上发现了异常情况：王的左手有两根手指差不多要断了，衣衫上还有血痕点点。

王同知立即非常严肃地问王嘉宾：

王嘉宾，你左手的两根手指怎么回事？你身上的血滴又是怎么回事？快说清楚！

王嘉宾吓出一身冷汗，但依然急中生智：

刚刚与老婆打架，这丑婆娘居然咬了我的手指，她嘴巴里吐出的血，又弄脏了我的衣服！

同知并不相信王的话，他随即让人将王嘉宾关在另外一间房，暂时拘起来。

这边，王同知又立即派人前往捉拿王嘉宾老婆，让她来对证：

你丈夫控告你，说你们吵架，你咬断了他的手指，嘴巴里吐出来的血溅了他的衣衫，你罪该当死！

王嘉宾老婆一听，吓坏了：

哪有那事？我怎么敢咬我老公的手指，血吐他的衣衫？他自己和杨应龙一起，在东门的某妓院喝酒，喝醉了打架，被妓女咬伤的，不是我，他为什么要冤枉我呢？

王同知一听，好戏来了。

他又将王嘉宾的老婆关了起来，并马上派人去东门抓那个妓女。

妓女带到。一审，由两人的供词得出这样的结论：那一天，王嘉宾和杨应龙两人在妓院吃酒，喝到傍晚时分离开，王嘉宾独自一人回家，老婆看他手指已经被咬，衣服上也有不少血，问他原因，他什么也没说。

此时，王同知心里已经有了八九分的底，他向叶知府报告：我认为，杀邹文鉴的人，一定是王嘉宾。

于是，知府和同知，一起会审王嘉宾。

面对老婆和妓女的供词，王嘉宾自然无可辩驳，罪证确凿，于是，王和杨都被判斩监候，报上去，等待上级批准再执行。

人们都赞王同知神算。

贰

过了半年，王麟泉调任外地升职，他来与叶知府辞别：

我有一件事放心不下，您一定要多加小心才是。

什么事？叶知府问。

王麟泉答：

唔，就是那个王嘉宾，他还在牢里，等待行刑，那家伙读书不少，他虽像猿猴一样被关在槛里，但我猜测，他每一天都在想着怎么冲出牢笼，所以要小心提防他。

又过了半年，王嘉宾果然弄出了事。

他与杨应龙花重金贿赂狱卒，经常让狱卒买锋利的刀，将刀藏在米桶里带进监狱。他们又偷偷地挖掘监狱的墙壁，一堵墙差不多快挖通了，然后用纸伪装盖好，等待时机。

做好了充分的准备，王嘉宾又暗地里和外面的盗贼串通，约定时间越狱。

那外面的盗贼，胆子却不大，他感觉，此事非同寻常，他本来只是偷盗而已，并没有命案，他不想因为和王嘉宾勾结而送命。于是，盗贼表面上答应王里应外合，暗地里又将这件事透露给母亲，他母亲是明白人，一听，越狱、造反，这事不得了，赶紧向官府报告。

叶知府得报，大吃一惊，他惊叹于王麟泉高明预见的同时，迅速带兵赶到监狱，一查，十多把快刀正白森森地藏着呢，还有一百斤油，再看监狱的那面墙壁，已经快倒塌了。

叶知府气得脸铁青，就地严厉审问：王嘉宾，你到底想干什么？

王似乎根本不在乎死到临头：我要越狱！我要造反！

叶知府冷笑：凭你？你怎么反？

王很冷静：我们用油纸点火烧监狱的屋柱，柱子烧着后，你一定会率人赶过来救火，那时，我们就有机会，手中的快刀会麻利地将你杀掉，然后，我们打开府衙的库房分财产，再然后，我就带人一路杀出城，到江边夺船，往洞庭湖去做小"杨幺"（起义军首领）。你是个有福气的人，我的行动不幸被你发现，现在我愿速死，你不要再啰唆了！

罪人罪行罪证俱在，叶知府立即命人将王嘉宾和杨应龙捆起来，鞭打了几百下，两人当场被打死。

叶知府还是很气愤，这样的事，必须给人惩戒，拉出去，暴尸！

就怕流氓有文化，读书人要坏起来，常常不可救药。

这王嘉宾就是一典型。王走到这一步，主要原因应该是不安分。综合分析，王的不安分不外乎内外两种原因。

内因是主。他聪明，已经是生员，相比杨应龙和邹文鉴那两个童生，自然有许多优越感，要是不出意外，努努力，考取个功名，还是大有希望的。

可是，从王嘉宾后面的一系列行为看，他显然对功名兴趣不大。

喜欢玩。逛青楼，吃花酒，这需要经济成本，一两次也就罢了，他们却在不长的时间里用掉了三百两银子，这在一个经济不发达的地方，不是小数目。几百年后，1838年，也是湖南那个地方，曾国藩中了进士，但还是很穷，去做官前，到处找人借盘缠，差不多花了一年的时间，才募到了两千多两银子。好好读书，一般人都支持，可是，王却不走正道。

王喜欢玩只是表面，本质上却是品行差。一般人，如果欠下了如此多的钱，也许就醒悟了，改过迁善，重新做人，可他不，誓将错一步步走下去。这也有前提，就是他的性格暴烈，什么事情都敢做，什么规定都不遵守，干什么都不在乎，这样的人，生活中还是不少见，他们常常以自我为中心，要别人围着他转，如果王不自以为是去同知府求免操军役，也许案子没这么快被破。

都说江山易改，本性难移。王同知还是非常有眼光的，他平时应该对王嘉宾知根知底。外表看，这是一个很不守规矩的读书人，内心看，此人品德极差，这样的人，迟早要出大事。

果然，被判斩后，王嘉宾依然本性不改。

也有外部原因，各地造反的人不少，强者为王，这正激发了王性格中异常跃动的因子，反正要死，不如继续反抗，反抗也许还有条生路。

对作家江盈科来说，他本身就是个官员，自然憎恨王嘉宾这样的读书人，因此，批判的立场相当分明，王这一类人，应该让所有读书人引以为鉴。可是，他不知道的是，王嘉宾也是他那种体制下的受害者，只不过有点另类罢了。

但无论如何，杀人越货这种勾当，皆为所有人不齿，不容。

关于秦桧，怜悯一下都不行

杭州有一道名小吃，叫"葱包桧"，已经吃了八百多年了，还在津津有味地吃。百姓这是为岳飞报仇，将秦桧"包"在菜里，油炸，嚼碎，吞下去，再变成垃圾，遗臭千年。

杭州人该有多恨秦桧呀。

秦桧的后人也在岳王墓前感叹：人从宋后少名桧，我到坟前愧姓秦。

做人做到这个份上，让人怎么说才好呢。

壹

演秦桧是个高危职业，秦桧演员被刺被打，连续发生。

清代褚人获的笔记《坚瓠集》，辛集卷之四有《改任福州》，记载了一则官员痛打秦桧演员的事件：

周顺昌初到杭州任职，杭州的朋友设宴招待。

演剧是少不了的，这回，演的就是岳飞的故事。

人们喝着酒，聊着天，指点演员评价一二三。情节一步步向前推进，关键部分来了，秦桧与王氏，在东窗下密谋，设计害岳飞，一对狗男女，獐头鼠目，偷偷摸摸，鬼鬼祟祟。看到这里，周长官腾地站起来，急步上台，"啪"，一巴掌将"秦桧"打下了台。

人们很惊讶，以为该演员有什么地方得罪了周长官，但又不敢多问。

受了惊吓后，演员们也莫名其妙，但还是照常演出，直到将剧演完。

第二天，有人问周长官昨天怎么回事，是不是演秦桧的演员有什么过错，周笑笑答：没有没有，昨天看到"秦桧"，一下子愤怒，我是打"秦桧"，和演员没有关系！

如果没有人去和秦桧演员等人说清楚，那个剧团下次演出，一定还会提心吊胆的，这是管文化演出的官员吗？我们的演出，有什么问题吗？

清代董含的笔记《莼乡赘笔》，则记载了一则路人打秦桧演员的事件：

枫泾镇，是江浙交界的地方，客商云集。

每到农历三月三，当地都要纪念黄帝。人们筑起高台，邀请众多的戏班子，歌舞通宵达旦。大家都说：黄帝也喜欢热闹，不这样闹，他不高兴的。

有天，上演秦桧杀岳飞父子的戏。

都是经典剧目，演出过无数回了，演员们也很投入，剧演得相当逼真。突然，一人从人群中跳上戏台，手上拿着一把快刀，将秦桧演员刺得满脸流血。戏班子将此人扭送到官府，审判他为什么无故杀人，这人仰天答道：我与戏班子并无半点恩怨，也从没有见过他们，我只是一时愤怒，我愿与"秦桧"一起死，实在没有时间去辨真假了！

清代戏曲作家顾彩的笔记《髯樵传》，也记载了砍柴大胡子痛打秦桧演员的事件：

明末吴县，洞庭山乡，有个砍柴的，满脸大胡须，人长得结实，很有力量，人们都不知道他的姓名。他也不识字，但喜欢听人谈论古今事。听到紧要处，常要辩个是非，有些人还辩不过他。

这一天，他挑着柴担，到戏院看《精忠传》。

看到秦桧出场，大胡子异常愤怒，一个箭步飞跃上台，一下将秦桧演员摔倒在戏台，"秦桧"流了很多血，差点死掉。

众人急忙救援。

大胡子还在一边大声谴责：你做丞相，却如此奸诈，我此时不杀你更待何时！

众人劝：这是演戏呢，他是演员，并不是真的秦桧！

大胡子答：我知道是在演戏，所以打他；如果是真秦桧，他早就吃了我的大斧头了！

打演员事件连续发生，官员，路人，樵夫，有一个共识：秦桧太坏了，秦桧演员也要打！

让人惊奇的事，还在后面呢！

褚人获《坚瓠补集》引《极斋杂录》：吴中一富翁请客，上演《精忠记》。中间有位客人，看见秦桧出场，极度愤怒，一下冲上前，照着"秦桧"的要害部位就打，几下就把人打死了。

整个场子，一下子蒙了，而这位客人，却很镇定，面不改色。

死了人，总要报官的。众人将其送往官府。

要是平常打死了人，且凶手确凿，判一下还不是小菜一碟呀。可这回不一样，人家打死的是大坏蛋"秦桧"。这样的坏蛋，人人得而诛之。可是，这又不是真坏蛋呀，他只是演了坏蛋，他只是个演员，演员是无辜的。

怎么办？罪是重罪，但情有可原，老百姓疾恶如仇的正义感，我们要保护，否则，以后就没有人敢挺身而出了。判个三五年，不，缓刑，还不，放掉算了。

事情过后，这位客人还做了首诗：卖国奸雄心胆寒，当场一见冲发冠。无端格杀秦花面，也为庸臣涤肺肝。

打死了人，还振振有词，这个秦桧演员，死得真是冤枉。

贰

样板戏流行的年代，我已经读小学了。

那时刚好市里的京剧团下放到我们村里，他们吃住都在知青点，空闲的时候经常排戏。我们小孩子就会直接钻进后台，看他们化妆，看他们演奏。大胆的，还会去摸摸乐器。

他们的演出就是我们的节日。

村民们跟演员都很熟，有时直接喊：郭指导员、沙奶奶、李玉和、杨子荣，有空到我们家坐坐啊。那些个王连举、鸠山、栾平什么的，叫的人很少，村民碰到他们也是冷冰冰的，"座山雕"是个例外，因为他很会搞群众关系，又会讲笑话，村民还是蛮喜欢他的。

有次，我们几个过木桥，桥面很窄，正好"王连举"过来了，我们就是不让他，还差一点把他挤到桥下，他只好跟我们讪笑。错过后，我们就一起喊：打倒叛徒！打倒叛徒！

叁

官府的态度，民间的态度，都是要将大恶人彻底除之而后快，彻底，除恶务尽，连同情也不行，做梦同情也不行。

褚人获《坚瓠秘集》卷六，有《秦桧日受铁鞭》。这则笔记，褚作家引的是《子庵杂录》：

秀水的张恭锡先生，他自己讲，他还是学生的时候，有次做梦，进了岳王庙，岳王很客气，以礼待他。他告辞出门，听到庙后面的树林中，传来阵阵哀叫，他就想去探个究竟，看看到底怎么回事。

张看到的场景是，一囚徒反背着手，被吊在树上，一大汉正拿着铁鞭抽打囚徒，痛打一下，哀叫一声。张就问那大汉，这打的是什么人啊？囚徒哭着脸回答：同学，我是秦桧啊！岳王的法令，我每天都要被打一百铁鞭。您与岳王关系这么好，能不能向岳王请求一下，将我今天的一百鞭子免掉呀？！张蛮有同情心，立即答应去向岳王求情。

张再进庙去拜王，岳王也知道他的来意，不再对他回礼，还板着脸骂道：你以前和我是同事，我被秦桧害死，你也差点不保，现在，为什么忘记以前的仇恨，反而为秦桧求情？你赶快走吧，我不追究你！

张一听，呀，敢情我以前是岳王的部下啊。罢罢罢，坏蛋必须惩罚，告辞告辞。

张提着心，出了庙门，再经过林中，看见拿铁鞭的大汉又多了一个，那人对张喊道：你为大坏蛋求情，岳王生气了，今天要加一百鞭！

梦做到这里，张一下惊醒。

第二天，张面发热背流汗，吓坏了，赶紧跑到岳王庙，拜了再拜，幸好，再没什么事发生。

肆

岳飞一家受了多大的冤枉啊，不同情绝对不行。此乃大是大非，一点也含糊不得。如果没有处理好其中的关系，一定不会有好报。

褚人获在《坚瓠秘集》卷二，引《湖壖杂记》，写了岳飞小女儿的抗争：

银瓶小姐，是岳飞的小女儿。岳飞被害时，银瓶要去上书，替父亲申冤，遭官兵阻拦，她于是抱着银瓶投井而死。宋孝宗知道岳飞是被害死的，就为岳飞平反昭雪，并在岳的家乡建了个庙，用来祭祀岳飞。在走廊的右边，也竖了个银瓶的像，用来纪念她。

明代，有个观察使，姓宋，他去祭拜岳王。他认为，岳王精忠报国，一定要祭拜，但他的女儿银瓶只是个女流之辈，像立在庙里并不合适，他就弄个屏风，将银瓶像给罩了起来。

第二天，宋观察上班，他坐在办公桌前，看到有个穿着锦衣的神女，靠着屋檐，拿着弓箭，对着他要发射的样子。他的下属们也看见了，宋观察吓得赶紧回头要逃，背上却中了箭。

虽没一下要命，但箭伤留下了一个毒疮。

不久，宋观察就死了。

张恭锡的梦，宋观察的死，显然是人们的一种良好愿望，在普通人心里，岳飞以及所有为国而死的人，都应该得到无比尊敬，但卖国贼秦桧，则永世不得原谅！

伍

秦桧做了坏事，连累了不少人，他的子孙们似乎也永远不得安宁。

秦桧某子孙吟出名句"人从宋后少名桧，我到坟前愧姓秦"，后人不仅羞愧，更连带了"秦"这个姓。

清王士祯的《池北偶谈》，卷十有《秦罗子孙》：

《说听》载，明嘉靖初年，秦桧某后裔孙，做了汤阴县的县令，他勤奋踏实，工作业绩和在百姓中的名声都非常不错。他几次想去岳飞祠祭拜，都是心有顾忌，最终放弃。他的任期将满，接替他的官员快要到了，他和同事讲：虽然岳飞和我的先祖是死对头，但不会连累到后世的，况且，我是这里的父母官，我做人做事，对得起天地，无愧于神明，我去拜访下，应该不会有害的！于是，他写了文章，去岳飞庙祭奠。没想到的是，他一拜而不能起身，而且连吐数口鲜血而死。

王作家是转记，记述里还明确写着这件事的真实性：提学魏庄渠，刚好从河南回汤阴，是他亲自讲给《说听》的作者听的。

布衣认为，这事十有八九为真，但有添加成分。那秦县令，本来也有病，只是没发作，且心理压力巨大，总想着会出什么事，不想，一跪下，血压突然升高，本来隐藏的疾病迅速发作。或者，是他拜谒后出的事，并没有现场发作，旁人为了彰显岳飞的神明，深深加工了下。

岳飞是被秦桧害死的，但也不至于这么没心胸吧。

陆

岳王庙里，一开始的时候，那些塑像并不是铁铸的。

曾有一位官员，刚到杭州上任时，去岳王庙祭拜。他发现，岳飞、岳云、张宪的像，是用泥塑的，而秦桧的跪像，却是铁铸的，当下大怒：泥范岳王、铁铸秦桧，难道想让奸臣不朽吗?

这位官员，显然不了解情况，他低估了人们对秦桧的愤怒之情。

陪同立答：开始都是用泥塑，人人都对岳王爷的像敬若神明。但秦桧的像总是被砸，后来将秦桧改成木像，还是被砸被砍，又改成铁皮包木，仍旧被毁，无奈之下，只能铁铸了。

后来还加上万俟卨、张俊、王氏。

八百多年过去，秦桧等四人仍然在岳飞面前跪着。

胡适曾经如此评价过秦桧：他与金人和谈成功，给国家带来了一百年的和平……七百五十年来，秦桧从来没有得到原谅……（因为）他与敌人达成了屈辱的和平。

胡适的语气里，似乎还含着更多的信息。秦桧也并不是一无是处，但从历史看，从中国的文化传统看，从民众的心理看，秦桧要想在岳飞的像前站起来，似乎不太可能，同情一下，也不行!

公督私藏法

清代作家钱泳的笔记《履园丛话》卷四《水学》中，有"协济"一节，颇为具体地记载了清代救荒的实例：公督私藏法。

公督私藏，就是公家监督，私家贮藏。这种方法，丰年开始做准备，碰到灾年就可应急，在一里、一乡、一镇，因地制宜实施。

这个规则大致是这样的：

推荐一位乡间长者负责，遍告那些有田之家，凡有粮田若干的，捐米若干；做生意的店铺，则按经营规模捐出相应钱款。如果一里中，有田千亩，商铺数家，那么，捐助总数则有米十数石，钱数千。负责人会公开数目，并将账簿保存在公家。各家各户所捐的米和钱，仍然由各家保存。如果岁丰人乐，并不会支取一粒粮食一分钱，但碰到水旱凶荒年份，凡乡里缺少吃穿的，没钱看病的，死了没有棺材埋的，则请负责人查明情况，动用簿上所捐钱米，酌量救济。

或者还有这种情况：他县有饥民流入，到了一个村庄，男女老少，扶老携幼，都集中在大户人家门口，赶都赶不走。那么，负责人会出面，与流民沟通，每人给米几合，钱几文，幼孩者一半。如果是一百个流民，那也不过是分给他们数斗的米、数百的钱，但流民都会非常感激，他们很快就会散去。

这种方法，集一里、一乡、一镇的家庭之力，既能救济本乡本村的贫困，又能解除流民的扰累，且不需要额外耗费钱财，大家都很安耽，还能积德行善，这真是一个消除偷盗、安抚百姓的好办法呢!

具体列举如下:

1.公举之人，不过稍通文理而略能识字者一二人，同地保到有田之家，查明粮田、自田、租田，分为三等。粮田一亩，约捐米一升；自种粮田，一亩约捐一升五合；租田一亩，约捐米五合。所捐多少，应该考虑田地的肥瘦，产量的大小，因地制宜，不必拘泥于一种方法。

（成为负责人的条件应该不高，但必须是公推的。公推，那就是民心所向，基本条件肯定要公平公正，不说百分百，但也是有目共睹的，否则大家不放心，也不能服众。粮田分级也只是大概念，所以，因地制宜的前提也是公正公平。）

2.铺户典当本钱多少不一。铺户本钱一百两以上的，捐钱五百文；典当小押本钱一千两以上的，捐钱五千文。以此类推，如能多捐，则多多提倡。

（这一项还比较简单，根据注册资本金的多少捐助。商户都有工商注册，生意规模决定了商户捐钱的底线，当然，多多益善。典当行看起来捐得多，但它实质上就是银行，获利也高，所以捐得也要多。）

3.小户人家，种田不满十亩，开铺不满四五十金的，不一定硬捐，如果能慷慨捐助，也要大力表扬。

（这就有一个捐助的底线。从这条底线看，田少的，小本生意，收获也少。封建经济，粗放式经营，有时完全靠天吃饭，如果要这部分人硬捐，那就有可能造成新的摊派，激起新的民愤，也有悖于公督私藏法制定的初衷。恰恰，这一部分人，抗灾能力弱，很有可能就是需要救济的对象。）

4.有田有铺之家，捐助后即登记上簿，簿上需注明积米多少、积钱多少，账簿总目由公家收存。

（方法实在简单，不用增加仓库成本、人力管理成本，但是，有米多少、有钱多少，一清二楚。更关键的是，有了这些清楚的账本，决策人就可以依据此办事。）

5.公捐钱米，仍由各家各自收藏，并不交于他人。然既已捐出，即视同公家之物，应该另外存放，不可随便动用，导致急用短缺，耽误救济。

（这是善意提醒。很多人也许没有这样的观念，东西在我家，产权仍然是我的，而怎么处置，自然是我自己的事。法律提醒你，捐出的东西，产权已经不属于你，且最好分开放，没有特殊情况不要动用，要动用也须及时补上。否则到时应急，很有可能就会误了大事。）

6.需要救济的贫民，本村人最为熟悉，必须查明情况，并要本人亲自领取，防止冒领。

（这一条也很重要，是防止冒领的重要一环。某种程度上讲，富人并不是不愿捐助，而是怕捐出去的钱被乱用。如果要用到刀口上，就必须有合适的管理制度。）

7.贫民缺钱，拿棉衣之类典当的，应将其典票赎回，发给本人。有寒冷无衣者，则买旧棉衣一件救济，棉衣价值以三四百文为好，新棉衣恐怕被其典当。

（不是不相信他们，确实有这种现象发生。贫病有各种原因，有一种就是好吃懒做，或者说，没有长远志向，混一天是一天。古今都知道，输血不如造血，但现实是，他们常常会将救济的种子吃掉，种牛、种猪、种羊，救济者想用这些种子，通过勤劳，让他的日子好起来，可往往事与愿违，问他为什么这样，他还理直气壮：牛羊猪，养大了吃和现在吃，有什么区别吗？）

8. 捐助给各个贫困户，一定要妥善行事，因人而异，不可同一标准，不可捐助太多，太多则恐难以为继。

（的确如此，公督私藏，主要是救急，而不能躺在救济簿上。如果需要救助的对象，远远超过救助者的能力，救助者也不可能自保。）

9. 贫民每日每人约给米六合，钱十二文，幼孩减半，如果该乡富户捐得多，则可相应增加，因地制宜。

（量力而行，也是一种制度，有制约作用。）

10. 贫困的病者，适当救济，必须查明确实有病，每一病者约给百文，专以买药的费用，十天领一次。

（将救济的钱用在刀口上，还是一种制度，有制约作用。）

11. 死者施棺，一时半会办不了，必须先预备，以待不测。

（做事须周全，否则来不及。）

12. 有他县流民来村庄讨米讨钱的，每人给米五合，钱六文，幼孩者半之。如流民不守理法，强索硬讨，负责人可以会同地保，将流民中强横的领头者，送交官府处置。

（人道主义和监督制度相结合，如果各里、各乡、各镇，甚至各县、各省，都将公督私藏法执行到位，那么，流民到什么地方都能得到这种待遇，几圈转下来，灾荒也就避过了。）

13. 乡里所有饥寒疾病之人，既然接受了有田有铺人家的公捐救济，就应该心存感激，不可再生非分之心，如有勾结外来之辈偷抢的，报官后从重处罚。

（这是道德要求，受人之恩，当涌泉相报，万万不能以德报怨。

经常有这样的故事或现象：救助反而救出灾难，被救者见财起意，趁机杀人放火。那冉阿让便是这样，受了神父的好心招待，还要偷走银器，但那是小说，偷银器事件，是冉阿让灵魂的转折点。）

14. 里长和地保之类的相关负责人，亦有贫富不等的，<u>应该在年终时，从公捐中酌情给予补贴，以作劳动付出</u>。

（再好的办法，也需要人来执行，而要让好事办好，持久下去，那就需要一种持久的动力，这种动力也是制度规定。只有付出，没有回报，除非心甘情愿，否则便不会长久。制度定了，不管是谁，都有回报。而且，正是有适当的回报，那些负责人如果工作不到位，大家还可以罢免他。）

15. 公捐钱米，分派给贫民，如果有缺口不足的，则由负责人<u>再向各家续捐赈给，直到下一年麦熟为止</u>。如果所捐钱米有余，则各家仍可收为已用。

（如果实在运气不好，那么，大家团结起来的力量，总可以帮人渡过难关的。如果运气好，则根本不用支出。）

16. 公捐钱米，如果其乡富户众多，并且年岁每年都丰，并不需要支出，那么，该地方上一些重要之事，如河道整治、桥梁铺架、渡船建造、道路建设、凉亭修造等，都可以动用公捐钱款。但是，公捐独独不能用作诸如迎神、赛会、灯棚、烟火、演戏、敬神、说书、弹唱之事，以博一日之欢，如果做了这些，那么人们会将夜里当作白天，<u>聚赌生事，偷盗丛生</u>，尤其是，搞这些活动，贫家留客招待困难，更加重了他们的负担。

（从实践看，需要救助者总是有限的，且人如果生活不是遇到绕不过去的困难，也不会接受捐助。因此，那些富裕的地方，就会出现大量的捐助积余。于是，将大家的钱用在大家的事情上，就是一条正确的途径。官方尤其告诫的是，这些钱，千万不能用在纵情娱乐上。)

17.公督私藏这个方法，专门是为富裕之家所设，大家一定要积极参加，不可将此当作空头文件。如果富家一小气，贫户的怨气就会产生，那全社会就不和谐了。

（管理者头脑很清晰，公督私藏，关键的关键，是要执行到位。只要几户出现消极，或者倦怠，推广就会有问题。)

庚子食单

两年前，我读完《山家清供》后，对吴土荣说，我想给兄开一个食单，兄帮我试验一下，这其实是南宋作家林洪的食单，你如果试验好了，我们到富春江边富春山里找个地方找些人品尝。吴是我老家的餐饮高手，开有一间很大规模的酒店，桐庐菜做得地道，还会书法，是个有文化的大厨。

百节年为首，庚子年马上来了，我整理出这份食单给老吴，包括十二道菜，一道糕点，一种酒（连着使用的酒杯），一种茶。

碧涧羹第一。杜甫有诗"鲜鲫银丝脍，香芹碧涧羹"。这首诗老长，记录的是在越中吃晚饭时的情景。这不就是芹菜做的汤吗？是的，不过，选择什么地方的芹菜还是有讲究的噢。《吕氏春秋》说：菜之美者，云梦之芹。云梦就是现今的洞庭湖。李渔在《闲情偶寄》里讲：白下的水芹实在太好吃了。白下就是现今的南京。材料你自己选，以"芹献"（见《列子·杨朱》）作第一道菜，别像笑乡下人一样笑话我。

蒪菜第二。林洪说，朱熹喜欢酒后吃点蒪菜，朱大文豪还写有两首蒪菜诗，其中一首是："灵草生何许，风泉古涧旁。褰裳勤采撷，枝箸嚼芳香。"蒪菜长在什么地方呢？水边，沙地边，甚至石头滩上，到处都是，我们小区里也有。富春山脚严子陵钓台边，严滩的乱石滩中长的蒪菜，特别好吃，是严光三餐的必备吗？不知道，我猜是。蒪菜又叫辣米菜、江剪刀菜，估计用开水焯一下，浇点麻油就可以吃了。

太守羹第三。有羹字其实不是羹，南梁蔡撙担任吴兴（今湖州）太守时，饮食不打扰乡里，只在房前种些白苋、紫茄，作为日常食物。这两种菜都清爽，不过还有更清的官员菜。春秋时代，公仪休做相国，他妻子在自家院子里种点冬葵菜，公仪休毫不客气地拔掉，理由是"与民争利"，他的意思是说，自己种了菜，那以种菜为生的老百姓的菜就会卖不好。紫茄，我们桐庐人叫落苏，我最喜欢削成片状，猛火炒，再加几瓣蒜。

傍林鲜第四。竹林中笋长得正盛时，就在竹边扫叶生火，煨熟竹笋，味道特别鲜美，取名"傍林鲜"。石室先生文与可，是苏轼的表兄弟，他做临川太守时，有一天，正与家人在煨笋，忽然收到苏轼的书信，信中有诗云"想见清贫馋太守，渭川千亩在胸中"，文与可读到此，一口饭喷得满桌子都是。笋的做法太多了，我不多说，我要吃煨笋。

土芝丹第五。土芝就是芋头。选个头比较大的芋头，裹以湿纸，用煮酒和糟涂其外，以糠皮火煨之，候香熟，去皮温食，有温补功效，千万别用盐，用盐散精气！唐玄宗时，有个叫懒残的僧人（又懒又残），将芋头放到牛粪中煨，有人来喊他，他理都懒得理，还说："尚无情绪收寒涕，那得工夫问俗人。"哈哈，这土芝丹真诱人，寒冷的冬天，弄一炉火，煨得芋头熟，天子也不如我！

元修菜第六。林洪说，他读苏东坡写老朋友巢元修的《元修菜》一诗，每次读到"豆荚圆而小，槐芽细而丰"，总要跑到田间地头去找，元修菜到底是什么菜，找啊找，二十年都没有答案，直至碰到从四川来的人问了才明白，原来就是豌豆苗。豆苗嫩的时候，采来洗净，用真麻油炒熟，然后下盐、酱、姜、葱等佐料。我忽然想起，伯夷叔齐兄弟俩，不食周粟，跑到首阳山"采薇"，那

"薇"不就是豌豆苗吗？还是野生的。

拨霞供第七。林洪以前到武夷山六曲山里，拜访止止师。大雪天，捉得一只兔子，却没有厨师，止止师说，我们就按山里人的做法吃吧：把兔肉切成薄片，用酒、酱、椒等料腌一下，把风炉安到桌上，用少半锅水，等水开了一滚后，每人拿一双筷子，摆动涮熟了吃。吃的时候，随自己的口味，蘸汁调味。五六年后，林洪在京城杨姓朋友家又吃到这个菜，于是大有感慨，作诗记之："浪涌晴江雪，风翻晚照霞。……醉忆山中味，都忘贵客来。"锅热汤滚，不断翻卷起浪花，就如行船在江上，波浪徐来，晚霞映人，美美与共，这就是拨霞供了。林洪补充说，猪肉、羊肉，都可以这么吃的。这不就是南宋的火锅吗？嗯，就是，不过，火锅太直接，远没有"拨霞供"诗意。我们回百江老家过年，老爷子总是千方百计地弄来两只兔子（近年来越来越少），年三十晚上，最受欢迎的，就是兔肉烧萝卜丝，这是我们家的经典"拨霞供"。

酒煮菜第八。林洪说，郡江士请他吃饭，上了一道菜叫"酒煮菜"，一看不是菜，是条酒煮的鲫鱼。江士说：鲫鱼，是粮食变的，用酒煮食，对身体很有益处。鱼到底可不可以称为菜？其实杜甫《白小》诗里已经说了："细微沾水族，风俗当园蔬。"范成大《右春日田园杂兴十二绝》中也有："海雨江风浪作堆，时新鱼菜逐春回。"那些水里的鱼类，是可以当作蔬菜的，鱼菜。而鲫鱼是粮食变的，我们一听就笑了，但我们似乎不应该去嘲笑这个古老的传说，神话说，鲫鱼乃上古时期的农业之神后稷所化。我到岐山采风，当地百姓称后稷为"麦王爷"。当然，老吴呀，你选用的酒煮菜，一定要富春江里野生的，背青肚偏黄，一斤左右即可。

棕鱼第九。棕鱼其实不是鱼，是棕榈树的花苞，因其中细子成列有如鱼子故称。苏东坡有诗云："赠君木鱼三百尾，中有鹅黄木鱼子。"将棕鱼剥下蒸熟，和笋一样烧，如果用蜜煮、醋泡，可以带到千里之外，川蜀一带做菜多用它。这道宋代特色川菜，我是第一次看到。棕榈树上的花苞，我们小时候会摘下来玩，打仗丢来丢去砸人。

忘忧菜第十。什么菜吃了能忘忧？嵇康说：萱草忘忧。张华的《博物志》载："萱草，食之令人好欢乐，忘忧思，故曰忘忧草。"萱草尚未开花时，将其摘下，热水焯过，放上调料，味美，但晒干更好吃。不卖关子了，忘忧草，我们叫它"黄花菜""金针菜"。我吃了几十年的黄花菜，很迟才知道它叫萱草、忘忧草。春日载阳，采萱于堂，天下乐兮，其忧乃忘。原来如此。

石子羹第十一。终于上来一道汤，不过呢，是道石头汤。溪流清处取白小石子，或带藓衣者一二十枚，汲泉煮之，味甘于螺，隐约有泉石之气。林洪打趣说，这方法是从吴季高那里学来的，吴还说：虽然不是求仙煮食的石头，但其意趣非常清雅。《山家清供》嘛，本来就是清淡食物，但这道汤，本非清苦，只为情趣。我冒昧猜测，找那些带青苔的小石子，漂净，与葱、姜、芫荽、辣椒等一起煮，味可能会更美，自然，水要用好的山泉。

银丝供第十二。这道最特别的菜，最后上。此菜为南宋张镃发明。我在《袖中锦》中写过张镃，这位富豪的后代，也是有名的文人，前半辈子过得极潇洒。有天中午宴会，数杯之后，他命人去准备"银丝供"，并且特别交代：调和要好，又要有本味。大家都在想，这要上来一道什么菜呢？过了好久，仆人搬出一张琴，请琴师弹了一曲《离骚》，众人这才大悟，"银丝"指琴弦，调和要好，是指调好琴弦，又要有真味，大概是取陶渊明"琴书中有真味"之意吧。老吴呀，桐庐有古琴弹得好的人吗？没有的话，届时杭州我请一个来。

清供十二道上完，再上一道糕点：大耐糕。

林洪是在向云杭家里吃到大耐糕的。此糕选取生李子，去皮，剜核，用白梅、甘草焯一下，然后用蜜和去皮的松仁、榄仁，去皮的核桃肉，切碎的瓜仁填满，放入小甑蒸熟。这糕名来自向云杭的祖先向敏中。向敏中宠辱不惊，耐得住寂寞，皇帝称他为"大耐官职"。向敏中的这个故事，我也写过，原出沈括的《梦溪笔谈》。这糕制作也不复杂，成本低，我向各级纪委强烈推荐，为官为人，都要"耐烦"，唯有"耐烦"，才可以成就一些事。

这份庚子食单，没有酒吗？有的，有的，不上茅台，不上五粮液，就用新丰酒吧（配方太长，我另外给你）。昔人《丹阳作》诗云：暂入新丰市，犹闻旧酒香。抱琴沽一醉，尽日卧垂杨。那个马宾王——不是骆宾王噢，深得唐太宗赏识，他酷爱喝酒，酒量也大，据说，他曾在新丰，一次喝酒一斗八升，众人皆惊。四五十斤呀，比武松都能喝。

那么，喝酒用什么杯子呢？可以用富春山上伐下来的竹子做杯吗？完全可以，但我们索性用林洪提供的"香圆杯"吧，老吴，你家院子里不是有棵大香橼树吗？把香橼果从中间横着剖开，掏空果肉，就是两个杯子。来几个人剖几个杯子，不要浪费。新丰酒倒入香圆杯中，酒中有香橼味，香橼中有酒香。

老吴，这份庚子食单，可以随季节不同略有变换，比如喝酒的杯子，夏天就用"碧筒杯"，将酒倒到鲜绿的荷叶中，再扎紧，喝的时候，戳破荷叶，用荷叶的柄（碧筒）直接吸就行。苏东坡（又是他）夏天逛西湖时就爱这么喝，"碧筒时作象鼻弯，白酒微带荷心苦"，莲叶何田田，鱼戏莲叶间，碧筒杯饮酒，赛过活神仙。

最后上茶，这就不按照林洪提供的了，我们挟点私，龙井，或者雪水云绿，或者五云曲毫，都很不错。

老吴呀，这份庚子食单，你大显身手吧，我都有点迫不及待了！

H

花中官场
"灰姑娘"叶限

花中官场

壹

几千年前的中国北方大地上，万木空翠，花绽叶茂。先民们日出而作，景原始，人质朴，那些植物和花类，被先民们寄予各种希望和念想，反复吟咏，于是我们有了不朽的《诗经》。

花和人相伴，人们的生活更需要花。人和花，相依为命。

人们种花赏花，那些花更多是美的象征。

但也有人别出心裁观察花，花如人，花中也有它们独特的世界。

宋代作家陶穀的笔记《清异录》卷上，就有《花经九品九命》，将一些主要花类，如人间官场一一分类。

这个分类的人就是张翊，堪称花部尚书。

张一直居住在长安，因乱往南去，好学勤思，颇得皇帝重用。他这个游戏之作，用人间九品官级排列花，当时的人们，都认为他排得很恰当。

以下是花尚书张翊的排列：

一品九命

兰 牡丹 蜡梅 酴醾 [茶蘼] 紫风流（睡香异名）

二品八命

琼花 蕙 岩桂 茉莉 含笑

三品七命

芍药 莲 蓄卜 丁香 碧桃 垂丝海棠 千叶

四品六命

菊 杏 辛夷 豆蔻 后庭 忘忧 樱桃 林禽 [林檎] 梅

五品五命

杨花 月红 梨花 千叶李 桃花 石榴

六品四命

聚八仙 金沙 宝相 紫薇 凌霄 海棠

七品三命

散水 真 [珍] 珠 粉团 郁李 蔷薇 米囊 木瓜 山茶 迎春 玫瑰 金灯木笔 金凤 夜合 踯躅 金钱 锦带 石蝉

八品二命

杜鹃 大清 滴露 刺桐 木兰 鸡冠 锦被堆

九品一命

芙蓉 牵牛 木槿 葵 胡葵 鼓子 石竹 金莲

貳

花官有几十种，篇幅有限，不能一一细说。这里按九品排列的各级第一名，试着解读一下。

一品五种花官，首推兰花

兰是中国传统名花，种类也比较多，我们常见到的有春兰、蕙兰、建兰、墨兰、寒兰等。

花中四君子：梅、兰、竹、菊，它们各有品性。兰质朴文静，淡雅高洁，这是东方审美的基本标准，兰这样，做人也要这样。

兰这么名贵，做人情表忠心什么的，绝对首选。

《越绝书》载：勾践种兰渚山。

按时间推算，这正是在勾践被吴王打败的时间段里。勾践卧薪尝胆，甚至尝吴王的粪便，有那个闲心种兰美化生活吗？肯定没，他的心思，全部用在复仇上呢。他先要麻痹吴王，他要消磨吴王的斗志，他送美女；他建立大型养狗基地，用狗去捉南山的白鹿，干吗？献给吴王，夫差喜欢玩。所以，勾践种兰，也是煞费苦心——夫差喜欢奇花异草，兰花就成了不二之选。

后人也将渚山称作兰渚山，山下有集市：兰花一条街，还有驿亭，那就是兰亭嘛。王右军弄了个名噪天下的《兰亭集序》，那是后话了。

继续说兰在绍兴的故事。

张岱有个一起习琴的同学，叫范与兰。范同学非常喜欢种兰花。他种的建兰有三十余缸，都是大盆。夏天的早晨，他将兰搬到屋内，晚上将兰搬出屋外，兰们避阳光吸露水；冬日的上午，他将兰搬出屋外，晚上将兰搬到屋内，兰们始终沐浴在冬日的暖阳中。范与兰爱兰护兰，将生命融入兰的年华中，经年如此，不觉得累。

终于，范的辛苦，得到了超值的回报。

建兰开花的季节，香气直逼屋外，客人来他家坐一小会儿，香气就会萦绕人的全身，三五天不散。

张岱在《陶庵梦忆》里这么写：我去他家玩，吃睡都在他家，建兰的香气愈加浓烈，浓到我的鼻子都不敢闻了，只好张大嘴巴，用嘴来吸吐那些浓烈的香气，那些香气，就如流动的水汽一般，充盈着屋子的每一个角落。

建兰的花要谢了。那么多的花，倒掉多可惜啊，我真的不忍心，于是和范同学商量：我们能不能将这些花吃掉呢？

范同学睁大眼睛看着我：怎么吃？

我说：这个我有经验，花草我吃得多了，可以将花和面粉搅在一起煎，可以将花和蜂蜜一起浸泡，还可以将花烘干泡茶喝，这些都可以的啊。

范笑笑：那好吧。

于是，那些花都成了我们的美食。

高官佳兰，儒雅高洁，形象内敛，品质深邃，它就是花中孔圣人，一直为人精神享用，是中国人的价值标杆，两千五百年来，一直都是。

二品五种花官，首推琼花

琼，就是美玉，喻指一切美好事物。

你"投我以木瓜"，我就要"报之以琼琚"。

琼花，又称聚八仙、蝴蝶花，是中国特有的名花，唐朝就有栽培。

此花花大如盘，洁白如玉。八朵大花瓣，围着花心两朵小花，似八仙聚会，中间有小仙子，白云飘飘，仙气袅袅。八仙闲散聚会，这是什么样的风景？风姿淡雅，风韵独特，浪漫传奇。所以，琼花一向受世人厚爱，被称为稀世仙花。

我去扬州，恰值五月，满城开着琼花，扬州人骄傲地向世人宣称：维扬一枝花，四海无同类！独一种，厉害得很。

琼花官，特立独行的异类，花品花性，都独一份。

三品七种花官，首推芍药

芍药又叫别离草，花相（古人称牡丹为王，芍药为相，一花之下，万花之上）。

七仙女，玉皇大帝的宝贝小女儿，和姐姐们私自下凡，本已大错，她居然还要嫁个老实巴交的农民，这就犯好几道天条了，老天当然要处罚，罚你们一年只能见一次，七月七，你们就在这一天相见吧。每年的这一天，七仙女手里捏着几朵芍药花，来银河边和情郎相会，上演一出苦情戏。芍药就是别离草啊，爱情之花，花用七仙女的泪水浇灌而成，花中寄托着情人们无尽的相思。

我对芍药的记忆，则是源自她茎的药用功能。

每年五月初，老家门前的菜园子里，红红的芍药花开满园子，穿着粗布黑衣，长须飘飘的爷爷，似乎对这一片花特别用心，花间有一棵杂草都要轻轻地拔掉，还不时会松松花根部的土。我有疑问，花不是开得很旺了吗？这花只是好看，不能当菜吃。我认为，菜园就是种菜吃的。爷爷笑笑，摸摸我的头：我要的是芍药花的根，它的根是很好的药材，可以卖钱。

芍药花很快谢掉。花开花落，很自然的现象，但我希望它快点长大，可以当药卖钱。

第二年七八月份，可以试着挖了。扒开泥土，芍药粗壮的肉质块根，傻乎乎刚睡醒的样子，纺锤形，长柱形，如果折断，则会看到白白的颜色，有点像山药的肉。取下芍根，去掉根须，按粗细不同分类，用刀刮去根皮，洗净，晾干。晾也是有讲究的，不能在烈日下暴晒，至少要有半个月时间，才能达到药店收购的标准。爷爷做这些事的时候，很专心，他常常会拿着芍药根，用手指弹弹，细听，如果有清脆的声音发出，他的脸上就有满足的表情露出。

这大约是困难时期唯一可做的生意了。如此辛苦种出来的芍药，也不过一两块钱一斤，如果种的人多，价钱还要低。

《诗经·溱洧》歌吟："维士与女，伊其相谑，赠之以勺药。"春秋时期，郑国每逢三月初三，在溱河、洧河边上，都会举行一年一度的盛会，男男女女，人山人海，特别是小伙子和姑娘们，更是有说有笑，并互相赠送芍药以表达情意。这几句写的大概就是当时的情景。

这个四千九百年前的古老花卉，在当时就已经发挥着强大的审美功能，用以赠别情人或友人。见面时送，分别还送，可见芍药花的普遍了，如果那时有国花评选，一定是芍药。

四品九种花官，菊推第一

既是四君子之一，不知为什么作者要将其排四品，四品和一品，官的品级天差地别了。

接着说张岱。

兖州一本家朋友，约张岱去看他的菊花园。张岱一向对花花草草感兴趣，自然乐得前往。

张岱先这样卖关子：我到了他家，在园子里走了一大圈，没有发现一盆菊花，又在他房子的周围走了一大圈，还是没有发现一盆菊花。我正纳闷呢，花呢？过了一会儿，主人来了，将我引到一块面积很大很大的空地，这里，有用芦苇编起来的厂房三间，原来，菊就在这里面。厂房里的菊，把我看傻了，这哪里是菊啊，这简直就是菊的海洋嘛。

这个厂房的三面，全是用菊搭成的菊墙。每一面墙，都砌了三层的坛，坛子从大到小，菊花也是从大盆到小盆，呈阶梯状，依次往上。

这些菊花，大的花朵，如瓷盆大，一朵，一朵，一朵，像球一样滚圆，像金银荷花瓣，新鲜，艳丽，华贵，而花与花之间，皆翠叶层层，没有一张叶子脱落，勃勃生机。

是自然的力量，是泥土的力量，还是人工的力量？我想应该是数种力量的综合，才有了这芬芳的菊海洋。

顺带说明一下，兖州这个地方，大凡生活稍微富裕的人家，都对菊非常钟爱。赏菊之日，这些人家的桌子上，炕上，灯旁，炉边，凡是吃的用的，都离不开菊，仿佛菊花是他们生活的日常。

张岱喜欢菊，我也喜欢菊。

老家门前的屋檐下栽有白菊花，基本不用怎么管理，随它们自由生长，只等着秋天收获就行了。虽然不多，妈妈仍然会将它们采摘下来，用水蒸过，晾干，泡茶时加几朵白菊，顿时清香满口。

白菊性辛、甘、苦，微寒，平肝清目，清热解毒。

《神农本草经》将菊花列为上品，称为"君"。

朋友刚从西北高原来，带来一盒野菊，花朵极细，呈淡黄色，味苦，应该可以泡一壶极好的清凉茶。

待到重阳日，还来就菊花。

五品六种花官，首推杨花

杨花就是柳絮。诗人庾信有《春赋》："新年鸟声千种啭，二月杨花满路飞。"

杨花虽列五品，官也不小，却不见得是好花。

杨花不好，其实是"水性杨花"这个成语害的，浪荡女人之淫之滥，人见人怕。柳树长在水边，十足的水性，"二月春风似剪刀"，柳叶常年不枯，遇春风即开，而杨花呢？真是太贱了，什么人都想撩拨一下，行人厌烦，她却觍着妖脸，往人家怀里钻。

我走运（河），赏百花，柳树常常侧着身子往河里靠，柳叶条条随风飘，它水性，不怕掉水里的。那毛茸茸的杨花，不少人害怕，它还常常连累人家，风一撩，弄得麦冬身上雪白一片，人家麦冬，可是正经花草噢。

花官柳絮，轻浮的代表。

六品六种花官，首推聚八仙

聚八仙，就是琼花呀，前面已列二品，不知为什么又降至六品，这错误也犯得太大了，连贬四级，差点就赶上苏东坡了，苏大学士从二品的翰林学士、礼部尚书，一路贬至黄州团练副使，那是从八品啊。

是花尚书错排了，还是张不识花？我估计都不是，他是故意的。

那就再说下，这一列花官最末的一位：海棠。

苏轼和陆游，都有诗赞海棠。

东坡诗云："只恐夜深花睡去，故烧高烛照红妆。"苏看海棠看不够，白天看，晚上看，夜深了，弄个烛灯还要赏。人世间，没有无缘无故的爱，这么喜欢一种花，一定是有缘由的，估计海棠懂他的心思。

放翁诗云："虽艳无俗姿，太皇真富贵。"陆的眼中，海棠艳美、高雅，这海棠，就是睡着的杨贵妃啊，唐明皇看来看去看不够，恨不得时刻含在嘴里。

我走运（河），必去桥西公园。公园东南角靠近高家花园一带，有两个海棠小丛林，各有几十株。春天，海棠叶像梨树叶，圆而饱满，花如大朵白色茶花，十朵百朵压枝低，我过花下，香风阵阵。冬天时，没有叶子的海棠树，看着像樱桃树，枝条虽朝天四散，但枝上仍有饱满的小粒，似果，又似花蕾，我想，它们是在养精蓄锐，以待来年。

现在，我知道海棠是有身份的，六品，也不小了，以后，每次经过海棠林，我都会向它们作个揖，算是礼貌吧。

还有一位熟人，紫薇，也要提一下。

老家百江的田野里，两山夹着一块小平原，田角有一棵紫薇树，已经一千多年，杭州市十大古木之一，盗挖它的人，还被判有期徒刑缓刑两年。现在，它仍在花开花谢，迎接韶光。

好官，好官，工作了一千多年也不退休，为人民鞠躬尽瘁，死而后已。

七品十八种花官，首推散水

这个品级的官，人间最多。芝麻官，大小事情都得管。

散水花，就是玉蕊花。

唐刘禹锡《和严给事闻唐昌观玉蕊花下有游仙二绝》诗之一有句：玉女来看玉蕊花，异香先引七香车。

宋代姚宽的笔记《西溪丛语》卷下这样说明：唐昌观玉蕊花，今之散水花。

而在宋代另一位作家宋敏求的《春明退朝录》卷下则这样解释：扬州后土庙有琼花一株，或云自唐所植，即李卫公所谓玉蕊花。

我彻底蒙了。散水花就是玉蕊花？玉蕊花就是琼花？

好吧，就算是吧。又是琼花！这回，琼花大人，从六品又降到七品了，越来越像苏东坡了。

和散水同类的花官中，有好多熟悉的面孔，木瓜、蔷薇、山茶、迎春、玫瑰，他们都是实在官员，勤奋、踏实、低调、务实，为人间带来春色，为人民带来福祉。统统点一百零一个赞。

八品七种花官，首推杜鹃

杜鹃，深入扎根山区的好公仆，中国大地的五百三十多种杜鹃，都深入山林、田野，表现良好。

映山红是杜鹃花科中的模范，花官中的卓异。它的红，就如大清官于成龙，是自己的心血凝聚而成的。花官们谁勤奋谁偷懒谁廉洁谁腐败，上苍有眼，一清二楚。上苍有意要它红，红透天。

九品八种花官，首推芙蓉

芙蓉，又叫木芙蓉。

《长物志》云："芙蓉宜植池岸，临水为佳。"其实，芙蓉没这么娇贵，它们在什么地方都能生长，也就是说，作为花国最基层的官员，它们生活在基层，深知民间疾苦，因此尽职尽责，成为花界的模范公务员。

五代后蜀的花蕊夫人有一天逛花市，她看到满街满树的芙蓉花，如天下彩云，铺天盖地，欢喜得不得了。蜀主孟昶为讨妃子欢心，发布了一道大型植花命令：将成都四十里长的街两旁，都种上芙蓉，来年开花时，成都就是锦花城了！

第二年十月，孟主携妃检查验收芙蓉绿化工程，效果极好。整个城市，芙蓉花红艳数十里，灿若朝霞，成都因此多了个"芙蓉城"的别称。

皇帝下令，小官芙蓉使出浑身解数，集体操好好地表演了一回。芙蓉官，听话，尽责，卖力。

叁

明代的张谦德，自称是张翊的后人，他写有一本科普著作《瓶花谱》，中有《品花》，也将各种名花按官员的品级分类：

一品九命

兰 牡丹 梅 蜡梅 各色细叶菊 水仙 滇茶 瑞香 菖阳[石菖蒲]

二品八命

蕙 酴醾[荼蘼] 西府海棠 宝珠茉莉 黄白山茶 岩桂 白菱 松枝 含笑 茶花

三品七命

芍药 各色千叶桃 莲 丁香 蜀茶 竹

四品六命

山矾 夜合 赛兰 蔷薇 秋海棠 锦葵 杏 辛夷 各色千叶榴 佛桑 梨

五品五命

玫瑰 蘠蔔 [蘠卜] 紫薇 金萱 忘忧 豆蔻

六品四命

玉兰 迎春 芙蓉 素馨 柳芽 茶梅

七品三命

金雀 踯躅 枸杞 金凤 千叶李 枳壳 杜鹃

八品二命

千叶戎葵 玉簪 鸡冠 洛阳 林禽 [林檎] 秋葵

九品一命

剪春罗 剪秋罗 罗 高良姜 石菊 牵牛 木瓜 淡竹叶

花官同样分九品，但小张和老张的排列大不一样，老张一品（荼蘼），小张二品；老张没品（水仙、各色细叶菊、滇茶、瑞香、菖阳），小张一品；老张九品（芙蓉），小张六品；不一一举例。

小张为什么这么大胆？

道理很简单，花界如人间。人间的官员，升升降降，实在正常。

壹庐书房，写字台边的花架上，有一盆金边瑞香——不知道是不是就是瑞香，叶片青色带银纹理，个子不高，长得规规矩矩，花也开得小心翼翼。因为无知，我一直将其当作非常一般的花对待，没想到，小张将它的品级弄这么高呢，一品。真"花"不露相啊！

花中官场，游戏之作，一笑了之。不过，人如花，花如人，花开花谢，荣华富贵，生老病死，一切，都逃不出大自然的掌心。

"灰姑娘"叶限

壹

秦汉以前，南方少数民族地区，流传着这样一个灰姑娘的故事。

有个地方叫吴洞，氏族小首领姓吴，他娶了两位妻子，其中一位去世了，留下一个女儿，名叫叶限。

这吴叶限，小时候就很聪明，手巧得很，会制作各式各样的陶器，市场上出售时很抢手。

吴首领很爱这个女儿，叶限的工作和生活处处充满父爱，她一天到晚都是快快乐乐的。不幸的是，叶限的美好生活，随着父亲的去世而结束。

吴首领的另一位妻子，就是叶限的后母，她并没有改变后母在人们心目中的固有形象，也沿着被人骂的轨迹发展着。

后母对自己的女儿宠得很，却每天都给叶限派很重的活，到高山上去砍柴，到深涧里去汲水，只要有一点点不合她的意，就会打骂叶限，无论叶限如何尽力，后母总是不满意。

有一次，叶限去打水，捉到了一条两寸多长的小鱼，这鱼很好看，红鳍，金眼，叶限欢喜极了，她悄悄地将鱼养在了水盆里。

这鱼给叶限带来了无限的快乐。她常常对着盆子，看小鱼游来游去，向小鱼诉说自己的遭遇，鱼也似乎懂得叶限的心思，人眼对鱼眼，叶限和小鱼交流得很好。

小鱼一天天长大，换了几次装鱼的容器，盆，缸，最后太大了，叶限就将鱼放进屋后的池塘里。

大鱼要吃东西啊，叶限就将有限的口粮省下来喂鱼。她每次一到池塘边，大鱼一定会浮出水面，靠近岸边打招呼。叶限和大鱼，似乎有说不完的话，但是，其他人来，大鱼就不再露面。

时间一长，后母自然知道了叶限养大鱼的事，她也偷偷到池塘边观察，但从未发现大鱼。她知道了其中的原委后，想出了一个办法。

有一天，后母很亲热地对叶限说：女儿呀，你的衣服太破旧了，我给你做了件新衣服，你穿新衣服吧。

叶限对这突然到来的好事，也没有过多怀疑，想想好几年都没穿过新衣，而旧衣已经破得不成样子，换件新的，也是人之常情。

叶限换上新衣，心情一时大好。有新衣，还有大鱼可以做伴，蛮开心的。

接下来的一天早上，叶限接到了后母的一道命令，去离家数里远的一处泉池挑担泉水来，那里的泉水，据说非常甜。

叶限是个乖孩子，从来不敢对后母的命令提出异议，虽然要比平常多花一倍的时间，但叶限还是出发了。

叶限一出门，后母就换上叶限的衣服，袖藏利刃，偷偷来到池塘边唤鱼，大鱼以为叶限来了，很高兴地浮出水面，紧接着，就发生了一场杀鱼的血案，后母手起刀落，一丈多长的大鱼，就稀里糊涂地成了盘中餐。

这大鱼味道真是不错，后母和她的女儿感觉，从来没有吃过如此美味的鱼肉，饕餮大餐，狼吞虎咽，三下五除二把鱼吃完，鱼骨就藏在院子里的粪土下面。

后母做完这一切，像什么事也没有发生一样，叶限也完全不知道。

第二天，叶限照例去池塘边唤大鱼，大鱼怎么也不出来，等了好久，等得叶限泪流满面。叶限一边哭，一边仍然轻轻地唤大鱼，她不能没有大鱼呀。

突然，有个披散着头发，穿着粗布衣裳的人，从天而降，他安慰叶限：你昨天去汲水，你后母穿了你的衣服，诱杀了大鱼，你不要哭，后母将鱼骨藏在院子里的粪土下面，你回家后，把鱼骨挖出来，藏在房间里，想要什么只管对鱼骨说，鱼骨一定会让你称心如意的。

贰

叶限找到了鱼骨，一试，果然神奇，要什么有什么，想什么来什么，从此，叶限过上了好日子。

饿了，她只要对鱼骨说，想吃什么，好吃的东西会立即出现；喜欢穿什么漂亮的衣服，各色衣物也会让她心花怒放。只是，她在做这一切的时候，都只能悄悄地在房间里进行，真正的锦衣夜行啊，让后母和妹妹发现，那就麻烦了。

有一天，吴洞地区要过盛大的节日——吴洞节，叶限接到后母的命令是不能出去，在家看着院子里树上的果实，防人偷盗。

叶限也很向往过节啊，多热闹，可以看到各式各样的人和事，新鲜得很。现在，叶限心里是踏实的，她有了鱼骨，她有的是对付后母和妹妹的办法。

后母和妹妹刚出门，叶限就穿上翠缕衣，脚穿一双金鞋，也去参加节日了。这衣服，全是用高档的翠鸟羽毛制成，轻而暖，五颜六色，用金线制作，全身都散着光。这金鞋，也是轻如羽毛，柔软无比。

这样的打扮，一定惊艳。

果然，在节庆现场，叶限就被妹妹认出来了，她对她母亲说：妈，那个漂亮的姑娘，就是全身散着金光的那个，好像是叶限姐姐呢。顺着女儿的手指，后母仔细看了又看，真的是叶限啊，这个死东西，她的这些东西，是从哪里来的呢？！

光顾着高兴玩的叶限，警惕性也挺高，她也发现后母和妹妹注意到了她，立即转身返回，仓促间，她掉了一只鞋子。

后母不能确定，她想想也是不可能的事呀。但她和女儿，还是立即赶回家，要看个究竟。

后母回到家，只见院子里的叶限，正抱着一棵树打瞌睡呢。

后母认为自己眼花，或者，她想，那个漂亮姑娘只是和叶限很像罢了。

而叶限那只金鞋，被一个过节的洞人捡走。

叁

距离吴洞没有多少路程，有一座海岛，岛上有个陀汗国，该国兵力强大，国王统治着周围几十座海岛，海防线很长。

吴洞人也经常去岛国，来来往往，做生意的人也很多。

那个捡到金鞋子的洞人，就前往岛国卖鞋。

金鞋的消息，很快就传到国王那里，国王一看这玩意儿挺好玩，就大方买下。他闲得慌，要拿这鞋子，试试他国家中女人的脚，看有没有人能穿得上，左右后宫试穿，没有一个合脚的，好不容易找到一位号称小脚的宫女，一试，好像要穿进去了，突然，金鞋子又缩进一寸，还是穿不上。

国王太好奇了，于是下令全国女性都来试鞋子，他内心甚至都已经决定，谁能穿得下这只金鞋子，就封她为妃子。

接下来的一周，试鞋活动简直成了陀汗国的盛大节日，人们越来越好奇，好奇害死猫，不弄清楚，什么事也干不了。

还是没有一个人能穿得下。

有人提醒国王，这可能是个圈套，我们应该将那卖鞋子的人抓来，问清楚到底是怎么回事。

那卖鞋的洞人正偷着乐呢，很容易就抓到了。

一审，不知道；再审，严刑拷打，还是不知道，只说是节日现场捡到的。

看来，卖鞋人确实不知道。

国王又想出一计，他国力强大，周边地区也奈何不了他，挨家挨户搜查，凡是女性，必须试穿。

吴洞地区也不大，这一来二去，就查到了叶限家。叶限的妹妹很想穿进那只鞋子啊，她已经听到风声，谁穿进谁就能做王妃。但是，即便在母亲的帮助下，那只金鞋，根本穿不进。

这时候，叶限出现了，她穿着那天参加节日派对的翠缕衣，一只脚上穿着另一只金鞋子，貌若天仙。

国王的手下不敢怠慢，立即将叶限带到王宫。国王一看，简直被迷倒了，这么漂亮的姑娘，这是上天送来的仙女吗？一定是！

叶限讲述了故事的前因后果，自然真实，毫无编造痕迹，真实可信。而且，叶限还出示了那神奇的鱼骨，当场试验，国王真是笑翻，既得了美人，又得了宝贝，好事一桩桩。

肆

叶限自然被封妃。

叶限的生活和爱情，不去描述了，总之，完全朝着她原来设想的方向前进，快活得很。

关于叶限的后母和妹妹，有人说，她们都被洞中的飞石击中而死，虽没有具体的惩罚方法和场景，总之是不得好死。

那陀汗国王，面对唾手可得的财物，有些贪得无厌。一年后，鱼骨不再显灵。他便将鱼骨和上百万的珍宝埋在海岸边，做了一座坟。他想，有一天，他带领军队出征时，如果有人要叛乱，他就用这些宝贝来劳军。

有个晚上，该岛国涌上了空前绝后的巨大海浪，鱼骨坟被海浪冲得无影无踪。人们的猜测是，鱼骨是鱼神的化身，它回到了真正的家。

伍

唐代段成式的《酉阳杂俎》，后续《支诺皋》上，讲述完叶限的故事后，留下了一个新闻由头，他说，这个故事，是他家的前辈李士元讲的，李是邕州（今广西南宁）人，他知道南方好多稀奇古怪的事。

我读著名翻译家杨宪益的《译余偶拾》，他里面也讲到了叶限，他说，这姑娘名字的发音，接近外文中"灰"的发音。可见中西文化，在一千多年前，就已经频繁交流了：

这篇故事显然就是西方的扫灰娘（Cinderella，现多译作灰姑娘）故事。段成式是九世纪人，可见这篇故事至迟在九世纪甚至八世纪已传入中国了。篇末说述故事者为邕州人，邕州即今广西南宁，可见这段故事是由南海传入中国的。据英人柯各斯（Marian Rolfe Cox）考证，这故事在欧洲和近东共有三百四十五种大同小异的传说。可惜这本书现在无法找到，在欧洲最流行的两种传说见于十七世纪法人培鲁（Perrault）的故事集和十九世纪初年德人格林兄弟（Grimm）的故事集里。

　　据格林的传说，这位扫灰娘名为Aschenbr de。Aschenbr一字的意思是"灰"，就是英文的Ashes，盎格鲁－撒克逊文的Aescen，梵文的Asan。最有趣的就是在中文本里，这位姑娘依然名为叶限，显然是Aschen或Asan的译音。通行的英文本是由法文转译的，其中扫灰娘所穿的鞋是琉璃的，这是因为法文本里是毛制的鞋（Vair），英译误认为琉璃（Verre）之故。中文本虽说是金履，然而又说"其轻如毛，履石无声"，大概原来还是毛制的。

J 姜八郎逃债

姜八郎逃债

宋朝作家施德操，他的笔记《北窗炙輠录》卷下记有一个逃债故事，虽是逃债，却也显示较高的人性品格。

平江，有个姓姜的富人，排行第八，人都称姜八郎。

不知什么原因，姜家出了一连串的事，生意被骗，投资失算，资金链断裂，家道迅速衰落，讨债的人门外排成队。姜八郎是应付了东，应付不了西，拆墙补屋，也难以为继。

一天夜里，八郎和妻子商量：现在一点办法也没有了，只有逃跑。

夫妻俩紧接着盘算，如果两人一起逃，马上就会被发觉，怎么办呢？姜是生意人，对债务还是有研究的，他和妻子讲：我写一封休书，表明我们脱离关系，这样你就可以免责，但我们俩约定，这是一封假休书，并不是我要真正休了你，只是用于逃债的借口。

休书写好，他向妻子保证：我现在准备逃往信州，投奔一个老朋友，你不要不高兴，如果事情有了好转，我就回来。

八郎逃跑前夜，暗地里发下誓：我如此逃债，实在对不起很多人，假如我能顺利渡过这个难关，以后回家，我一定加倍偿还，欠钱一千，还债两千。

八郎于是逃往信州。

插播一曲。

信州道路旁，有一家旅馆，老板娘是位老太太，她夜里做了个梦，梦见有很多羊，盗贼来偷羊，有人大喝：这是姜八郎的羊，不得偷盗！做完这个梦，老太太就醒了，不过梦境清晰得很。

第二天，八郎刚好走到这个道边，一时辨不清方向，他见路旁有家旅店，就到旅店门口问路。

老太太因为梦的场景就在眼前，就好奇地问：你贵姓？

八郎答：姜。

老太太再问：排行第几？

八郎再答：第八。

老太太大惊，立即请八郎到她的家里，请茶，用饭，嘘寒问暖，一切都照顾得很好。

八郎以为遇上了好心人，见老太太热情，也没别的地方去，就留了下来。

过了些日子，老太太对八郎讲：我有个儿子，不幸早死，儿媳可怜我，不愿意再嫁，要留下来为我养老送终，儿媳待我甚好，如亲女儿，我也很喜欢儿媳。我一直想替儿媳找个上门女婿，一直没有合适的人选。现在，我看你，模样人品都好，也不会一直是个穷困的人，我想将儿媳交给你照顾，让她嫁给你，不知你意下如何？

八郎推辞：不是我不愿意，只是我是有妻子的，恐怕不妥当！

老太太一直坚持她的主张，八郎想，自己现在这个处境，临时找个安身的地方也好，待一切安定下来再说。于是答应了做上门女婿。

夫妻俩相敬如宾，日子过得平常。

有一天，八郎妻子到茶园子里摘菜，回头一看，呀，一只小白兔。嘿，这可是送上门来的啊。八郎妻立即去扑兔，一扑没抓到，兔子并不跑远，又扑，还是没捉到，兔子一直小跑，八郎妻一直小追，一追追到了山上，兔子钻进了一小石头洞中，八郎妻将手伸进石洞，兔子没捉着，却摸到了一块石头，光亮照人，很好看，她就将石头带回家。

摘菜扑兔，这么有趣的情节，妻子自然要向丈夫说。

八郎是生意人，走南闯北见识多，他仔细看了这块石头，断定：这是块银矿石呢，用火烧炼，肯定有银。

果然如八郎之判断。

有了点积蓄，八郎带了点钱，往信州去寻找老朋友，他想重新做生意。到了信州，找了一圈，没找到朋友，只好返回。

回旅店后，他想：信州有很多开矿挖银留下的银坑，这里就是信州地界，妻子追兔找到的银矿石，会不会是以前的银坑呢？

第二天，八郎和妻子带上工具，找到那个兔子洞，一直挖，一直挖，果然是个银矿，而且是藏量十分丰富的银矿。

后面的情节就简单了，八郎经营起银矿来，熟门熟路，顺风顺水，并且吸取了上回生意大失败的经验教训，赚了很多钱。

有了钱，八郎带着老太太和妻子，回到了平江老家。

回家后，他首先做了两件事：

第一件，将前妻接回来，老夫老妻见面，场景自然十分感慨，拥抱亲吻，没有责怪，只有感谢，感谢上苍的眷顾。

第二件，照着债务单子，将那些债主一一叫来，按欠债的数字，全部加倍偿还。抱歉抱歉，原谅我的不辞而别，谢谢你们的宽容！

看到这样的场景，陆布衣也是不胜感慨，一桩逃债故事，引出几番故事，故事中的故事，生出诸多启迪。做好人，办好事，八郎是好人，旅店老太太是好人，老太太的儿媳是好人，即便一时遇困，上苍也会回报善良的。

那小白兔，是老太太梦境的兑现，它指引着八郎妻向着未来的宝藏前进。这个情节，也绝非偶然。荒山野岭中，跑出若干只小兔子，太正常了，而兔子藏身于现成的山洞，也是它的本能选择。

八郎到底是生意人，有头脑，否则，那一块银矿石，也不过是有点别样的石头罢了，成不了他的财富。

这也从另一角度说明，中国古代的矿山开发，很早就开始了，只不过，古人开矿方式比较原始，冶炼技术也不是十分科学。

而姜八郎的幸福生活，你尽可以合理想象：妻子爱宠，孝敬老夫人，子女一大群，生意诸事顺。

K 科考案中案

科考案中案

　　严格说来，这并没有构成案件，因为当事人太平无事，顺利晋级。

　　这是明万历十四年（1586）的进士，江苏昆山人周叔懋写的笔记《泾林续记》中的一篇，题目叫《庚午科》，说的是隆庆年间一场考试作弊的事，考生和考官联合作案，里外配合，主仆呼应，天衣无缝。

　　这一年，东仓有个曹监生，要去南京参加乡试。他想，一个人去考，多寂寞呀，况且，这个方案他已经谋划好久了，应该带个朋友一起去考，也可以见证我的能力，我也是凭实力考上的。

　　于是，曹监生就邀请了他的好友沈邃州一起去考。

　　他们在南京一家最大的客店里落脚，这里各项条件设施都非常好，常常是考生和考官集中寄居的地方。

　　曹有一仆人，也算书童吧，能读书识字，为人处世极其机巧灵活，曹非常喜欢他，时时刻刻都带在身边。

　　到了七月底，书童突然说，他要回老家去了，也不说什么原因。沈同学有点奇怪，曹可是时刻都离不开书童的呀，而且，接下来又快要考试了，估计有什么事——不，肯定有什么事，但他们瞒着他，沈也不便多问。

　　八月初六，曹拉着沈一起，去迎看考官。这种场合，他们似乎有点紧张，站在客店屋檐下的石阶上，两人手握着手，是紧张呢，还是要团结合作？不知道。几位考官的随从过来了，他们都骑着大马，着青衣，戴大帽，脸上还戴着眼罩，架势好大，庄严肃穆，连随从都不让考生看仔细，严防死守，想作弊的考生无空子可钻。

忽然，沈同学发现了一个细节，那一队随从中，有一个用马鞭挑开了眼罩，转过头来，朝曹监生微微一笑。

正在此时，曹捏了捏沈的手，轻声说：走吧，走吧，没什么好看的，看得让人紧张！两人于是一同回了客房。

沈同学的疑问，一点点多了起来。

考前无心复习，闲着也是闲着，不如放松心情。夜晚，两人一起喝酒，酒过几分，沈同学试探着问：哎，曹兄，我们白天看到的那个手拿鞭子的随从，很像您家那个书童呢，我是不是看花了眼啊?！闻此，曹监生笑笑，既不肯定，也不否定，只顾自己吃酒，就是不回答。见此，沈同学也不敢多问，怕得罪了曹。

考试过程，这里就不去细述了，反正一切都非常正规，看门的，巡场的，监考的，官员，胥吏，仆役，坚守各自的岗位，一丝不苟。

考完后，曹监生显然心情大好，他人脉广，路子多，整天外出，参加各种聚会。而沈同学呢，心里七上八下，一点底也没有。实际上，他自我感觉还是不错的，发挥得也比往常好，但自己心里很不踏实，只好整天独自待在客房里，心不在焉地翻着闲书。

中午，沈同学去厨房取水洗手，看到一个人坐在青布包袱上，看了两遍，也不像是曹监生的童仆呀，这人是谁呢? 他心里的疑问又上来了。

沈同学就盘问了那陌生人，问了几句，话也不大懂，好像是江西口音。问他从哪里来，到这干什么。陌生人支支吾吾，东一句西一句，也不正面回答。见此情景，沈同学心里似乎一下子明白了些

139

什么，但他表面上不流露出来，只是隔一会儿就去探看一下那陌生人的动静，只见那人坐在包袱上，几乎一动不动，绝不离开那包袱。即便上厕所，他也是挟着包袱去的。到了晚上，沈同学发现，那人还将包袱当枕头。沈同学猜想，这包里一定是贵重物品。

难熬的几天，终于过去了，今天，就要揭榜。

曹似乎胸有成竹，一早起来就轻轻松松，说说笑笑。到了中午，报喜的人来了，曹果然考中。他们到曹住的客房里喧闹嚷叫，讨要着红包什么的，看热闹的人一拨一拨，也纷纷挤到曹的房间中去祝贺。这个时候，曹的书童，悄悄从看热闹的人群中回到了曹的身边。

沈同学虽然没考中，但还是一直在曹的身边，他要看个究竟。

突然见到了曹的书童，沈同学忍不住好奇，问他：这么长时间，你去了哪里呀？肯定不是回老家！

曹沉浸在快乐中，没有工夫理会沈的问题。书童也只是笑笑，并不回答。

隔了一会儿，沈同学想起了厨房中的那个陌生人，急忙跑去看，自然，连人带包袱，他都没有看见。

这一切，曹自然不会说，略微安慰了下沈同学，就荣归故里了。

而沈同学，先是百思不得其解，后来，总算解出了这一道复杂的难题。

这不为人知的细节，大致应该是这样：

曹监生用丰厚的钱财，事先托了人，关系人最后找到了某考官。然后，曹那聪明伶俐的书童冒充考官的家奴，进入考场重地，将曹监生的试卷找出来。而厨房中碰到的陌生人，则是考官派遣到曹监生那儿看守抵押品的。等到一发榜，曹监生确实被录取，厨房中的人才带着抵押品离去，书童也同时回来，各自回到主人的身边。

这么一想，沈同学以前遇到的所有细节，都不奇怪了，环环相扣，顺理成章。

为了再清楚说明这个成功的作弊案子，还有必要再细叙一下明朝的有关考试制度。

明代乡试，设主考官二人，同考官四人。同考官分考房阅卷，所以又称房考官。同考官在阅卷期间不得出堂帘之外，故又称帘官。一般的人，是无法入帘的，也就是说，他们无法进到同考官的批卷场所，但他的随从除外。

为什么要这么费尽心机找到考生的试卷？

当时还有个规定，就是所有考生的试卷，必须经有关书吏重抄后，才能交到考官那儿去。卷子上是看不到考生姓名的，考官如要特地录取某一个人，事先就必须有所约定，让考生在答卷中使用某一句或某几句特定的句子，考官看到有这样句子的试卷就录取。而要把这种卷子找出来，也不是件容易的事。

另外，行贿受贿双方都要讲诚信。

行贿的考生先将贿赂交给考官，如果不被录取，很难索回财物。怎么办呢？

一个好办法是，受贿者也给行贿者某种抵押品，如果不录取，行贿者就将抵押品没收，或者凭抵押品要回原来财物。但是，受贿者也有担心，假如那个考生考取了，但又想吞没抵押品，或者，他凭抵押品向考官敲诈（这种不上台面的事，一诈一个准），受贿方就会派一人看守，一旦考取，看守者带着抵押品离开。

曹监生显然有一定的实力，也谙熟考场潜规则。

那些考官，胆子也是练出来的，尽管明朝有严刑峻法，他们仍是不怕。

L

李赤之死

李赤死了。

江湖浪人李赤，是李白的铁杆粉丝，历史上著名的"李粉"。他是怎么死的呢？

必须说说他名字的来历。据江湖不完全考证，李赤曾经这样吹牛：我写诗写得好，我的作品，和李白差不多，他叫李白，我就叫李赤。

这一次，李赤去宣州旅游。

宣州的一群文学爱好者，听说李赤来了，很高兴，他们认为，李白不肯来，来个李赤，也是挺好的机会呀。于是，热情接待，将李赤安排进宣州最高级的宾馆住着。

李赤还带了个同游者，同游者和当地的某文友居然有姻亲关系。于是，一伙人更加热闹，他们也一起住到李赤的宾馆，朝夕相研，甚欢。

有一天，李赤正与一漂亮妇人说着话，友人就调侃他。

李赤有点难为情：你不要笑我，你要成全我啊，我将与这个女人结婚呢！

友人一听，大吃一惊：怎么回事？李大诗人啊，您的妻子，活得好好的，您的母亲也健康长寿，您怎么能有这样的想法呢？您是不是发高烧说胡话呀？

友人急忙取来绛雪药（我也不知是什么药呢，但肯定不是降血压的药）给他吃，李赤不吃。

过了会儿，那妇人又来了，只见她和李赤亲热地说着话，做拥抱状，一边呢喃，一边用丝巾将李赤的头颈缠紧。再看李赤呢，他自己两只手，还帮着妇人一起用力拽，舌头也伸出老长一截。

友人见此，急忙大呼救人，妇人慌忙解开李赤的丝巾跑掉了。

李赤对着友人大怒：你坏了我的好事！我将跟随我的妻子去极乐世界，你干什么呀！

李赤于是不理友人。

李赤跑进书房，在窗户下写信，哼哧哼哧，一连写了好几封，写完信，又仔细地将信一一折叠，一一封好。

做完这些，李赤跑去厕所。

见他好久都不出来，友人急了，进去一看，只见李赤在厕所里，两手抱着一只瓮，傻笑着，显得有些诡秘，看姿势，他是要下到肮脏的粪池里去。

友人急忙将李赤拉了上来，李赤又大怒：我已经升堂，见到了我的妻子。我妻子的容貌，无人可比，世上根本没有这样漂亮的人。那房子的装饰，宏伟富丽，整个屋子，都洋溢着椒桂芝兰的香气。回头再看看你们的世界，就像一个肮脏的厕所！而我妻子居住的地方，与玉皇大帝居住的钧天殿、清都殿没有什么两样。你三番五次，为何要害我到这种地步呢？

这个时候，朋友们才知道，李赤遇到麻烦了，大麻烦——他碰到厕鬼了，那个女人，一定是个厕鬼！

朋友们一商量，立即退房，离开这个厕所！

于是，一行人急赶路三十里，找了个驿站住下来。

夜晚，李赤又去厕所。

这一回，朋友有了经验，见他过一会儿不出来，立即冲进厕所，发现李赤已经倒在厕所里。众人急忙将其拉出，洗掉他身上的脏东西，围着李赤坐着，一夜到天明。

又出险情。又换地方。

一行人，赶呀赶，到了另外一个县。

这个县的长官，也是文学中年，他听说来了一位大诗人，于是精心安排了一场宴会。大家互相交换名片，交流创作体会，吃酒，赋诗，再吃酒，氛围很好。这个时候的李赤，侃侃而谈，不时还有精辟高论，该吃的吃，该喝的喝，一点异样也没有。

正当众人沉浸在良好氛围的时候，李赤又不见了。

众人急忙去寻，目标一定是厕所，不会有别的地方。这李大诗人，他的心，已经被厕鬼给迷住了，他非要死在厕所不可！

李赤似乎有防备，他一进厕所，立即用坐具将门顶上，顶得死死的。待众人追上来后，门死活打不开，大家破墙而入，只见，李赤已经半身陷入粪池里了，脸上也脏得一塌糊涂。

被从粪池里拉出来的李赤，经过一番洗刷，慢慢定下神来，面无表情，大家也惊魂未定。

县里的长官了解了事情的原委后，立即招来术法高强的巫师，他认为，这大诗人一定中邪了，念念咒就会解除的。

巫师一边念咒，一边装神弄鬼，李赤静静地坐着，若无其事，好像什么事也没有发生一样。

咒念到了半夜，巫师困了，守卫的人也困了，大家都低着头打瞌睡，等到醒来，发觉李赤又不见了。不好，要出事，一干人急奔厕所，只见李赤的脚伸在厕所外面，头朝里，已经死去好久了！

大家七手八脚将李赤的尸体弄回家，并将他写的一些信拆开看，信上写的，都是和母亲、妻子诀别的话，话语和常人没什么两样。

贰

如此精彩的故事，我编不出来，我是听柳宗元讲的。柳宗元写有一篇著名的《李赤传》。柳是文学宗师级别，我相信，他写这个故事，一定有目的。

果然，他讲完李赤的故事，还有一段评论。

他认为，李赤应该实有其人，为他写的这个传还是真实的。

他发问：李赤这个病，是心病呢，还是世界上本来就有个厕鬼？

李赤在江湖上也是有名气的，他开始和常人并没什么两样，但一旦被鬼怪迷惑，就出现了一系列的反常，认为我们的现实社会肮脏，认为肮脏的地方恰如同玉帝居住的宫殿。

其实，柳大作家的用意很清楚。我们只是嘲笑李赤昏了头，但我们的是非观、价值取向，有多少和李赤不一样的呢？

我们应当借李赤的故事来修养自身，不要因为想获得名利而让鬼怪迷身，以至于最终送了性命。赶快修身吧，我们是没有时间去嘲笑李赤的。

李赤这个名字，是傍李白而得的，傍名的目的，就是获取名利。

关于这一点，《李赤传》的开头有个小引，也说得很清楚：

司马相如叫相如，他是羡慕蔺相如，不是仿效蔺相如为保全和氏璧的拼命精神，而只是想借名；牛僧孺字思黯，他是羡慕汲黯，而不仿效汲黯喜欢提意见的正直品格，他也只是想借名。李白号称诗仙，以布衣入翰林，他的诗才，连高力士都要为他脱靴。但李赤，只是被鬼怪所迷惑，以现实为污秽，以污秽为玉帝之居住地。真正的李白，难道是这样的吗？

叁

李赤的事，后人也不断有评说。

看这首诗：

> 爱此溪水闲，乘流兴无极。
> 漾楫怕鸥惊，垂竿待鱼食。
> 波翻晓霞影，岸叠春山色。
> 何处浣纱人，红颜未相识。

有一次，苏轼在读李白的《姑苏十咏·姑孰溪》（见上，只是其中之一）时，越读感觉越不好。他认为，李白不太可能写这样的诗，写作状态固然有高有低，但不至于这样失水准：

> 过姑孰堂下，读李白《十咏》，疑其语浅陋。见孙邈，云闻之王安国，此乃李赤诗，秘阁下有赤集，此诗在焉，白集中无此。赤见《柳子厚集》，自比李白，故名赤。卒为厕鬼所惑而死。今观此诗，止如此，而以比白，则其人心恙已久，非特厕鬼之罪。

苏轼经过一番考证，更加相信自己的判断，这诗一定是李赤托名李白的。

李赤会写诗，本身不是件坏事，但他自比李白，到底是什么心态呢？一句话，其实就是想要攀高枝，攀李白这高枝罢了。

心病害死了李赤，哪有什么厕鬼呀！

刘道原的人生检讨书

壹

明朝作家何良俊的笔记《四友斋丛说》卷三十，详细列举了刘道原的检讨书，检讨自己平生有二十种过失：

> 佻易卞急，遇事辄发；狷介刚直，忿不思难；泥古非今，不达时变；疑滞少断，劳而无功；高自标置，拟伦胜己；疾恶太甚，不恤怨怒；事上方简，御下苛察；直语自信，不远嫌疑；执守小节，坚确不移；求备于人，不恤咎怨；多言不中节，高谈无畔岸；臧否品藻，不掩人过恶；立事违众，好更革应事；不揣己度德，过望无纪；交浅而言深，戏谑不知止；任性不避祸，论议多讥刺；临事无机械，行己无规矩；人不恃己，而随众毁誉；事非祸患，而忧虞太过；以君子行义，责望小人。

这样深入检讨，还不算，他说还有十八弊：

> 言大而智小；好谋而疏阔；剧谈而不辩；慎密而漏言；尚风义而龌龊；乐善而不能行；与人和而好异议；不畏强御而无勇；不贪权利而好躁；俭啬而徒费；欲速而迟钝；暗识强料事；非法家而刻深；乐放纵而拘小礼；易乐而多忧；畏动而恶

静；多思而处事乖忤；多疑而数为人所欺。

检讨完过失，自剖完坏毛病，刘道原说，事情常常过去了，而没有悔悟，过几天又犯了，自己犯错自己讥笑，不去从根本上检讨过失。

顾良俊看刘道原的二十失十八弊，自身也检讨了一下，觉得很多地方都很相像，"盖十有其六七矣"。他于是感叹：是不是天下的人，弱点都差不多的呢？

贰

是的，人的优点各显其能，弱点却没有多少差别。我看到这里，也感慨良多，知命之年已过，是要反省对照一下了。

二十失，归纳起来，以下几点绝对明显。

遇事则发

发的原因有许多，佻易（轻佻，轻浮，不庄重），卞急（急躁），因为这些原因，于是一触即发。

任何工作，都有时间和质量的考量，层层分解下去，自以为没有万一，然而，施事过程和结果往往不如人意，难免被呵责和呵责人，也常常告诫自己，愤怒时不作决定，可总是控制无效。照刘道原的反思，其实就是急躁，这种急躁，似乎与生俱来，平时藏在心底，好像将它压得很牢，实际上，事情来了，情绪如同闪电，倏忽即至。

再次告诫自己，年岁渐长，碰到事情，无论私事公事，常默念"愤怒时不作决定"。

不达时变

不变的前提，是泥古；非今，就是对当下的很多东西都看不惯。

这几十年，用得最多最滥的一个词似乎是"创新"。创新是个框，什么东西都往里装。创新没有错，没有创新，社会就不可能进步和发展。

西汉开国，萧何做了丞相。对当了皇帝的刘亭长来说，人才和道统是重中之重，他虽然和他的狐朋狗友们一起，酒喝高了，往儒生的帽子里撒过尿，但真正掌权时，他知道，不用一套理念，治国就是空谈。而萧何就有这样的本事，把一个荒芜的国家，治理得初显生机。他这一套政策很好啊，很切合实际，所以，曹参接任丞相后，只是按照萧何定的规矩，遵守执行，萧规曹随，效果同样很好，为什么？因为国家面临的环境没有大的变化嘛。

所以，这一条，我觉得刘道原没太多必要反思。

如果兔子跑了，仍然坚守那棵树，相信会再来一只兔，可能是僵化了点，但你也不能说兔子不再来撞树啊。

御下苛察

这一条的原因，刘道原自己说了两点：求备于人，不恤咎怨；以君子行义，责望小人。

一个有点作为的领导干部，总想将事情做得完美些，矛盾于是来了，因为能力等主观因素，再加天时等外部因素，很多事情的结果，和当初的设想往往大相径庭，严重的甚至南辕北辙，用完备这条标准一衡量，那就会责怪埋怨下属。

还有，用君子之道来和小人计较，生气的往往是自己。生活工作中，随便你在哪个地方，总有少数小人如影尾随，不是说他们跟你来了，而是每个地方都有小人，长相虽异，本性却一模一样。

弄得你都不相信自己，怎么又会有这样的人？即便原来吃过小人的苦头，假若你不长记性，又常常会吃二遍苦、三遍苦。不相信？试试看。

因为要求完美，因为用君子的标准，所以，对下属要求严厉，不知不觉，就变成习惯了。

不掩人过恶

这个缺点，常常致命。

人非圣贤，孰能无错？而我们，很容易发现别人的错，别人的不足。拿镜子一照，从头到尾，都可以找出别人的许多不足。看不惯、獐头鼠目、满脸横肉、酒色过度、道貌岸然、尖酸刻薄、恩将仇报、猥琐、吝啬、贪婪，什么样的词都会涌出。

一个人，如果不经常接触，很难了解他的性格，成为邻居同事朋友后，缺点就显而易见。

而对待这些不足，许多人也是言不由衷，为的是不得罪人，一团和气。万一自己的不足落在别人嘴里呢？能放人一马就放人一马，这是中国人的中庸性格决定的，不到万不得已，绝对不会交恶对方。只有自己被伤到了，伤严重了，才不得不绝地反击。

所以，经常在公众场合说一个人的不好，需要相当勇气。刘道原将这一条当作自己的错误，想必他为这种做法埋了不少单。

为人处世，如果对方不是十分特别的过错，还是得饶人处且饶人吧。

交浅而言深

这个缺点，也时常害人。

我们总是以最好的心态对人，心想，只要我足够真诚，对方一定会感动。

往往初次见面，或见过一两次，在推杯换盏中，觉得这个人不错，非常不错，值得信任，值得深交，值得托付，于是推心置腹，不该说的话，说了；不该提前说的话，提前说了。哪想到，哪一天，自己在哪里绊倒，一点也不知道。说轻点，是没有社交经验；说重点，就是弱智。在对方眼里，就是一傻瓜，不费吹灰之力，就将人卖个好价钱。

再进一步，即便是深交，也不完全可以言深，无数的事实都可证明，深交的朋友，最终为对方所害，或者成为敌人。因为深交，都知对方弱点，打击起来，往往精准狠。庞涓废了孙膑的双脚，是因为他太知道孙膑的厉害了，孙膑的存在，就是他最大的威胁。

论议多讥刺

这一条，似乎是从言语上讲的，戏谑不知止，任性不避祸，什么话都敢讲，什么玩笑都敢开，没什么避讳，不知道轻重。好，这么一率性，麻烦了，一句好好的话，自认为一点事也没有，没想到出了麻烦，有时麻烦还不小。

叁

论议得多了，讥刺也就多了，自然将人伤到。

我能深刻体会刘道原这一条的苦衷。

至于刘道原另外的十八种毛病，我不一一归纳了，差不多都以不同形式，存在于我们的每一天中。

刘道原，即刘恕，以史学著名，也曾是《资治通鉴》的得力编辑。《宋史》载，刘恕曾与司马光出游，见路旁有一石碑，碑主是五代的一将领，大家都不知将领的其他信息，只有刘道原，当场道出这将军的生平。司马光回家一查验，果如刘所说，于是对后辈刘道原偏爱有加。

仅举一事以证刘自说的缺点：他和王安石，本来是很要好的朋友，但不认同王安石变法，于是当面指责，让王难堪。后来，在很多公众场合，多次批评王安石的新法，最终导致两人绝交。那时，正是王安石他们如日中天时，刘的做法，自然是自找没趣，日子也就不那么好过了。

　　和刘道原是同道中人的苏轼，也反对王安石新法，他写有《和刘道原见寄》一诗，正是惺惺相惜的真实写照。

　　不过，刘道原的这些人生自我检讨，虽时过境迁，但若仔细体会，细加观照，仍有极强的针对性，这根针，几乎刺中每一个人。

另一种药谱

壹

宋代陶谷的笔记《清异录》，卷上收录侯宁极的《药谱》，将许多日常重要的中药，提炼出它的性质特点，用另一种别名，点笔勾画，颇具神思。

中文的博大精深，表意丰富，使这种命名及后文的奇妙情节，有了最大的可能。不识药性，焉能成文？因此，侯宁极和萧观澜，两位作者丰富的药学知识应是基本前提。

我摘了比较多的原文，既是借鉴古典笔记的写作传统——摘引复述为历代笔记之常态，更重要的是，虽为游戏之作，也实属难得，可省去诸君的查录之繁。

> 苾芻清本，良于医，药数百品，各以角贴，所题名字诡异。余大骇，究其源底，答言："天成中，进士侯宁极戏造《药谱》一卷，尽出新意，改立别名，因时多艰，不传于世。"余以礼求，假录一通，用娱闲暇。

先看侯宁极是怎么来戏造药谱的（引文有大量删节）：

> 假君子（牵牛）。昌明童子（川乌头）。淡伯（厚朴）。木叔（胡椒）。雪眉同气（白扁豆）。金丸使者（椒）。戢毒仙（预知子）。贵老（陈皮）。远秀卿（沉香）。化米先生（神曲）。九

日三宫（吴茱萸）。焰叟（硫黄）。三间小玉（白芷）。中黄节士（麻黄）。时美中（莳萝）。导河掾（木猪苓）。

嗽神（五味子）。曲方氏（防风）。削坚中尉（三棱）。白天寿（吴术）。洞庭奴隶（枳壳）。黄英石（檀香）。绿剑真人（菖蒲）。

风棱御史（史君子）。雪如来（白芨）。敕肺侯（款冬花）。苦督邮（黄芩）。调睡参军（酸枣仁）。黑司命（苁蓉）。知微老（白薇）。太清尊者（朴硝）。既济公（升麻）。冷翠金刚（石楠叶）。脱核婴儿（桃仁）。

抱雪居士（香附子）。随汤给事中（甘遂）。斜枝大夫（草龙胆）。野丈（白头翁）。

建阳八座（蛇床子）。玄房仲长统（皂荚）。丛生药王（覆盆子）。仁枣（川炼子）。石仲宁（滑石）。命门录事（安息香）。隐上座（郁李仁）。水状元（紫苏）。飞风道者（牙硝）。帝膏（苏合香）。毕和尚（毕澄茄）。金山力士（自然铜）。麝男（甘松）。冰喉尉（薄荷）。草东床（大腹皮）。肾曹都尉（葫芦巴）。寿祖（威灵仙）。玲珑霍去病（藿香）。

延年卷雪（桑白皮）。黄香影子（栀子）。出样珊瑚（木通）。中央粉（蒲黄）。疮帚（何首乌）。支解黄（丁香）。洗瘴丹（槟榔）。水磨橄榄（金铃子）。无名印（地榆）。无忧扇（枇杷叶）。

草兵（巴豆）。

贰

这位侯进士，虽为游戏，但主要还是根据药性赋以形象，将中药分别命名。具体析之，大约有四类方法：

其一，性格直白。

牵牛花—假君子

我不知道作者为什么这么命名。我的印象中，牵牛花有积极的象征意义，常用来形容质朴和坚强。会不会是，它开花的方式，见有附着物，便会不断攀附，总是在一合适处生长？或者，它开着喇叭形状的花，见人就炫耀自己的鲜艳亮丽，远离正人君子诚实和低调的本性？假君子的"假"，似乎给人一种不光明磊落的伤感，而植物世界中的它们，应该是凭借、凭附的意思。好好的花，凭着自己的姿色，迎来一个又一个的春天。

厚朴—淡伯

厚朴是比较高大的落叶乔木，树皮、根皮、花和种子，都可以入药。它是国家二级重点保护的野生植物。厚朴，引人无限想象。森林中，那是一个不太多见的长者，洞晓人间百事，历经世事沧桑。在人生的旅途中，你碰到一些痛苦，食积气滞，腹胀便秘，湿阻中焦，喘咳吐泻，他都能很有效地帮你解决。当然，他无欲无求，淡泊名利，还是我们人生前行的良好导师。

陈皮—贵老

陈皮越久越好，人生老至，仍能食如饴，步如飞，且对社会发挥着重大作用，那是一种怎样的向往呢？

其二，功能为主。

神曲—化米先生

神曲不是一味药，而是一种合成，为辣蓼、青蒿、杏仁泥、赤小豆、鲜苍耳子加入面粉或麸皮后发酵而成。我的家乡浙江桐庐，有著名的红曲酒，将上等糯米沥干蒸熟，倒入干净的大缸，加入适当比例的水。当然关键是红曲，只有红曲发酵，才能酿出好酒。化米先生，太形象了，就是神曲将米化为酒的。当然，从药理上说，它性甘温辛，健脾利胃，消食化积，也是一种化。

五味子—嗽神

类上。遇有咳嗽，我仍然喜欢喝这个，温和有效。

酸枣仁—调睡参军

类上，调理睡眠的方子中，总有他的影子。从命名看，他也是有助睡眠的主力，不然，怎么可以成为参军呢？

其三，委以官职。

中尉。都尉。录事。御史。参军。督邮。给事中。

药效的大小，估计就是官职的大小。款冬花，被封以"赦肺侯"，肺如果碰到什么问题，也不是件小事。五味子，不行，款冬花试。唐朝诗人张籍有《款冬花》诗："僧房逢着款冬花，出寺吟行日已斜。十二街中春雪遍，马蹄今去入谁家？"老僧告诉张诗人，这款冬花，是止咳嗽的良药。若干年后，张诗人患咳嗽，好久不愈，偶然想起这个款冬花，立即服用，很快灵验。侯爷驾到，药到病除。

其四，各类形象。

抱雪居士，毕和尚，黑煞星，飞风道者，绿剑真人，金丸使者，远秀卿，焰叟，水状元，草东床。

枇杷叶—无忧扇

五味子，款冬花，再来几张枇杷叶，日常生活中，润肺止咳，基本上就无忧了。

巴豆—草兵

这个兵，却是锋芒无比，比一般的将还厉害，指哪打哪。

叁

明末清初作家褚人获的笔记《坚瓠集》，丙集卷之二有《桑寄生传》，将百余味中药名运用到一篇文章中，情节曲折，引人入胜，也是另一种机智。

常熟的萧观澜，因为同乡有个姓桑的人品行不端，就写了篇《桑寄生传》讽刺，全文用药名联成，堪称工巧。

全传如下（有删节）：

> 桑寄生者，常山人也，为人厚朴，少有远志，读书数百部。长而益智不凡，雌黄今古。谈辞如玉屑。状貌瑰异，龙骨而虎睛，膂力绝人，运大戟八十斤，走及千里马。与刘寄奴为布衣交，刘即位，拜为将军，日含鸡舌侍左右，恩幸无比。荐其友周升、杜仲、马勃，上召见之，曰："公等所谓参、苓、芝、术，不可一日无者也，何相见之晚耶！"生即进曰："士以类合，犹磁石取针，琥珀拾芥，若用小人而望其进贤，是犹求柴胡、桔梗于泽泻也。"然颇好佛，与天竺黄道人密陀僧交最善，从容言于上。上恶其异端，弗之用。木贼反，自号威灵仙，与辛夷、前胡相结连，犯天雄军。上谓生曰："豺狼毒吾民，奈何？"生曰："此小草寇，臣请折棰笞之。"上大喜，赐穿山甲、犀角带，问："何时当归？"曰："不过半夏。"遂帅兵往。乘海马攻贼，大战百合，流血余数里。令士卒挽川弓，发

赤箭，贼不能当，遂走，绊于铁蒺藜，或践滑石而踬，悉追斩之。惟先降者独活，以延胡索系之而归，获无名异宝不可胜计。

生益贵，赏赐日积，钟乳三千两，胡椒八百斛。以真珠买红娘子为妾。红娘子者，有美色，发如蜀漆，颜如丹砂，体白而乳香。生绝爱之，以为牡丹、芍药不能与之争妍也。上闻，赐以金银花、玳瑁簪，月给胭脂胡粉之费。一日，上见生体羸，谓曰："卿大腹顿减，非以好色故耶？宜戒淫欲，节五味以自养。"且令放远其妾。生不得已，赠以青葙子而遣之。然思之不置，遇秋风起，因取破故纸题诗以寄之……然生既溺于欲，又不能防风为寒所侵，寝以成疾。面生青皮，两手如干姜，皤然一白头翁也。上疏乞骸骨，王不留行，谕之曰："吾曩者预知子之有今日矣。"赐神曲酒百斛，以皂角巾归第，养疾而卒。

这几乎是一部传奇小说了。

小说情节曲折，基本用中药名（引文中楷体字）构成。主人公桑寄生，能文能武，先不被重用，后来寇贼造反，战事吃紧，皇帝不得不求助于桑将军。桑寄生血里杀出，替皇帝打了胜仗。皇帝奖赏多多，桑生于是沉迷女色，身体出了状况，引以为豪的大肚子也没有了，皇帝要他远离女色。接下来，是桑生和红娘子的生死离别，凄凄惨惨戚戚。远离了女色，虽带着众多的赏赐荣归，但被弄坏的身子已病入膏肓，桑生，最终在疾病中死去。

总之，这是一个被女色害了命的典型案例。

难的是，这些曲折的情节，竟然是由一百多方中药名构成。这萧观澜，要么是中医，要么就是中药的深度爱好者，或者是中医世家，用一百多方草药，构筑他的故事天堂，活灵活现，实在有些传奇。

中国传统的中药，就是广袤大地的动植物精华，很多名称极具内涵，如厚朴、远志、当归。有的还有极强的戏剧性，用延胡索捆降将，用真[珍]珠买红娘子为妾，情节自然天成。天门冬日晓苍凉，落叶愁惊满地黄，天凉人愁，有情人终难成眷属，诗意境界辽阔，意象万千。

游戏也需要才气。

用中药名入诗，古人常用。

褚人获在抄完《桑寄生传》后，灵感忽来，紧接着也结合自身实践写了一则趣事：

> 江道行，夏天被蜂叮咬，找药不着，戏作药名诗：蝉脱连翘才半夏，柴胡逞毒肉从容。蒺藜刺若细辛箭，荆芥芒同大戟锋。独活急当归草果，苦生（参）还续断蜈蚣。破故纸同香白纸（芷），从今防己更防蜂（风）。

哈，戏文虽短，情节同样连贯活泼，故事的延展性极强。

明代著名书法家董其昌，爱死这篇奇文了，他甚至花了极大的精力来书写，他的长篇书法作品《桑寄生传》，也算书法奇葩。

我想，董大家书写这篇长文，不可能一气呵成，常常是，写完几方中药就会点起烟袋，再泡一壶茶，长思。抬头看看天，低头啜饮一口茶，脑子里幻想着中药的生长环境，治病，救人，对自己，对世界——每一帖药，都是那么的契合，那么的绵绵有意，嗬，我们不就生活在本草的世界里吗？

中药戏文，他们都以三十分的才情，想努力寻出药和人的关系，"求个良心管我，留些余地做人！"（清朝王永彬）

花，药，人，天，地；物我，互我，融我。

M

明朝的一场抗日败仗

梦的杂俎

明朝的一场抗日败仗

明朝何良俊的《四友斋丛说》卷十一，记载了一场惊心动魄的抗日战斗，以明朝军队大败而留名。作家还用大量的篇幅，深刻反思了这场战斗为什么失败的诸多原因。

壹

乙卯年，明嘉靖三十四年，公元1555年。

一支七十二人的日本海盗敢死队，从浙江的严州、衢州，穿江西的饶州，过安徽的徽州、宁国、太平，一直杀到南京。

南京，一场恶战。

战斗中，明军的两个把总指挥牺牲，八九百战士阵亡，而日本海盗敢死队的七十二人，竟然都完好无伤。

日本海盗撤离时，南京的十三道城门仍然紧闭，全城百姓都上城墙守卫，南京守军各部门，也依旧分守各城门，丝毫不敢松懈。

平日里，南京城内，各位功勋将领，出行则卫队相拥，军威森严，部队士兵每月要八万担皇粮供应。养兵千日，用兵一时，今天竟然被找上门来的日本七十二海盗打得落花流水，吓得胆战心惊。

据可靠消息，日本海盗杀败官兵后，当天投宿在板桥的一农家。七十二人因战斗劳累，晚上又喝了许多酒，都沉沉地睡去。这户农家和顾彭山的太常庄相邻，他庄上的人亲眼看见了这样的状况。此时，如果有人侦察到情况，当夜报告给政府，再派一支三四百人的队伍包围，完全可以将日本海盗全歼。

可惜得很，各位指挥官都不会打仗，听说敌人来了，愤怒地匆忙应战，打败了，则沮丧躲避，唯恐躲得不深。胜败乃兵家常事，而又不懂得派兵侦察，我（何良俊）实在不知道，他们用的是什么兵法。

贰

时间再往前推。

很多事情的发生，都不是简单明了，而是早有预兆的。

甲寅年，也就是公元1554年，日本海盗已经对常州焚劫，当时就传言，他们要往南京来，京城于是震动恐慌。

其实，我军的失败，并不是偶然。

从指挥上讲，一个大失误就是不会首尾呼应。

常州和南京之间，丹阳是咽喉。有人说，丹阳筑坚固之城迎敌，就可以扼制他了。我认为这是只知其一，不知其二。敌人久攻不下，一定不敢越过（丹阳）攻击南京，他们怕丹阳背后受敌。如果没有打下丹阳城，就往南京而来，那么，南京的部队正面迎击他，丹阳的部队从后面攻击，句容还可以派出一支部队捣其中间，日本海盗必败无疑。同样的道理，日本海盗如果越过嘉兴而往苏州，苏州的部队正面迎击，嘉兴的部队则可以背后打他。而现实情况是，日本海盗打嘉兴，嘉兴竟然城门关闭，任其过去，吴江、苏州就首当其冲。嘉兴以为，可以安耽无事了。这都是总督调兵无方，完全不懂军事的表现。

日本海盗离开之后。有一天，我和司寇钱景山谈论这场战事。

我说：那日本海盗进犯，除大江，有三路可以到达南京。从常州、镇江来，则句容就是一路；从宜兴来，则秣陵关就是一路；从太平来，则江陵镇就是一路。古人用兵，须得地利，就是说，必须掌握地形。那些参赞与守备等将领，一定要亲自勘察地形，某处可以驻扎部队，某处可以设下埋伏，都要默记于心。假如哪一天发生情况，就可以派出相应的部队抵抗，相应的部队埋伏，相应的部队策应。如此排兵布阵，那么，敌人一来，我军可以逸待劳。现今的情况是，敌人来了，只能匆忙应战，被动得很。

后来，钱景山果然将我的建议，转述给各位相关将领。但，我有点哭笑不得。情况是这样的：

有一天，偶然见守备何太监——我在谢山的田舍，就是何太监的旧庄。

何太监对我说：您庄上的杨树，为什么那么萧条稀疏啊？

我答：公无事不出城，怎么会见到我庄上的杨树呢？

何太监答：前天，我与各位将领一起，去那里察看设伏兵的地形。

唉，既然是设伏兵，那一定不要让人知道，应该假托以游玩的名义，暗地里考察，暗中布置，怎么可以在大庭广众之下说去找埋伏地点呢？

叁

从一些细节上看，我军的情报意识几乎等于零。

张蒙溪做参赞的时候，很喜欢大兴土木。他修筑了振武营、仙鹤营、望江楼等，花费动不动就十几万。然而，一旦有战事，这些建筑并不能帮助战斗。更为可笑的是，他们还将南京城的地图和各个驻军据点，刻在了一块石碑上，放置在城市的显眼处。城南十二伏，城东十二伏，城北十二伏，一目了然。

江荆石拓了一张这样的地图送我。我对他说：《老子》说"国之利器，不可以示人"。以前，唐太宗征高句丽，命令元万顷写檄文。元的檄文中有"不知守鸭绿之险"一句，高句丽人一看，立即派兵守卫鸭绿江，以至于唐兵不能渡江。唐太宗于是降了元万顷的官。看看，既然是"伏"，就是军事机密，就应该神不知鬼不觉，怎么可以刻在石碑上示众呢？您也管理着兵事，应该立即告诉上级，毁掉石碑地图。

江荆石始终没采纳我的建议，这块石碑，至今仍在。

肆

官兵们做事，也让人有些摸不着头脑。

乙卯年，日本海盗已经侵犯到了柘林，他们以我兄弟三家的房子做据点，驻扎了将近一年。本地劫掠得差不多了，就往嘉兴、湖州去抢，往往是人员全部出动，住的地方就没人了。他们去了十几天，又回来。府县得到情报，就派人去烧了他们住的房子。我们家的房子啊，三百年的老房子，就这样一把火烧光了。初听到这个消息，弟弟很愤怒，我却神态淡然。那些老房子，既然被海盗占领，那就不属于咱家了，如果烧掉房子，他们一定不会再在我们村待下去，海盗离开后，咱家的田地，仍然可以让人耕种。但感到可恨的是，官府烧房子，不是在海盗居住的时候，而是在海盗离开的时候，这确实有点匪夷所思。

陆五台从总督幕府中回来，我问他：日本海盗在柘林和周浦寺中驻扎了这么久，你们有去骚扰过吗？晚上派人巡逻吗？四周设置绊索响铃吗？

五台回答：这些都没做过。

我以为，假如稍稍用点计策，在日本海盗驻扎的周围，密集布以铁蒺藜，再派侦察兵二三人，深夜到据点偷袭，大军在二里外，只敲锣发威，海盗惊动，自相攻击，一定可以歼灭他们。

日本海盗居住在人家家里这么久，而我军却不知道用火攻，只想到白天与他硬拼，哪有不败的道理！

我又和陆五台调侃：您平时谈兵用策，很有经验，关键时刻为什么没有声音呢？

陆五台答：唉，领导们不需要我出谋划策哎。

我再问：那要你们这些人做参谋干什么？

陆五台答：我们平日里，只是处理些公务而已。

真是主次颠倒。

打个不恰当的比方。比如有人打官司，碰到一硬对手，那么，他梳头的时候也要想怎么对付他，吃饭的时候也要想怎么对付他。他还有工夫管其他闲事吗？用兵乃朝廷大事，地方之得失，百姓之存亡，怎么可以不去算计敌人，而埋头于公文琐事中呢？即便那些公文，整理得井井有条，详细周密，面对真正的强敌，又有什么用处呢？

伍

我朝军队纪律不严明，也是部队没有战斗力的原因之一。

张半洲做总督时，我专门和他的部下、管纪律的官员盛南桥谈了军队严肃纪律的事。

我说：你们受命出师，朝廷是授权给您的，您掌握生杀大权，延误军机、临阵畏缩，都可以处以极刑。现今，情况出现了，却没有听说斩杀一人以严军纪，这样纪律的军队，实在难以取胜。

盛南桥对我吐吐舌头：您是想让我去杀人吗？

唉，怎么可以这样理解啊！他不知道，杀一人，可以救下数千上万人。他可怜那些败下阵来的兵将，而不念怀东南被杀的数千上万人。那数千上万人，就不是生命吗？

陆

层层请示，也是贻误战机之重要一环。

现在那些将官，都听命于总督，官兵赏罚，出战时机，都要请示授权。而兵贵神速，在于呼吸之间，需要出其不意，攻其不备。他没有准备好，我已到达；他准备好，我就挫他的锐气。而现今，必须层层请示，基层领导向兵备请示，兵备向巡抚请示，巡抚向总督请示，等请示都到了，敌人早就准备好了。即便韩信、李靖复生，恐怕也难以取胜。我大明开国的时候，大将带兵打仗，部队只设一都御史，管好军粮，不参与军事。

我们还有一个大漏洞，就是长江的防线。

南京之险，唯在长江。那些日本海盗进入海口，抵龙江关，只有四五百里。他们完全可以从襄樊顺流而下，直捣南京。或者从淮扬来，也只有一江之隔。如果将长江守牢，还可以抵抗一阵，如果敌人过江，那么我们的十万重兵，就像洞中的老鼠一样，只有坐以待毙。

而现实情况是，我们的江防，只有提督操江一个官员，带领着少数官兵，防卫着长江，力量薄弱得很。沿江各地，虽有守江，分布也密，但无统一指挥，一遇情况，则首尾腹背，分为数截，彼此推托，不肯拼命。

我曾经提过建议，派一个兵部侍郎管理江防，抽调万余兵力，专门设立水军，练习水战。如果长江有战事，那么很快可以彼此上下游策应，首尾相救。可惜的是，这个建议报到朝廷，七议八议，最终搁浅。

……

一场和日本海盗的失败战斗，我生出许多的感慨，我想，失败不是偶然的，如果我们不从根本上去治理军队，做好各项防御，那么，失败的事肯定还会重演！我一介书生（南京翰林院孔目，典簿厅的文书），人微言轻，但还是要说！

柒

美国学者史景迁的《利玛窦的记忆宫殿》第三章，写到利玛窦了解了1550年代的中国现实：只要两三条船的日本人，就可以在中国沿海登陆，并挺进内地，占领乡镇和大城市，大肆烧杀劫掠，而几乎不会遇到什么抵抗！

利氏不幸而言中。

梦的杂俎

壹

人们劳作一天，两眼一闭，乱七八糟的梦就开始了。人们一直纳闷：为什么会有梦？而且是各式各样的梦。

现代自然有一些科学解释，但古人只能猜猜猜。

唐代笔记作家段成式，在他的大著《酉阳杂俎》里，对梦，有一些自己的认识。

他曾听医生讲，人体内存的阴气多，做梦自然就多；阳气壮，做梦自然就少，即便做了梦，也记不住。盲人不会做梦，这是因为人所梦见的，必须是他熟悉的事物。然后，他就亲身举例：表兄卢有则，梦见击鼓时惊醒，原来是小弟弟跟他开玩笑，将门当作衙门的大鼓敲。他姐夫裴元裕说，族中的一个子侄，迷恋邻居家的女儿，于是梦见妓女送给他两颗樱桃，他吃下后就醒了，樱桃核掉在枕头边。段认为，不可以从一件事上去推断梦的生成。愚笨的人很少做梦，听说，喂马、驾车的差役们，一百个晚上也做不了一个梦。

有些论点，估计站不住脚，盲人不会做梦，我想绝对不会，虽然我没有问过他们，我想不用问了。差役们并不一定愚笨，他们不常做梦的原因，是白天太劳累了，一睡到天明。

虽然没搞清楚梦的原理，但梦的吉和不吉，一开始就被人重视。好梦和好东西一样，都特别受欢迎。

于是，古代就有将梦当作礼物正儿八经地送给人家的稀奇事，还有声有色，并将它发展成一个很好的产业，这就是马屁业的肇始。

明朝作家谢肇淛《五杂组》卷十三事部一这样说：《周礼》特为设占梦之官。以日月星辰，占六梦之吉凶。群臣庶人献吉梦于王，王拜而受之。

记载虽然简单，信息量却丰富得很。

吉梦、噩梦、思梦、寤梦、喜梦、惧梦，这些不可思议的梦一定有现实可以观照，肯定找得到对应点。这大约就是占梦官的主要职能，他们要会分析各种各样的梦，就如那占星官，要观测各种各样的天象。在古代君王眼里，人还是很渺小，而自然太伟大，必须顺应。在科学不昌明的暗昧年代，占星占梦，我觉得都是明智之举，至少是人们对自然的一种敬畏。

但是，程序正确了，并不表明有良好的结果。

就如这个梦，六梦之中，王上一定喜欢吉梦了，各种各样的吉梦都喜欢。按照这样的逻辑，先是有聪明的大臣献梦，这种梦可以有，也可以无，但一定是揣摩了又揣摩，事先设计好的。关于国家，国运长久；关于人民，人民勤劳；关于健康，王上肯定能活过一百岁；等等。这样的梦，王上绝对喜欢。果然，王上很喜欢大臣献上的梦，一高兴，加官一级！这还得了，献个梦都能加官，我们大家争着献啊！

众官们的智慧还是有限的，各种类型的梦差不多都献完了，那么，民间的老百姓来了，一人智不敌万人智，百姓中一定有好的梦。关于国家，国家强大；关于人民，人民富足；关于健康，王上你能活一百五十岁；等等。这样的梦，王上绝对喜欢。又果然，王上也很喜欢百姓献上的梦，一高兴，赏赐多多，甚至也可以赏官职！这更不得了，献梦能得到这么多的好处，我们大家争着献啊！

大臣的梦，百姓的梦，王上一一笑纳，并且还给予足够的礼节，表示感谢。

献梦的场景，我们尽可能发散思维想象，一定丰富多彩。

于是，梦的产业链就形成了，而且，是很完整的产业链。因为有聪明的人，专门开设了梦工厂，在梦工厂里，王上需要的梦是批量生产的，他们会进行数据和心理分析，从而制造出王上最喜欢的梦。

有诸多事实为证。

《太平广记》载：武周朝的时候，有个叫朱前疑的人，浅钝无识，容貌极丑。有一天上书则天皇帝：昨天我做了一个非常吉祥的梦，梦见皇帝陛下您活到八百岁！武则天很高兴啊，一高兴，马上赏他个"拾遗"。过了几天，此人又上书：昨晚我又做了非常吉祥的梦，梦见皇帝陛下您的白头发变成了黑头发，掉了牙的嘴里又长出了新牙！武则天更加高兴，又升他为郎中。尽管朝野都笑，那也只能暗地笑叹而已，毕竟掌权者好这一口嘛。

明朝沈德符《万历野获编》卷二《嘉靖青词》中有这样一副对联：洛水玄龟初献瑞，阴数九，阳数九，九九八十一，数数通乎道，道合元始天尊，一诚有感；岐山丹凤两呈祥，雄鸣六，雌鸣六，六六三十六，声声闻于天，天生嘉靖皇帝，万寿无疆！玄龟献瑞，丹凤呈祥，和做梦的道理是一样一样的，都是皇帝喜欢的吉物。尽管"万寿无疆"，但是嘉靖皇帝也没有活到六十岁。

梦变成了生产力，梦变得如此神奇，梦不再是痴人说说的了，那些不会做梦不会说梦的，才是些痴愚汉。

所谓日有所思，夜有所梦，古人已经清醒认识到，梦和健康，有着极大的关系。唐朝李冗《独异志》中的这则梦，对于今天的人们来说，也是一种警醒：

北齐的侍御史李广，博览群书，知识渊博。有天晚上，他因编撰史书太累而睡着，梦见一个人对他说：我是你的心神啊，你将我劳役得太辛苦，我不得不离开你了！很快，李广便因病去世了。

有心神吗？权当其有，他长驻我们心中，好好善待。

贰

古代笔记里，有些梦是很神奇的，有人以梦来决定自己的人生。

唐朝牛僧孺的《玄怪录》卷一有《韦氏》。韦氏女自己选择夫君，凭的就是及笄之年做过的一个梦，她梦见了自己二十岁时的婚嫁，还将以后所要经历的事情都详细地梦了一遍。

唐朝的时候，韦氏是望族。京城里的某韦氏女，已经十八岁，结婚的事，早就列入全家的议事日程了。

有一天，韦妈妈高兴地对女儿说：女儿呀，今天有好事，有个裴秀才，人品家境都非常不错，他想要来娶你！

韦氏一听，显得很淡定：妈妈，这个裴秀才，他不是我未来的丈夫。

韦妈妈和家里一干人等，都连声说：你们谈谈看不要紧吧，让裴秀才上门来看看。这也就韦氏家族能说出这样的话来，主动权在手，优质男随便选。

接下来的细节，可以想象。

那媒婆天天上门，将裴秀才的优点，还有裴秀才的家庭情况，说得好上了天，弄得韦家全体心思活泛，都劝韦氏，裴秀才不错真不错啊，很适合你的，很适合我们家的。但韦氏女总是笑笑，就是不答应。

裴秀才就这样由热到冷，过去了。

又一年，又一天，韦妈妈又来报告：女儿呀，有个叫王悟的小伙子，出身官宦之家，你老舅舅还在他们府上做秘书呢，是老舅保的媒，王家想来聘你做媳妇！

韦氏女又笑笑：妈，不急，这个王郎，也不是我要嫁的人。

韦妈妈急了：你老舅，我们很熟悉呀，他不会坑我们的，他介绍的情况应该真实，你也老大不小了，真要好好考虑！

因为韦氏女的虚与委蛇，大家客客气气，这场相亲，也是无疾而终。

又过了两年，韦氏女二十岁了，老姑娘了。

某天，有个叫张楚金的进士，上门来求婚。

韦妈妈按例，又来向女儿报告情况。韦氏女一听，笑着说：这个人，就是我的丈夫。

接下来，一切事情都顺理成章，按照计划有条不紊地进行。

等到要成婚时，在韦妈妈的一再追问下，女儿讲出了缘由：就是那个梦嘛，刚成年时，我做过一个梦，要嫁的人，要过的什么生活，统统都清楚得很，这不，梦要开始了。

韦氏女的梦，大致情节是这样的：

她的丈夫张楚金，数年后将被授予尚书之职，前往广陵赴任。任上七年，获罪被杀，全家都死，只有自己和刚娶进门的媳妇免遭杀戮，婆媳两人，被充入宫中干杂役十八年，天下大赦，恢复自由。

婆媳两人，孤苦伶仃，毫无目的地行走。

天色已晚，前方传来流水声，原来两人就在一条小河边，水流快而急，四下昏暗一片。两人在河滩边哭了一会，相互勉励说：此地不可久待，我们必须迅速渡过河去。

过了河，沿岸边走了百余步，发现了一座破旧的大宅院，虽然黑乎乎的，但两人还是高兴，今晚总算有了一个落脚的地方。进了大院，走过好几道门，韦氏感觉房子地形结构有点熟悉，但也顾不了那么多，找到一处整洁的庭院，院中几株樱桃树开得正茂盛，暗香浮动。在台阶下，婆媳两人将包袱打开，相对躺下。

正迷糊间，一老头跑来，骂骂咧咧，要赶她们走。婆媳俩痛说情由，苦苦哀求暂住一晚。突然，从西厢房又跑来一少年，少年嘴里也喊着：出去出去，这里不能待。还要求老头，赶紧将人赶出去。婆媳俩又细说情由，一阵哀求，少年并没有说话，听完话，立即低头跑开。

过了一会，少年换了白衣素鞋，哭着在韦氏女面前跪下：婶婶呀，我是张楚金的侄子呀，我知道你们遭难后，一直苦苦寻找你们的下落，但音讯全无。不想今日婶婶和嫂嫂竟然从天而降。这座房子，就是你们去广陵前的老房子呀，院子里的樱桃树还是婶婶您亲手栽下的呢！

韦氏一阵感慨，流泪又感叹。

天亮后，侄子引着她到各屋查看，旧物和陈设与当年离开时一模一样，但自己已白发苍苍，想着人世的沧桑，韦氏不禁又老泪纵横，号啕痛哭。哭着哭着，韦氏女一睁眼，四下里黑漆漆的，天还没亮呢，原来是一个梦啊，但这个真实的梦，她再也忘记不了，她甚至相信，这就是她的命。

这不，梦中的第一步，张楚金，不是来了吗？

韦妈妈听女儿讲完这个梦，也有点紧张，她赶紧安慰女儿：不就是一个梦吗？梦没有这么准的，你不要太当回事。

韦氏女也希望，这只是一个梦。但是，张楚金的人生路线，确实是按着韦氏梦进行的。数年之后，张楚金镇守广陵，后因徐敬业扬州起兵连坐，全家伏法，只余下韦氏及媳妇充入掖庭，十八年后，武后诞辰获大赦。

听完韦氏女的梦，你可以反问：既然知道了未来的人生，可以不嫁呀？！

不嫁，可以吗？

叁

苏轼的《东坡志林》卷一，有"梦寐"十一则。"记梦参寥茶诗""记梦赋诗""记子由梦""记子由梦塔""梦中作祭春牛文""梦中论左传""梦中作靴铭""梦南轩"，前八则都是不同的梦，非常有意思，有好多是梦中作诗文，梦中读书讨论，或是人家带着诗文来访他。另两则"措大吃饭""题李岩老"，则近似于做梦、梦想。

还有一则"记梦"中的一条，从梦的结构上看，属于梦中梦。

予在黄州，梦至西湖上，梦中亦知其为梦也。湖上有大殿三重，其东一殿，额云"弥勒下生"。梦中云："是仆昔年所书。"众僧往来行道，大半相识。辨才、海月皆在，相见惊异。仆散衫策杖，谢诸人曰："梦中来游，不及冠带。"

比较神奇的是，他知道自己是做梦，还碰到了很多老朋友，还会向人抱歉：因为是梦中来游，穿得不整齐。

梦中梦，我也做过几回，具体情节大多记不清，但比较清楚记得是梦中梦。

── 肆 ──

明代江盈科的笔记《雪涛小说》里有《甘利》，一个县学的顽皮学生，用他的一个无中生有的梦，就将好利的学官彻底给骗了。

这学生，我暂且称其为王小滑，学官权称为余喜利。

王小滑同学，生性狡猾，鬼点子多，常常能将人骗得晕头转向。那余喜利教授则对学生相当严格，动不动就要找理由惩罚学生，如果学生稍有犯过，那正撞他的枪口上，他一定会让人将学生抓来，抽鞭子。

有一天，王小滑刚好犯了错，余喜利教授知道后，立即让人去捉王同学，而余教授则坐在中堂上，怒气冲冲地等着王同学。

过了一会儿，王同学带到。

王同学一见余教授，立即跪下，也不说其他事，自说自话：学生我偶然得到了千金，正在处理这笔巨款，所以见老师迟了。

余教授一听，怒气消了一半：啊，那你的金子是何处来的呢？

王同学答：从一个地窖里挖出来的。

余教授追问：你准备如何处置这些金子呢？

王同学慢条斯理：学生我家里本来就不富裕，没什么产业，因此，我和老婆商量，用五百金买田，二百金买房，一百金买家具，一百金买童妾，这样下来，只剩一百金了，我想用其中的一半买书，我要发愤读书了，再以其中的另一半送给教授您，以感谢平时您对我的教育。

余教授一听，很高兴：难得你有这样的孝心，你为什么不早说呢？

教授转头向仆人吩咐：立即去准备酒菜，搞得丰盛点，我要和王同学一起，好好地喝几杯。

不一会儿，酒上来了，菜上来了，果子也上来了，摆满了桌子，教授和学生，你一杯，我一盏，气氛好得很。不知不觉，酒已经喝了一半，教授问学生：哎，王同学，你刚刚匆匆而来，你那放金子的箱子，有没有锁好啊？

王同学立即站起身：哎呀，我正要说呢，我将那些金子都一一分配好，我那笨老婆，突然一个翻身，将我碰醒了，金子早就没了，哪还用什么箱子！

余教授一惊，背上冒出了汗：难道你刚才说的金子，都是你做的梦吗？

王小滑抹抹嘴，喝完杯中的最后一口酒，一脸真诚地盯着教授：是呀，就是一个梦，我刚刚做的一个梦！

余教授哭笑不得，但也无法发作，毕竟有失颜面：你真是个好学生，梦中得了金子，也不忘记老师我，何况以后你真得了金子呢？！

教授于是脸上又露出笑容，对着在厨房里忙碌的仆人大喊：哎，再来一壶酒！

王小滑真够聪明的，用一个子虚乌有的梦，既免了打，又骗了吃喝，还让余喜利教授尴尬百出。

余喜利教授，嗜利的小人形象，跃然纸上。

伍

韦氏女的人生梦，绝对虚构，只是小说故事传奇，但是，以文学的方式来表达梦，那真是数不胜数了。

汤显祖的"临川四梦"：《牡丹亭》《紫钗记》《邯郸记》《南柯记》，无论是儿女言情戏，还是社会风情剧，都以梦为支撑，杜丽娘、霍小玉、卢生、淳于棼，人，或者鬼，个个形象生动。

现实的种种不如意，社会的，个人的，不如就将儒释道融为一体，在梦中伸张，一场场鲜活的梦境，一幕幕淋漓的戏段，戏如人生，人生如戏。

说汤显祖，也说其他。

两千三百多年前，漆园小吏庄周先生，大白天做了一个梦，自己成了一只自在飞舞的蝴蝶，十分开心得意。在梦中，他居然不觉得有庄周的存在。忽然醒过来，发现自己就是一个僵卧不动的庄周。

随后，一个著名的哲学问题诞生了：不知道是庄周梦见了自己变成蝴蝶呢，还是蝴蝶梦见自己变成庄周呢？

现在，我们清楚了，庄周与蝴蝶，一定各有自然之分。也就是说，人与万物，依然有别，万物中，唯有人，才能悟道。

不过，梦境所代表的，我们可以称为物我同化。

这应该包括所有的梦，林林总总。

N

南宋杭州的骗子

年羹尧的罪状

南宋杭州的骗子

壹

南宋作家陈世崇的笔记《随隐漫录》，记叙了许多南宋社会的"八卦"，卷五就写了一群活跃在杭州城的南宋骗子，形形色色，栩栩如生。

> 钱塘游手数万，以骗局为业。

天哪，这是一座怎样发达的城市啊，一下子竟可以容纳这么多的骗子。据《马可·波罗游记》载，南宋杭州城，这座世界大型城市，已经有一百多万人口了。人口众多，商业发达，赚钱的机遇自然多多。

> 初愿纳交，或称契家，言乡里族属吻合。稍稔，邀至其家，妻妾罗侍，宝玩充案，屋宇华丽。好饮者，与之沉酗，同席或王府或朝士亲属，或太学生，狎戏喧呼。或诈失钱物，诬之倍偿。好游者，与之放浪衢陌，或入豪家，与有势者共骗之。好呼卢者，使之旁观，以金玉质镪，遂易瓦砾，访之，则封门矣。或诈败以诱之，少则合谋倾其囊。或窃彼物为证，索镪其家，变化如神。

这是概括描写，将骗子的惯用方法，综合分类披露。综合来说，扮大款行骗是他们常用的方法。

骗子们往往用这样的套路：

在某个场合突然碰上，一般都是小型或大型的高层次聚会，或者都是重要的有地位有身份的人参加的聚会，双方交换过名片后，骗子就开始套近乎，说是通好之家，说是本乡本土，说是家族近亲。稍微熟悉一点后，骗子就盛情邀请到他的家里（谁知道是不是他家），啊啊，房屋装修如此豪华，家具摆设如此高档，收藏柜上还放着各式各样的珍贵玩品，骗子还唤来大小老婆仆人若干，轮流侍候，殷勤得很。

钓鱼的对象，如果喜欢喝酒，那么就和他一起喝，大杯大杯地喝，就是那种要喝醉喝死过去的喝法，酒一下去，什么话都会说了，什么话都敢说了。当然，喝酒还要有陪伴，这陪的人还要有身份地位，太学博士生，高级知识分子，官员贵族，反正都是有身份的（也是可以装的嘛，在一个行骗发达的社会，骗子的人脉资源一定不缺少），猜大拳行酒令，热闹非常。

突然，有人高喊：我多少多少现金不见了，我某某贵重东西不见了。众人于是一起指证，那个被骗进来的，虽然心里清楚，但见对方人多势众，不吃眼前亏，还是掏尽身上所有值钱的东西，不够，那就写欠条，乖乖签字画押，哈哈，一大笔钱财到手了。要放现代，这已经不是骗了，而是赤裸裸的敲诈，连环诈。

钓鱼的对象，如果喜欢游玩，那么，就请他一起疯狂地玩，然后，再入有钱人家，一起合作骗他。

钓鱼的对象，如果喜欢玩呼卢博彩，就让他在边上观看，用金玉当铜钱抵押，游戏玩完，偷偷地换成瓦片小石块。等到发觉，再去寻访，那赌博的地方，早已屋空人散了。或者与人合作，装作赌输，一步步引诱对方下注，直到对方将钱输光为止；或者将对方的东西偷来，再佯装寻找到，跑到对方家里讨要报酬。

贰

说完骗子的常用手法，陈作家开始一一举例了，这些例子，可都是他亲自采访来的呢，或者都来自官方权威披露。

第一个扮大款骗人的案例：

> 净慈寺前瞽妪，揣骨听声，知贵贱。忽有虞候一人，荷轿八人，访妪曰："某府娘子令请。"登轿，至清河坊张家匹帛铺前少驻，虞候谓铺中曰："娘子亲买匹帛数十端。"虞候随一卒荷归取镪，七卒列坐铺前。候久不至，二卒促之。又不至，二卒继之。少焉，弃轿皆遁矣。

南山路上的净慈寺前面这个路段，靠近西湖，是个热闹的地方。受害者是个会算命的瞎眼老妇。这老妇，眼虽瞎，却学得一手听的好本事，她甚至能听出人的贵贱。

有天，某高官的秘书（虞候）来了，带着一行人，抬着大轿，找到老妇说：某府娘子，请您老人家去给她算命呢。老妇人一听，嗬，八抬大轿，是个有钱人家，还秘书来请，一定是个官宦人家。

起轿！走吧！瞎老妇乐呵呵地上路了。

轿到清河坊，张家匹帛铺前，带队的秘书示意停轿，他对铺子里的掌柜讲：老板，我们娘子要买上等的锦帛，拿几十匹好布来。

锦帛量好，秘书和一个轿夫将东西先带回，说回去拿钱。七个轿夫，齐齐地坐在布店门口等，过了好久，钱还没有送来，两个轿夫站起来商量：我们去催促一下，你们慢慢等噢。又过了好久，又有两个轿夫站起来，开始发牢骚了：怎么回事嘛，人呢？不会出什么意外吧，我们再去催促一下。

就这样，最后，轿夫将轿丢弃在布店门口，全跑了。可怜那瞎老妇，还坐在轿中傻乎乎地等着去给贵人看相呢。（这个环节，有点疑问，老妇为什么不起疑心？在明清的笔记里，这个老妇被描写成傻呆妇，这就合情合理了。）

第二个扮大款骗人的案例：

有富者揖一丐曰："幼别尊叔二十年，何以在此？"引归，沐浴更衣，以叔事之。丐者亦因以为然。久之，同买匹帛数十端，曰："叔留此，我归请偿其直。"店翁讶其不来，挟丐者物色之，至其所，则其人往矣。

上当者是一乞丐，他应该是心里有些数的，可以说是故意上钩。

某天，那乞丐在杭州城某处乞讨，一富人突然朝他作揖：叔叔啊，您为什么在这里流浪呢？您可能不认识我了吧，我是您的侄子啊，一别二十年了，您一定认不出我了。

乞丐高兴坏了，哪里钻出来的小子，一定认错人了，管不了那么多了，将错就错吧，反正混得这么差。富人将乞丐带回家（谁知道是不是家呢），理发洗澡，一番梳洗清理后，富人将乞丐当叔叔对待，好吃好喝供着他，乞丐乐得享受。

过了一些时间，叔侄俩一起去一家布店，要买数十端的布，呵

187

呵，同上面一样，又是数十端，看来，在南宋的临安城，这数十端布还是很值钱的，不然，费那心干啥呢。

老套路又出现了：没带现金，我将老叔留在你店里，一个大活人，又跑不掉的，你们放心好了。时间过去很久了，侄儿还没送钱来，店老板就带着乞丐找回去，找啊找，走啊走，终于到侄儿家里，一看，家里空无一人，人不知跑到哪里去了。

第三个骗人的案例：

> 有华衣冠者，买匹帛令仆荷归，授钥开箧取镪，坐铺候，久晚不来，店翁随归，入明庆寺如厕，易僧帽裹僧衣以逃。

这个穿着很体面的家伙，带着仆人，先到布店里买了很多的上等好布，让仆人带着东西先送回家，当着老板的面给仆人钥匙，让他开箱将钱送来。

体面人就在店里坐着等，等啊等，仆人还没来，体面人抱歉地对店主讲：老板，要不，您随我一起去家拿钱？老板还能说什么呢，只好跟着体面人去他家拿钱。经过明庆寺，体面人嘟囔着：老板，烦等我下，内急，进去上个厕所，一会儿就出来。老板还能说什么呢，人有三急，只有等了。

那体面人，进去后，立即易装，戴着和尚帽子，穿着和尚衣服，一个真的假和尚，双手合十，嘴里念着阿弥陀佛，在老板面前，明目张胆地离去。

第四个案例：

> 戴生货药，观者如堵，有青囊腰缠者，虽企足引领，而两手捧护甚至。白衫者拾地芥衔刺其颈，方引手抓，则腰缠失矣。

这其实是偷了，用干扰法设计，有点超出了骗术范围。

那姓戴的卖药，许是药比较好，看的人里外三圈围着，有点像《水浒传》中打虎将李忠在渭州卖药，武艺二三流，但耍起来还是有两下子的。

观众甲，腰里别着个青布袋，也伸着个头看。可是，他的动作引起了小偷的注意，脚尖踮起来，头颈伸得老长，但两手紧紧地护着腰里的布袋，这不明显露马脚了嘛，一定有比较值钱的东西，否则干吗这样捂着？

观众乙，那穿着白衣服的，见此情景，地上随手捡个小草秆，往观众甲头颈里刺一下，观众甲以为是什么小虫虫呢，顺手去抓，两手放空，一瞬间，腰里的布袋没有了。

第五个案例：

> 殿步军多贷镪出戍，令母氏妻代领衣赐，出库即货以偿债。

这基本上是一种连环借贷行骗。

大宋王朝的殿前军，待遇还是相当不错的。

军人们通常的一种做法是，先借出一笔钱，而每月（每季？每年？）的衣赐（绫、绢、绵、罗），就让母亲或者妻子代领。这些衣赐领出后，随即卖掉还债。

呵呵，部队里吃喝都不用花钱，这样连环骗借，可以养活一家老小。政策肯定不允许，否则，作家不会将其列入骗术之一。

第六个案例：

> 有少年高价买老妪绢，引令坐茶肆内，曰："候吾母交易。"少焉，复高价买一妪绢，引坐茶肆外，指曰："内吾母也，

钱在母处。"取其绢，又入附耳谓内妪曰："外吾母也，钱在母处。"又取其绢出门，莫知所之。

这混账少年，实在是个行骗高手。

先是高价买第一个老太太的绢，在价格上，他很大方，没有好价钱，人家难动心，老太太很高兴，今天碰到一个大方人了，在茶馆里等一下就等一下嘛，小伙子对她说：等一下，我母亲会来付钱的。

做完第一件事，过了一会儿，小伙又买了第二个老太太的绢，手法一样，价格也有吸引力，第二个老太太也很高兴，今天碰到一个大方的人，在茶馆外等一下就等一下嘛。小伙子对她说：里面那个坐着的是我母亲，钱在她那儿，将绢抱进，对第一个老太太说：外面那个老太是我母亲，钱在她那儿，就将绢抱出。

小伙子抱着一堆绢，一会儿就不见踪影了，两个老太太还在茶馆内外傻等，都认为对方会给自己钱的。

叁

陈作家叙述完这一段，在结尾处发了感叹：

> 呜呼，盗贼奸宄，皋陶明刑则治。晋用士会，盗奔于秦。治之之法，在上不在下。

意思是，骗子无法无天，犯法作乱的人盛行，主要是有法不依，违法不究，执法不严。而这一切的一切，归根结底都在于，上面没有搞好法治建设，一句话，根子在上头！

呵呵，快一千年过去了，骗子仍然众多，智商高，花样多，连环套，局中局，成体系，新技术，版本不断升级，令人防不胜防。

肆

洪迈的笔记《夷坚志》里，记载了一个开熟肉铺的骗子，他设的骗局，让人叹为观止。

临安城北门外西巷，有个卖熟肉的店铺，店老板叫孙三。

这孙三每次外出，都要大声交代他婆娘：好好照看我的猫，临安城里没有这样的品种，不要让外人知道了。如果猫被偷了，那就是要了我的命！我们老来无子，这只猫就是我们的孩子！

孙三这样的交代，每天都要说。

邻居们都听见了，很惊异，也很好奇，总想看一看那只猫。

有一天，那只猫忽然挣脱绳子跑出家，刚跑出大门，就被匆匆赶来的孙妻急着抱回了家。奇猫虽偶然出门，但还是被好几个人看见了。大家都非常惊奇，那猫全身深红，尾巴和脚也都一样泛着红光，邻居们都赞叹：世上还有这等漂亮的猫呀，真是开了眼界！

孙三回家，知道猫跑出家门过了，大怒，将妻子一顿痛打，嘴里还骂得极难听，弄得邻里皆知。

孙三家里有只特别名贵的好猫，这消息像长了脚一样，临安城里好多人都知道了，自然，宫里的某太监也知道了。

太监于是上门，要求买孙三的猫，并开出了非常高的价格。孙三一口拒绝。这太监是真想买猫，他想用来拍大马屁的。经过数次加价，一直加到三百千钱，孙三终于松口卖猫。交易过程中，孙三含着泪，不断数落他的婆娘：都是你，看管不严，弄得我们家的猫全城都知道。说着说着，怒气又上来了，又将婆娘一顿痛打。这太监，一边假意劝孙三，一边暗自高兴，他的如意算盘是，将猫驯养一段时间，然后进贡给皇上。

太监将猫抱回家，如获至宝，每天精心驯养。不想，此猫身上的深红颜色，一天天淡下去，完全没有当初买来时好看。半个月后，此猫就变成了一只白猫。

太监气坏了，这时，他才完全明白，他买到的所谓名贵猫，居然是普通白猫染色而成。立即去找孙三。到那一看，店铺早已换主，孙三在他买走猫的第二天就迁走了。

邻居们也知道了这件事，整个临安城里差不多都传开了。大家都认为这是一场精心设计的骗局，事先用红颜色，将猫染色，孙三每天交代婆娘的话，都是故意制造真的假事实，并一再渲染气氛，至于狠狠地打骂婆娘，也是进一步将戏做真的苦肉计。

从前后整个骗局的情节看，猫突然跑出家门，也是重要之一环，如果没人亲眼看见，总是停留在传说阶段，还不能吸引上门的顾客。等一切设计停当，自然会有人上门，一定要是有钱人，狠狠地赚一笔。

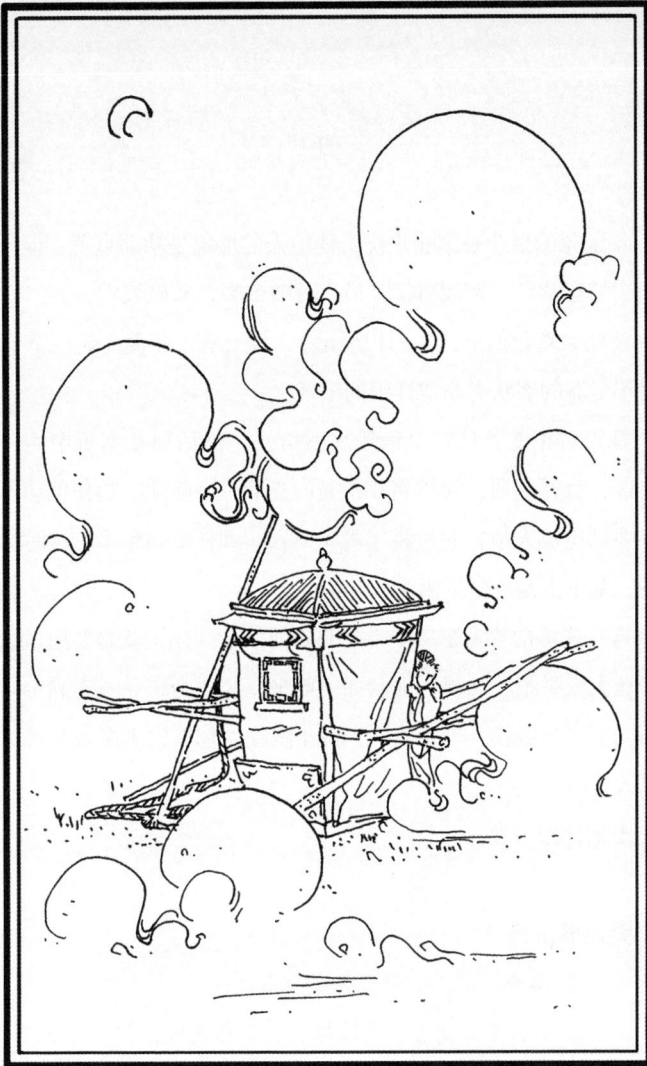

年羹尧的罪状

壹

年羹尧的事几乎家喻户晓，他给人的形象是功勋卓著，但自恃有功，结党营私，贪敛财富，最后身败名裂，家破人亡。

清朝梁章钜的笔记《归田琐记》，卷五有"年羹尧"一节，里面对年羹尧的罪状有非常详细的记录。

雍正对年羹尧从完全信任到不信任，然后抓住奏折中的一个小错误，兴师问罪，接着将年羹尧的党羽一一剪除，迫使他动不起来，要动也没人帮，然后将年羹尧贬官，调任杭州将军。这时的年羹尧，基本上是虎落平阳了。

这一连串的打击是一个十分明确的信号，雍正就是要用这段时间，让大家举报。结果，罪状如山而来，三堂会审，终于确定年羹尧的九十二条罪状。雍正明确告诉年羹尧，你有三十多条罪状，都足以砍头的。

下面详细举例。

大逆罪五条：

    1.与静一道人、邹鲁等谋为不轨；

    2.奏缴朱批谕旨，故匿原折，诈称毁破，仿写进呈；

    3.见浙人汪景祺《西征随笔》诗词讥讪，及所作《功臣不可为论》，语多狂悖，不行劾奏；

4.家藏锁子甲二十八，箭镞四千，又私贮铅子，皆军需禁物；

　　5.伪造图谶妖言。

　　再没有什么比谋逆罪更重的了。你和静一道人、占相师邹鲁等一起图谋不轨，还散布谣言，你是有想当皇帝的野心的，只是千算万算，天象不允许。你太不尊重皇帝了，将朱批谕旨故意藏起来，说毁坏了，这还不算，还要造假。你家里那些箭啊子弹啊放着干什么？是想武装私人军队吗？见了反动书籍（汪景祺案，是雍正朝有名的一桩文字狱），为什么不举报查处？

　　这些行为，足以说明你早想造反，只是苦于没有合适的时机罢了。

欺罔罪九条：

　　1.擅调官兵捕邰阳盐枭，致死良民八百余。奉旨查询，始奏并无伤损，后乃奏止伤六人；

　　2.南坪筑城官弁，骚扰番民，不即劾奏；

　　3.诡劾都统武格等镇海堡失律；

　　4.西安解任时，私嘱咸宁令朱炯贿奸民保留；

　　5.纵令刘以堂诈冒已故保题武功令赵勋名姓赴任，知而不奏；

　　6.将幕友张泰基等冒入军功，共十八案；

　　7.家人魏之耀家产数十万金，龚尧安奏毫无受贿；

　　8.西宁效力者实止六十二员，册报一百九员；

　　9.退役王治奇冒军功得授州判。

欺骗，主要是弄虚作假，对付朝廷。这里分几类。

工作上的失误。兴师动众，抓捕盐贩子，八百余无辜百姓受害。先说自己没有伤人，实际调查结果，是伤了六人。筑城官兵，违反了民族政策，骚扰少数民族，放纵部下，没有及时报告。

无原则帮助朋友。朋友刘以堂诈冒别人官职；朋友张泰基冒领军功；朋友王治奇，退役军人冒领军功骗取官职；家仆家产巨大，财产来源不明，硬说没有受贿。

打击报复下属。材料作假，诡劾都统武格。

僭越罪十六条：

1. 出门黄土填道，官员补服净街；

2. 验看武官，用绿头牌引见；

3. 设座当龙牌正座；

4. 穿用四衩衣服，鹅黄佩刀荷囊；

5. 擅用黄袱；

6. 官员馈送曰恭进；

7. 纵子穿四团龙补服；

8. 与属员物件，令北面叩头；

9. 令总督李维钧、巡抚范时捷跪道迎送；

10. 令蒙古扎萨克郡王额驸阿宝下跪；

11. 行文督抚书官书名；

12. 进京，沿途填道叠桥，市肆俱令闭户；

13. 馆舍墙壁彩画四爪龙；

14. 辕门鼓厅画龙，鼓吹乐人蟒服；

15. 私造大将军令箭，将颁发令箭毁坏；

16. 赏赉动至于万，提镇叩头谢恩。

这些都是超越了本分。

吃喝拉撒睡，衣食住行，什么级别的官员是有什么规矩的。你个老年，嘚瑟什么？你还要设龙牌正座，你还穿四衩衣服，你还挂鹅黄佩刀，你还纵容儿子穿四团龙补服。谁许你出门要黄土填道，进京沿途修道架桥，还不让商户营业，连总督、巡抚都要跪道迎送？

狂悖罪十三条：

1. 两次恩诏到陕，并不宣读张挂；

2. 奏折不穿公服拜送，只于私室启发；

3. 不许同城巡抚放炮；

4. 勒娶蒙古贝勒七信之女为妾；

5. 以侍卫前引后随，执鞭坠镫；

6. 大将军印不肯交出；

7. 妄称大将军行事，俱循俗例；

8. 纵容家仆魏之耀等朝服蟒衣，与司道、提督官同座；

9. 违旨逗遛仪征；

10. 勒令川北总兵王允吉以老病乞休；

11. 要结邪党沈竹、戴铎等，怀欺惑众；

12. 祖庇私人马德仁阻回甘抚石文焯参劾奏疏；

13. 本内引用"朝乾夕惕"，故作"夕惕朝乾"。

既狂妄，又悖逆。

因为对雍正不尊重，所以，皇帝的命令来了，你不宣读，不张挂，还穿着便服，随便在卧室里拆奏折。又是打击报复，川北总兵明明身体很好，没有毛病，你却硬要人家退休。又是结党营私，拉

197

帮结派，太过分了，还不许同城巡抚放炮！更严重的是，你是个很细心的人，为什么要将"朝乾夕惕"写成"夕惕朝乾"？

说起这个"夕惕朝乾"，又是很长一个故事。

雍正三年（1725）2月，中国的天空上出现了奇异的自然现象：日月合璧，五星连珠。就是太阳月亮，还有金木水火土五星，同时出现。古人认为这是一个难得的吉象，帝王更认为是自己江山永固的象征。皇帝高兴，众臣们一定要让皇帝更高兴，于是纷纷上表恭贺。

年羹尧当然也要上表。在用"朝乾夕惕"这个成语时，颠倒了一下顺序，成了"夕惕朝乾"。要在平时，也没什么大不了的，意思没有变，都是形容一天到晚勤奋谨慎，没有一点疏忽懈怠。

但是，这回，雍正心里憋着火，终于找到了爆发点：好个老年，你也太自恃有功了吧，你早就不把我放在眼里了，连这四个字都不想完整地给我，出现这样的错误，是不可原谅的，这是你平时骄傲自大的集中显现，既然如此，我也要重新评价你了，让你吃不了兜着走！

专擅罪六条：

1.建筑郿阳城堡，不行题请，擅发银两；

2.委侍卫李峻等署理守备，奉旨饬驳，仍不即行调回；

3.擅用私票行盐；

4.谕停捐俸，仍令照旧公捐；

5.捕获私盐，擅行销案；

6.守备何天宠患病，不照例填注军政，又嘱直督李维钧勒清苑令陆篆接受前任王久猷亏项。

都说将在外，君命有所不受。这个年大将军，几乎总管着西北的全部事务，雍正这么信任他，不断加官晋爵，这些小事难道都要请示汇报吗？

忌刻罪六条：

1.凌虐现任职官，纵任私人夺缺；

2.军前官兵支粮实册，不先咨晋抚诺岷，欲令迟误致罪；

3.尚书绰奇自军营商办粮饷，清字咨文，不交新任总督岳钟琪，欲令违误军需；

4.捏参夔州知府程如丝贩卖私盐，杀伤多人；

5.欲令李维钧为巡抚，屈陷原任巡抚赵之垣；

6.遏抑中书阿炳安等军功。

上面这些罪名，都是官员拉帮结伙的常见行为。对不满意的官员，一定要想办法排挤，空出位置，以便安排亲信。排挤的方法多种多样，因地因人而异，可以制造失误，让他承担责任，可以构建错误，直接陷害，谁让你和我不是一伙的呢！

残忍罪四条：

1.郃阳盐枭案内，故勘良民无辜冯猪头至死；

2.锁禁笔帖式戴苏；

3.劾金南瑛等七员，急欲出缺与私人；

4.不善安辑蒙古台吉济克济扎卜等，致困苦失所。

这些所谓的残忍，更加离奇。一个无辜良民，因为卷进一个案子而死去；一个蒙古官员，没有安排好，而致他生活困厄，流离失所，贵族王公，身份就是不一样。

贪黩罪十八条：

  1. 收受题补官员银四十余万两；

  2. 勒索捐纳人员银二十四万两；

  3. 赵之垣罢职发往军营，羹尧勒馈金珠等物，价值二十余万两；

  4. 受乐户窦荣银两；

  5. 收受宋师曾玉器及银万两；

  6. 遍置私人私行盐茶；

  7. 私占咸宁等盐窝十八处；

  8. 收受鸿胪寺少卿葛继孔古玩；

  9. 索属员傅泽沄贿，不据实劾亏帑；

  10. 西安、甘肃、山西、四川四省效力人员，每员勒银四千两；

  11. 受参革知府栾廷芳贿，奏随往陕省；

  12. 掠各番衣服为己有；

  13. 私征新抚各番租粮；

  14. 擅取蒲州盘获私盐价银一万两；

  15. 遣仆贩卖马匹；

  16. 私贩马，发各镇勒重价；

  17. 遣庄浪县典史朱尚文，赴湖、广、江、浙贩卖四川木植；

  18. 令人卖茶，得银九万九千余两。

这些罪才是致命的。年羹尧聚财的方法，也没有太多的新创意：卖官，正大光明；受贿，给你办事了嘛，升官替你美言，纠纷替你摆平；经营，利用职权搞点经营，卖盐、卖茶、卖马，似乎也理所当然，这些良好资源不用，太可惜了，不是白白便宜人家了嘛；巧取豪夺，太常见了，你见过哪个古代贪官不这么干的？

侵蚀罪十五条：

　　1.冒销四川军需入己；

　　2.冒销西宁军需入己；

　　3.冒销军前运米费入己；

　　4.侵用各员弁俸工凡五年，皆入己；

　　5.筑布隆吉尔城，冒销工料入己；

　　6.隐匿嘉峪关税银，又加派粮规入己；

　　7.盘获私茶，取罚赎银入己；

　　8.侵用河东盐政盈余入己；

　　9.西安米万石未运，赴西宁冒销运费入己；

　　10.宁夏各卫贮仓谷，及留西宁养马银，并收入己；

　　11.侵用城工余银入己；

　　12.抄没塔儿寺硼砂、茜草诸物，私变价银入己；

　　13.侵用纪连韶等捐解银入己；

　　14.斫桌子山木植入己，共计赃银三百五十余万两。

　　这些罪也是致命的。三百五十万两，嗬，够杀好几十回了。利用各种办法，侵吞国家资财：军费你都敢贪，而且数目不小，这样的大军区司令员，权力巨大，油水随便刮好了；罚款随便处理，税收随时落腰包，茶叶啦，盐啦，这都是很好的生财之道，以军队的名义，谁敢得罪你年羹尧呢？

贰

像年羹尧这样跋扈的显官，自然经不起查，罪状如山，且还有许多是致命伤，呵呵，雍正要治你罪，还不是分分钟的事，谁让你得意忘形了？

罪凡九十二款，供状明白，律应大辟；其父及兄弟、子孙、伯叔、伯叔之子、兄弟之子，年十六以上，皆斩；十五以下，及母女、妻妾、姊妹，并子之妻妾，给功臣家为奴。奏上，恩予自裁；子富立斩，余十五岁以上之子，发极边；其父遐龄，兄广东巡抚希尧，革职免罪。

从实际判决看，雍正还是留了很大的人情，只让老年自裁，儿子年富处死，应该是同案犯，罪不容赦。其他孩子发配边关，父亲、兄弟都只是革职而已。

年羹尧的罪状，证据确凿，证人证词相当完备，这是雍正朝的典型大案，自然要办成铁案，永久不得翻身，且要让所有的官员铭记。

在权力的顶峰，如流的欲望面前，要洁身，要自律，真是难于上青天，所以，年羹尧并不是个案，从来都不是，他只是雍正朝大清政治制度的牺牲品而已。

叁

年羹尧的奢侈，可以通过梁作家说的另一个笑话来补充。

《归田琐记》卷七有《小炒肉》，讲了这样的笑话：

年羹尧由大将军贬为杭州将军后，他的姬妾都四散走了。杭州有个秀才，恰好得到一个，这个是专门负责年大人饮食的。她自己说，她专门负责炒一种菜，其他事情不管。这个菜就是小炒肉。年大人每次吃饭的菜单，必须提前一个月报上去，如果点到小炒肉，那就要忙上半天，但几个月里，只吃一两次。

见老婆说得这么神秘，秀才不禁心动：你为什么不为我炒一盘吃吃呢？

老婆笑了：酸秀才，要炒一盘小炒肉，谈何容易啊！年府中的一盘肉，必须用一头肥猪，我只选猪身上最精的一小块。现在，你家里买肉，每次只买斤把肉，叫我怎么炒啊！

秀才有点沮丧。

有一天，秀才欢天喜地告诉老婆：本村每年有一个赛神会，每次会用一头猪，今年我总值班，这一头猪应该由我来分配，你可以显下身手了！

老婆答应了。

赛神会开始，秀才果然抬回一头全猪，老婆很诧异：我在年府中，用的都是活猪，如果是死猪，味道要大减，今天也没什么办法了，只有试试看。

老婆勉强割肉一块，下得厨房，让秀才先煮酒一壶等着。

过了很久，老婆捧进一碟，叫秀才先尝尝，自己又跑到厨房去处理杂务了。

过了一会儿，老婆进房，看见秀才倒在地上，奄奄一息，仔细观察，秀才嘴里，肉已入喉，连舌头也一并吞下了！

这个笑话讲的是小炒肉的好吃，年大人几个月会吃上一两回，但也从一个侧面，将年大人的奢侈写得淋漓尽致。

肆

其实，好多笔记都说到了年羹尧的败象。

清阮葵生的笔记《茶余客话》，卷二十有《白昼来虎》，讲了这么个故事：

齐化门外，大白天，出现了一只老虎，步军统领阿齐图带领兵丁去捉拿。这虎躲在河边的芦苇丛中，到了半夜，突然跑进东便门，跳上城墙，一直跑到前门，往马道下城，并没有伤害一人，直接跑进年羹尧的家，跳上屋顶，蹲着。

兵丁用火枪打虎，虎逃下屋顶，跑进年家的遐龄园，众人用枪将虎打死。

有人说，年羹尧的事情，当时已经败露，所以，老虎进年家而死，是一个象征。

清萧奭的笔记《永宪录》则这样说老虎进年家的事：

虎由西便门进正阳门西江米巷，入年羹尧家，咬伤数人，九门提督率侍卫枪毙之。上降旨：朕将年羹尧解京，本欲仍加宽宥，今伊家忽然出虎，真乃天意当诛！

哈，真是欲加之罪，何患无辞啊。

沈宰相*的一封家书

壹

清代作家宋荦，收藏了一封著名的家书。这是一封父亲写给儿子的信，宋作家常常阅读这封信，每次读信，都如闻晨钟，深刻反思。

信的作者叫沈鲤，官居一品，明神宗朝的名相，人称文端公，他和张居正同朝为官，但因他自律，命运和张迥然。

宋荦在笔记《筠廊二笔》卷上，详细摘抄了信的全部，我这里选摘一些：

> ……出入公门，招惹是非，且受劳苦，拜客只可骑马，不可乘舆。家下凡百俭素恬淡，不要做出富贵的气象，不惟俗样，且不可长久。大抵盛极则衰，月满则亏，日中则昃，一定之理，那移不得。惟有自处退步，不张气焰，不过享用，不作威福，虽处盛时，可以保守。近者江陵张老先生一败涂地，只为其荣宠至极，而不能自抑，反张气焰，以致有此，可为明鉴。我今虽做热官，自处常在冷处，必不宜多积财货、广置田宅，使身终之日，留下争端，自取辱名。……为今之计，要损些田土，减些受用，衣服勿大华美，器用宁可欠缺，留些福量，遗与后人，此至理也。留意！留意！秋夏粮要委定冯运，

* 沈鲤曾入内阁，明朝内阁辅臣的权利职能等同于宰相。

及早上纳，多加与些火耗。各庄上人常约束他，莫要生事。舍与穷人绵袄一百个，趁早预备。……既糊涂到此田地，你与之辩论何益？此后只任他胡说，任他疑惑，不必发一言，不必生闲气，暮年光景，顷刻可过，何苦如此，只图洒落为快也。文姐有娠，临生产时，寻一个省事的收生婆看。

……

吾年近九旬，官居极品，百凡与人应酬体貌，自宜简重，若上司与本处公祖父母礼必不可少者，不得不与相见，闲常枉顾只可以居乡辞谢之而已，仆仆往来，不无太亵。出门如见宾，入虚如有人。独立不愧影，独寝不愧衾。

贰

细细研读，有几个亮点显见。

1. 不要做出富贵气象

一品大员，位显，人贵，常常是一人之下，万人之上。住豪宅，衣锦绣，门前热闹车如市，这几乎是常态。但沈鲤不这样认为，他认为这种所谓的富贵，不仅太俗气，也不会长久。道理很简单，盛极则衰，月满则亏，如同自然界一样，中午过后，太阳就要西斜。这都是规律，违背不得。那么如何避免这些呢？前进的时候就想到退路，没有嚣张的气焰，享受也不过分，更不要作威作福，一句话，要压抑自己的各种欲望，所有的事情，都要有度。如果能做到这些，目前的生活是可以守住的。

2. 热官冷做

张居正，一人之下，万人之上，但结果你看到了吗？一败涂地。张为什么会走到这一步的呢？原因太多了，但也简单，荣宠至极，而不能自抑，气焰嚣张。我也是一品大员，官居显位，实权大得很，可以说是个热官了，但我常常自己浇冷水，让自己清醒。什么样的冷水呢？我们薪俸有限，不要去多积财货，买那么多的粮田干什么？造那么多的房子干什么？不去想那些，不去弄那些，你就不会接受不义之财。即便有那些劳什子的东西，又能怎么样，想传给你的子孙吗？要想得长远些，不要留下争端，自取辱名。

3. 常约束，莫要生事

除了自己要低调、俭省，还要遵行国家相关法律法规，该缴的税，一点也不要少缴，还要约束和这个家族有关系的人。富在深山有人问，扯来扯去，这就比较多了，如果不加约束，这些人里，难保不给你惹点事。惹一件事，还可以处理，事多了，坏影响就会不断累积。有人敬你畏你，也有人不敬你不畏你。坏事传千里，一旦被对手知道，他们正愁找不着把柄呢，生事惹事，就是自动去撞枪口。

4. 不发一言，不生闲气

静坐常思己过，闲谈莫论人非。三五好友知己，三杯两盏淡酒，可以推心置腹，但若对方是糊涂人，你根本不必要和他辩论，管他说什么，管他如何说你，只要不发一言，不生闲气。人生苦短，白驹过隙，看轻财物，内心充实，让自己活得潇洒些。

5. 出门如见宾，入虚如有人

上面已经讲了做人做事好几个方面，还有一个重要的就是和人打交道。仁义礼智信，礼不完全是礼节，还是一种制度和规矩。我们出门，见到所有的人，只要不是刻骨仇恨者，都要像宾客一样对待，不管人家待我们如何，我们待人家如宾。另外，进到一个空虚的场所中，不管有没有人，都要当作有人在一样，这人，其实就是一种监督，他会监督你的各种行为，有了监督，你就不会胡作非为。有人看着国库里满满的金钱，以为权力大，如入无人之境，不想，有上苍盯着呢！

6. 几桩杂事，也颇见性格

写封信不容易，家信嘛，除了讲些道理给小辈听，也要讲些家长里短的具体事，这里拣说两件。

一件，寻个省事的收生婆。我揣摩了半天，要省事，而不说技术好的，为什么呀？想来想去，是不是可以这样理解：富贵人家添儿生女，也是一件大事，正好给某些想巴结的人找个上门的理由，人之常情，乡里乡亲，却之不恭。省事，就是少事，你接生婆，只管安全接生就好了，接生婆不是媒婆，嘴巴要紧，不要将孩子出生的消息，到处传播。

另一件，舍与穷人棉袄一百件，趁早预备。这一条，也足见沈公的扶贫济困，已成为他工作生活中的常态。对穷人来说，饱暖就是人生最大的幸福和目标，因能力有限，一年的收成，有时仅能糊口而已。这时，一件棉袄，一件带着田野和太阳味的新棉袄，就显得分外重要，一百件，算一算今年的贫困户，足够了，带着沈公的关怀，穷人冬日里也有了温暖。

叁

《明史》对沈鲤评价甚高，赞其为人耿直峻洁，为官清正淡泊。官居极品，年近九旬，沈鲤的家信，情真意切，打动了许多人。

清代另一著名作家王士禛，在他的笔记《池北偶谈》里，也谈

209

到了这封信对他的触动：

> 右归德沈文端公家书一通，字字圣贤忠恕之旨，予方欲续《名臣言行录》，因从牧仲判院借归，手录藏之。

从王的这些文字看来，沈鲤的家信，已经被别人收藏，宋荦估计也只是手抄而已。

宋作家在《筠廊二笔》中，还有一则笔记，我觉得可以用来作这封宰相家信的结尾：

> 宋郑景望杂著中一则云：余中岁少睡，展转一榻间，胸中既无纤物，颇觉心志和悦，神宇宁静，有不能名言者。时闻鼠啮，唧唧有声，亦是一乐事。当门老仆，鼻息如雷，间亦有呓语，或悲或喜，或怒或歌，听之每启齿，意其亦必自以为得而余不得与也。

郑景望我没有详细了解过，但他这里呈现的状态，平常人难以企及。夜深人静，平躺在板床上，老鼠咬东西的唧唧声，虽然难为听，但在他听来，就是一种美妙的音乐。还有，守门的老仆人，睡觉时发出的鼾声如雷，间或还讲几句梦话，这梦话仿佛还有表情，喜怒哀乐，他极为羡慕，可是，这样的境界，也不是人人所能达到的。

郑景望良好心态的基础是胸中无纤物，心志和悦，神宇宁静。

我想，这也可看作沈鲤写这封家信的思想基础。胸无纤物，世界上的一切，都变得明亮起来了。

孙氏的曲折爱情

宋代作家刘斧的笔记《青琐高议》前集卷七,《周生切脉娶孙氏》,讲了一个委婉曲折的爱情故事。美人孙氏,品德高尚,形象鲜明。

壹

都下人周默,是个太庙郎。一年后,他又改做常州宜兴的主簿。

这周默,从小就喜欢读书,特别喜欢医学方面的。医书读得多了,医术也高明,街坊邻居都称他为好医生。

张复秀才,是周默的邻居,他在巷子里的小学做老师。

有一天,张秀才对周默说:"实在不好意思,有事想请您帮助一下。"周主簿问原因,秀才说:"我老婆最近病得很厉害,但是,我家里又拿不出什么钱,想劳烦您帮助诊断一下,如果病好了,我一定回报您。"

周默想,乡里乡亲的,有难一定要帮的,况且,学医就是救死扶伤嘛。

周默立马背起小药箱,到了张秀才家。

秀才的妻子孙氏,病恹恹地躺在小床上,容貌虽没有妆饰,却透着一种天然的美丽,幽艳雅淡,眉宇妍秀,看一眼就让人难忘。

周默大吃一惊,这秀才娘子,太迷人了。但他不动声色,很认真地望闻问切,这一切都做得慢条斯理,显示出周医生极深的医学素养。

过了好久，周医生对张秀才说："娘子火气旺，有痰淤积其中，造成气息不畅，所以经常会昏眩。"

周医生用犀牛角汤为孙氏疏气，且每天都去看望孙氏，殷勤得很。

不多久，孙氏的病就好了。张秀才请周默到街上的小酒馆里喝酒，表示感谢。周默说："街坊邻居，大家有困难帮助一下，不用感谢的。"

贰

此时，周默是独身，他老婆去世已经一年多了。见了孙氏后，周是日思夜想，有时想得都快发狂了。但是，实在想不出什么好计策。

于是，他和母亲说："那个孙氏，她的病是我医好的。您老人家把她叫来，在家里请她喝酒，这样，我们邻里的关系就会越来越好。"周母当然不知道儿子的意图，就去喊孙氏到家里来坐坐。孙氏借口有事，不方便，不肯来。周默又缠着母亲，一定要请孙氏来家里坐坐。周母再三再四请孙，孙氏实在推不开，只好来周家叙叙家常。当然，孙氏一再感谢周医生，是周医生救了她的命。

周母和孙氏在谈话时，周默就在一旁暗暗观察：这个孙氏，真是越看越好看，她化着淡淡的妆，戴着简单首饰，衣服绝对普通，没有绫罗绸缎，但艳丽绝天下。她讲话也细声细气，犹如仙女下凡。

周默精神恍惚，欲火中烧。他顾不了那么多了，用眼神挑逗她，用语言勾引她，孙氏装作没看见，始终不回应周。

周母摆下酒席，请孙氏喝酒，频频劝她，她也不肯喝。

到了傍晚，很迟了，孙氏告辞。

这时的周默，想孙氏想得有点走火入魔了。他暗想：我救了孙氏的命，又年轻，那个什么张秀才，都五十三岁了，这么老，而孙氏只有二十一岁，这么年轻，各方面比较，我都比张秀才好，我一定要得到孙氏！

叁

周默又想出了一计。

他暗暗让上学的孩子带信给孙氏，但孙氏居然不回信。又带信，孙氏还是不回。周就问带信的孩子："你带信给她，她难道一句话都没说？"孩子说："孙氏只是粗略地看了下信，没有一点回应。"

周默并不死心，他想：我救了孙氏的命，事情虽然没有成功，也不会有什么后果，我还是要继续写信给她。

其中有一封信是这样挑逗孙氏的：

> 我心中的美人啊，世界上最快乐的事情，莫过于男女间的鱼水交融了；你我都还年轻，正好及时行乐。我实在是太喜欢你了，但我为你可惜，妙龄女孩，居然委身一个快要死亡的糟老头子。这里有四句诗，表达我的愿望：五十衰翁二十妻，目昏发白已头低。绛帏深入休论议，天外青鸾伴木鸡。

孙氏终于反击了。她的回信是这样写的：

你寄来了好几封羞辱我的信，我都收到了，看样子你是相思得很勤奋啊，实在不容易。我是有老公的人，怎么能答应你这种无理的要求呢？你还不了解我吧，下面，我就和你说一下，让你知道我是怎样一个人。

我们家原来也是富贵人家，小时候我受过良好的教育。长大成人时，我们家遭了难，哥哥死在边境，弟妹也都失散了，家道贫困。有做媒的花言巧语，我才嫁给了这个老头张秀才。对于今天这样的局面，我也没有什么怨言，这都是命中注定，没什么好说的。我没有别的才能，但我知道，妇道人家，要守节操。本来我想不回你信的，但又怕你一直抱有幻想。周公子啊，我真的是为你着想，打消你的念头吧，这样做实在不好。

我也回你四句诗，表达我的心情：雨集枯池时渐满，藤笼老木一翻新。如今且悦目前景，妆点亭台随分春。

孙氏的诗，和周默的诗，两诗一比较，思想境界马上比出高下，周是胡思乱想，想入非非；而孙氏却立足于现实，随遇而安。

话说周公子接到孙氏的回信，一连读了好几遍，字里行间，确实是受过良好教育的女子，才貌双全，越发喜欢她了。

周公子仍然不为所动，继续写信。

孙氏见周执迷不悟，于是又回信一封，继续教育周：

前面给你的诗书，本以为你已经有所触动，岂料你还不醒悟。那我今天就再给你说说道理。鸟儿在树上栖息，占用的不过是一根枝丫；老鼠喝水，不过是将肚皮喝饱而已。上林苑的花草，鲜艳无比，但是，如果大风袭来，这些美丽的花朵就会纷纷夭折。跌落的花朵，掉得满地都是，有的掉在花瓶下面，有的则会掉在肮脏污浊的泥水中，这些都是自然规律。我老公虽然年纪大了，但还请你不要污辱他，秀才人格受损，我也是于心不忍的。你想出了各种计策来吸引我，可是，我不为所动。这封信就算绝交信，请你以后再也不要骚扰我了，拜托。

周默真是走火入魔，不仅不听，还想早点将孙氏弄到手，还是不断写信骚扰逼迫她。

孙氏鼓起勇气，再写一封，想继续感化周默：

前段时间，我生病，我知道你有高明的医术，可以医好我的病。但我家实在太穷，拿不出钱看病。于是，我就对老公说，我们的邻居周君，他是个好医生，也是个谦谦君子，他一定会顾及邻里的情面，来帮助我们的。

但今天，因为医病而弄出这么不光彩的事情来，我非常不高兴。请你反向思考一下，假如你是我老公，你能忍受得下去吗？我家老公年纪虽大了点，但还是有血性的，假如他知道了这个情况，他会忍住不发作吗？你前面给我的这么多信，我真想给我老公看，但是，将你的私下想法告诉他，我觉得不太仁义，因为，忘人之恩，是不义的。所以，我一直没将你的信给我老公看。我每次拿到你的信，总是急急看完，有的用火烧掉，有的撕碎，只怕老头子看到，你的不义行为会暴露。

到现在为止，你还是逼得这么紧，你不就是想借将我的病看好这个功劳来娶我吗？即便是那些没有文化的下等人，也不会做这样无耻的事，何况你是个知识分子，还是个官员呢！

我再向你声明一点，古代那些烈女，就是我的榜样，你不要再多说了。青松傲立雪中，本来就不会凋零的！

看到这里，周默才幡然大悟：我是个什么人呢？绝对不可以乱来的。罢了罢了！但周默实在放不下孙氏，于是，在去另一个地方做官时，还是给孙氏写了一封告别信：

我听说古人有这样的诗句：长江后浪催前浪，浮世新人换旧人。老的就让他占了先机吧，我愿意终身不娶，一辈子等你。

孙氏读到周公子的信，也有些感动了，回信让他好好工作，祝他前程远大。

肆

三年过去了，周默又回到了本地工作。但他还是忘不了孙氏，就往以前居住的地方寻找，想碰碰运气。他问孙的邻居，邻居告诉他说：那张秀才死了都已经一年多了，现在，孙氏独居。周闻此大喜，急忙跑回家告诉母亲，找了个媒人去说亲。孙氏想了好久，终于答应嫁给周默。

这两人也算经历过曲折，婚后，两人如胶似漆。

伍

不久，周默又做了郓州东阿的县尉。

这个周默，官不大，却很贪钱。他在办案及处理其他事情时，只要有油水，都要捞一点，因此，常常有俸禄以外的钱拿回家。

钱拿回得多了，孙氏就要问原因，周还算老实，和孙氏讲了这个钱那个钱的来路。孙氏一听，立即大哭，而且哭得很伤心："我到今天为止，已经嫁了三回了，第一个是浪荡少年，第二个是老头，现在嫁给你，以为找到终身依托了，因为我们彼此相爱。没想到的是，你却是不法之官，不仅不体恤百姓，还要贪赃枉法，只认钱，不认理，我可以断定，你治下的老百姓，一定有许多受冤枉的，你这个官做不做得长，我不知道，但我知道，你一定会祸及周氏子孙的。我不忍心看着周家断子绝孙，你如果不将那些不义之财还回去，我今天就去死，我们夫妇恩爱情浓，我不想死在你后面，就让我先去死吧。"

孙氏说完，立即朝井边奔去。

周默一把拉住老婆："你如果跳井，我也不活了。我愿意改正错误，你就原谅我吧。"

周默将那些不义之财一一还回去。此后，廉洁奉公，恪守职责，终身无过。

孙氏和周默生有两个儿子，孙亲自教导他们。后来，这两个儿子都考中进士而成名。

陆

贤妻是丈夫的好老师。

周默的前一段行为，太过分了，换任何人都有点受不了。

但孙氏真的是个好女人，有理有节，也为对方设身处地着想，并没有给周以太多的难堪。孙氏还具有一般人难得的良好道德品质，当她面对那些来路不明的钱财时，料定周的行为有问题，而她要跳井的行动，是那么的决绝。

幸好，周还是个有良心的小官，孙氏也最终为她自己赢得了精彩的人生。

T   驼子金锭

驼子金锭

清代褚人获的笔记《坚瓠集》，戊集卷之四有《金锭》，讲的是一个报应的故事，虽然有点离奇，却也合情合理。

洞庭东山，有个姓金的人，背弯如弓，人们都叫他金锭。

每逢人家有好事，一定将驼子请上门，以为好兆头。所以，一到好日子，他就很忙，远近的人们都争着请，谁叫得到，谁家就是幸事。

请到驼子的人家，都好酒好菜招待，临别还送钱。数年下来，驼子竟积得不少钱，他用这些钱买了二十亩好田。这田，一向肥沃，乡里某人（我们权称他为强某）早就想得到它了，看到田被驼子所得，心里恨透了他。强某就暗地里让驼子惹上一场官司，驼子被迫卖了田，这样，田就被强某所得。

穷了的驼子，即便乡里人有吉庆事，大家都像商量好似的，一个也不请他了。

有一天，他驼着背，到他原来的田里去查看，边看边悲伤。这时，田里有佃客在锄草，这佃客，原来是他家的佃户，就将知道的情况，一五一十，原原本本地告诉了驼子。驼子一听事情的原委，气得不行。他跑回家，找出刀，细细地磨锋利，他要杀人，他要报仇。

他每天出入，身上都带着那把快刀，他在找一个合适的机会下手。

有一天，他侦察到，强某在丈人家里吃酒，晚上，他就等在强某回家要经过的屋檐下。到了深夜，驼子心里忽然想：强某自己昧着良心做事，穷困是我的命，我为什么还要再去作恶呢？想到这里，他迅速将刀丢到河里，回家了。在回家的路上，一不小心，碰到了桥柱子而跌倒。这一跤摔得好痛啊，倒地好久，才慢慢起来，他觉得腰背有点异样，但也没多想。到了家，门敲开，他老婆一见，极惊讶：你怎么了？你的背怎么忽然高大挺直起来了？驼子老婆的惊讶声惊动了邻居，大家跑来一看，果然，他一点也没有驼背的迹象了。

金驼背身体变直的事情，远近都传为异事，又有热心人来周济他，不久，他家又"小康"了。

有人好奇问他怎么会一下挺直的事，他总是笑笑说有秘方，闭口不说磨刀准备杀人的事。

数月后，强某忽然造访他家，并送来好多东西，还盛情邀请他去家里做客。驼子推脱不掉，只好去了。

到了强某家，丰盛的酒席早已摆上，席间，强某殷勤劝酒，酒喝好后，又请他到别墅里促膝夜谈。驼子心存疑惑，但不知那人何意。

夜深告别前，强某才慢慢说出了事情的原委：您的驼背一下子好了，我有事求您，请您答应我。驼子问什么事，强某跪在地上说：我已年过五十，只有一个七岁的儿子，我这儿子长得十分健康，有一天，他在灯下玩，脚不小心撞到屏风而跌了一跤，他的背就伸不直了。他母亲日夜哭念，寻找治疗的方法，我知道，要医好我儿子的背，非您莫属，如果您肯帮我们，我将送上百金。

驼子听完，朝天仰视，好久都不说话。

强某笑着问：是百金少了吗？如果嫌少，我还会再加的！

驼子听了，又感慨，又叹息，然后眼泪鼻涕流了一大堆。

强某很奇怪，一定要问为什么。驼子就将事情的来龙去脉一一细说。

算起来，驼子往河里丢刀的时候，正是强某儿子得病的时候。

强某听完，先是惭愧，后也害怕得流下了眼泪。事后，强某做了一个决定，将驼背夫妇供养在家，并将原来的二十亩田还给了驼背。

第二年，强某又生了个儿子，原来得病的儿子死掉了。

陆布衣以为，表面上，这似乎又是个报应的故事，但此报应，有着比较深刻的教育意义。

驼子金锭让乡里人喜欢，应该是有理由的。姓金，又是驼子，金驼子，谁都喜欢，梦寐以求，大事喜事，来点吉利，大家高兴。

我敢肯定，这金驼子，除了外表的暗合，人也应该非常不错，特别是品行，还有长相，如果一个人品行差，长得又让人害怕，金锭银锭，人家也不会喜欢。

这就有了转变的基础。

他自己受欺侮，产生了报复的念头，很自然，是人都有点血性。他为报复做了充分的准备，鱼死网破！但他的转变也是一念间，别人做了坏事，上天自会有惩罚，我何必再去生恶呢？

驼子突然变直的医学基础，我估摸着不太靠谱，但有着合理的期待心理，人们希望驼背有好报。强某儿子跌倒变驼背，完全有这个可能，跌坏了脊柱，腰直不起来，瘫痪了。

金驼子产生善举和强某的小儿跌倒，是同一个时间，这不是一般的巧合，这是作者的谆谆告诫。

幸好，强某能迁善改过。

W

无支祁

万回哥哥

王维的《郁轮袍》

无支祁

壹

唐代贞元年间的丁丑年（797），在一个天气晴好的日子里，陇西旅行家李公佐，游了湘江，登了苍梧山，自是惬意无比。

独自在外饱览景色，有时觉得是一种遗憾，这么好的景，应该与人分享才是。这不，傍晚时分，李公佐就在湘江边碰到了老朋友——弘农人征南从事杨衡，他坐的小船，就停泊在湘江岸边。

这一下热闹了，熟人异地相见，有说不完的话，吃不完的酒。

夜幕中，明月下，江面宽阔无边，远处，渐有雾气升腾，小船旁，水中的明月随着小船的轻轻摇动而浮沉着，一会儿大，一会儿小，山与水与月与天，都成了整体。此刻正是聊"八卦"的好时光。

酒意正酣，杨衡就给李公佐讲了一个水怪的故事。

贰

永泰年间，李汤做了楚州的刺史。

楚州地界常有新鲜事发生。这一回，这件奇事由一个久经水场的渔夫制造。

那一日，也是夜间，楚州渔夫去龟山下夜钓。山野寂静，渔夫叼着烟袋，笃悠悠地坐在水边放长线，只要水里动一动，他就知道是什么鱼上钩了。渔夫好兴致，反正不急，鱼不急，我也不急，看谁比过谁。

哈，长线动了，啊，动得很厉害，收，收，可是，线却一点也不动。这深潭，他熟悉，不可能有他拖不动的大鱼，钓线一定是被什么东西钩住了。不怕，他水性超一流，在水里如履平地，三下两下，脱掉衣服，迅速钻入潭中。好深呀，水下五十丈深的地方，他发现了怪事，有一条大铁链，盘绕在龟山的山根处，他绕了一圈，但找不到铁链的尽端。

这么稀奇的事，州里有规定，一定要上报给主管领导。

李汤一大早就碰到了找他的渔夫，他判断，这老实的渔夫，不可能说谎话。这种事，听听都兴奋，立即搞清楚！

深潭里的"铁链"事件，弄得人们很好奇，都到现场围观。几十位游泳高手，都跃跃欲试。李汤却很镇静，毕竟是一方大员，发生什么事都不奇怪。

渔夫带头钻入潭中，游泳健将们也鱼贯跃入。很快就找到那根铁链，大家一起抬，想将铁链抬起，可是，铁链纹丝不动。真是奇怪，这是什么铁链啊，如此沉重！

几十人水下折腾了一番，纷纷上岸换气，七嘴八舌地议论。大家都觉得不可理解，事件真的向稀奇方向发展，越来越有看头。

李汤一听汇报，又想了个办法，发动大家，找五十头力气大的牛来，系上粗麻绳，用牛来拉铁链。

场面宏大，人声鼎沸，所有人都将眼睛睁得圆大，生怕放过一个细节。

几十位游泳高手，再次潜入潭中，粗麻绳的这一头，连接着五十头牛，大家一起用力，嗨哟，嗨哟，嗨哟。铁链出水了。铁链快到岸边时，深潭突然翻卷起大风大浪，浪头有房子那样高，观看的人吓得大喊大叫，终于，人们看到铁链的末端，系着一只怪物。

怪物被拉到岸上，人们远远地看着，李汤也在观察。

它看起来极像猴子，蹲坐在地上，有五丈多高，雪白的头发，长长的脊毛，两只眼睛没有张开。它在睡觉吗？怎么一动不动呢？然而，它的眼睛和鼻子里却像泉水一样一直流不断，嘴里淌下的涎水，腥臭难闻。

过了好久，那怪物才伸伸脖子，挺直身子，两眼忽然睁开，目光像闪电一样，四处张望看它的人，显示出非常愤怒和疯狂的状态，人们吓得一下子逃散开去。然后，那怪物竟然慢慢拖着铁链，拽着牛，回到水里，再也不出现，那些牛也被拉得哞哞乱叫，以为要发生什么大事。

整个场景让所有人目瞪口呆。

李汤和楚州有名望的人士，也被弄得稀里糊涂，不知道究竟是怎么一回事。

杨衡讲完这个故事，李公佐也是瞪大双眼，嗬，这是什么情况呀？

这一夜，两人互相"八卦"了好多事，但都没这个怪物的故事精彩。

叁

元和八年（813）的一个冬日，在常州的一家旅店，一个叫孟简的官员要远行，一批朋友正给他举行小型饯行会呢，孟简是给事中，他要去朱方任职。李公佐在，廉访使薛公莘也在，扶风人马植、范阳人卢简能、河东人裴蓬，他们都在这家旅店，一伙人就聚在一起，围炉而坐，吃酒谈天了。

大家兴致极浓，一谈一个整夜。

轮到李公佐讲故事时，因为杨衡讲得太离奇了，李公佐就对大家伙重新讲了一遍。不过，李公佐是叙事高手，他添了不少油，加了不少醋，铁链怪物的故事被描绘得栩栩如生。

第二年春天，李公佐到了古东吴的属地湖南一带，跟着太守元公锡游览洞庭湖。他们登上包山，住在道士周焦君住的山洞里。这周道士，在此山洞修炼了若干年，他也是个爱读书的人，洞里藏有不少典籍。

吃完饭，闲坐没事，大家翻书聊天。突然，李公佐看到一本《古岳渎经》，书极古旧，里面的文字古老奇特，书中有的地方还被虫蛀，文字断断续续的，不太好理解。幸亏李公佐是高手，他和周道士一起研究了好半天，越读越兴奋，甚至连连拍案，那周道士和太守有点莫名其妙，不知道李公佐为什么这么兴奋。原来，这本书中的许多文字，都印证了杨衡给他讲的那个铁链怪物的故事。

《古岳渎经》记载的铁链怪物故事是这样的：

大禹治水时，三次经过桐柏山，每当大禹到达时，桐柏山就刮大风，响惊雷，刮得石头也在鸣，树也在叫，神怪五伯兴波作浪，天老起兵作乱。大禹知道碰到拦路虎了，这些怪物不喜欢他治水。大禹于是召集各部落首领，要大家一起合力对付妖怪。夔和龙来了，桐柏山神千君长也来了，但部落首领鸿章氏、章商氏、兜卢氏、犁娄氏临阵怯逃，大禹一怒之下，都将他们拿下，一调查，原来，这些人都包庇一个妖怪水神，那怪居住在淮河、涡水中，名字叫"无支祁"。

大禹眼中的无支祁是怎样的呢？

它善于回答别人的问话，能分辨长江、淮水的深浅和平原沼泽地带的远近，样子像猿猴，小鼻子，高额头，青色的身躯，白色的头发，眼露金光，牙齿雪白，但脖子伸出来有一百尺长，力气也大得惊人，九头大象也打不过它。此怪攻击、搏斗、腾跃，极其灵活，奔跑速度极快，身体轻灵飘忽，只是不能长久地听声音、看东西。

大禹将无支祁捉拿来，尝试着降服它。先用软的，命人奏好听的乐曲，想以此感动它，没用；乌木由（我也不知道什么东西，应该是大禹的随身跟班警卫之类的），也制服不了它；将它交给庚辰（西王母之女云华夫人身边的侍卫），上千鸥鸟、树精、水神、山妖、石怪，奔跑着号叫聚集在无支祁身旁，庚辰花了九牛二虎之力才赶跑了它们。

随后，大禹将无支祁的脖子锁上大铁链，鼻子穿上金铃，送到淮河南边的龟山脚下，让它永远不得见天日。

从此，大禹治淮成功，淮河水平安地流到海里。

这个故事，和楚州太守李汤看到的，以及杨衡讲述的，都非常符合。

李公佐拿着那卷《古岳渎经》，面对太守、周道士娓娓道来。讲完这个故事，他像完成了一个大型的考证，脸上露出舒心的微笑，以后再讲这个无支祁的故事，他会底气更足。

肆

上面这个故事，出自宋朝李昉等人编辑的《太平广记》第四百六十七"李汤"条，引用的是《戎幕闲谈》。这本书是谁写的呢？它是唐代笔记作家韦绚写的。《戎幕闲谈》只有一卷，现在我们已经看不到了，如果没有《太平广记》的辑录，我们就不能读到如此详细的描写。

韦绚还有另一本笔记，比《戎幕闲谈》著名，那就是《刘宾客嘉话录》。该书记述了唐代朝政的掌故，兼及经传诗文评价，不过，原书也已散佚，后人从各种文本中辑录出了一百三十条。

韦绚（801—866？），名家之后，父亲是唐顺宗时的宰相韦执谊。韦绚写这个故事，不知道具体的年份，按我的推算，他应该写在李肇的后面。李肇的《唐国史补》卷上，如此引用了古本《山海经》的"无支祁"故事：

> 楚州有渔人，忽于淮中钓得古铁锁，挽之不绝，以告官。刺史李阳大集人力引之。锁穷，有青猕猴跃出水，复没而逝。

后验《山海经》有"无支祁"这样几个字：水兽好为害，禹锁于军山之下，其名曰"无支奇"。

原来，这无支祁是尧舜禹时期的天生神猴，它出生在桐柏山中的花果山。后来，它娶龙女为妻，生了三个儿子，都神通广大，它自己在淮涡当水神，建有龙宫，势力范围极广，黄河中下游、长江中下游，都为它统治。

李肇的生卒年不详，但唐元和七年（812）的时候，他已经是华州的参军了。由此我推断，李肇写"无支祁"，要早于韦绚。

伍

"无支祁"的故事，越传越远，越传越神。

后来，我们大家都知道了，它变成了一个经典形象，不怕天，不怕地，它就是大闹天宫的孙猴子。

万回哥哥

壹

李治的七子，唐中宗李显，虽然两次当皇帝，其实也是命运多舛。

第一回，当了五十三天，帝位就被母后武则天收回了。第二回，虽然皇帝做到了死，但也只有五年多时间。

李显死前一天，做了个噩梦：

天空中，一只孤独的三足乌在奋力飞翔。这只太阳中的神鸟，此时不知为什么显得有些疲惫。它面对后面追赶而来的几十只蝙蝠，显得有点惊慌。不一会儿，那些蝙蝠，一齐来啄神鸟。

李显在神鸟突然落地的那一刻被吓醒。

他立即召见和尚万回，询吉凶。

万回听完李显的梦境，稍微沉思了下回答：皇上，您这是要到天上去呀。

第二天，唐中宗李显驾崩。

李显的死，只是中国几百位皇帝中的一个平常事件，我这里要说的是能神奇预测的万回。在段成式的笔记《酉阳杂俎》里，这万回出现过好几次，李显的死，就出现在前集卷一的《忠志》里。

231

万回是个什么样的人呢？

《酉阳杂俎》前集卷三《贝编》中，这样说他名字的由来：

万回和尚，二十来岁的时候，样子看上去有点傻乎乎的，不爱说话。他在家务农，哥哥在辽阳守边。哥哥一去几年无音信，有人传消息来说，他哥哥已经死了。万回父母得到消息，就在家为哥哥设斋祭奠。

一家人正悲悲切切时，万回卷起一些大饼和蔬食，大声对众人说：你们不用担心，我哥还活着，我这就去给他送吃的！说完就跑出门，健步如飞，快马也追不上。

到了傍晚，万回回到家，带着哥哥的信，千真万确，是哥哥的笔迹，信的封口还没有干透呢。从万回的家，到辽阳，一个来回，至少万里。于是，人们以后就叫他万回了，能一天内一万里打个来回。

这显然是传说。说的是万回出家以前的事。

故事继续演绎：

万回母亲怀他之前，去观音像前祈愿，回来后就怀上了。万回一直到八九岁才开始说话，家里人以为他是哑巴。万回随父母在田地里耕作，只知道一直往前翻，一垄地往往会翻出去几十里远，碰到沟壑，难以前行，他才会停下来。他父亲经常骂万回：你什么脑子呀，我们家的地只有几十亩，其他的都是别人家的，你耕什么呀？万回答：哪里的地都是地，为什么要分彼此呢？父亲听了，居然无言以对，便不再让万回耕地了。

而在唐朝作家郑綮的《开天传信记》中，对万回万里找哥哥的细节，更生动细致：

万回是虢州阌乡（今河南省灵宝市）人，小时候比较愚笨，什么事也不知道，他父母把他当作猪狗一样来养。万回哥哥到安西守边，很久了，丝毫没有音信。父母以为他一定死了，日夜哭泣担忧。万回看着父母悲戚的样子，实在不忍心，有一天，他突然跪在父母面前问：爹爹和母亲是为我哥担忧吗？父母用怀疑的眼光看着万回点点头：是的。万回说：你们将我哥需要的衣物和吃的东西准备一下，我这就去见我哥哥。接下来的情节，和段成式描写的差不多，万回万里打个来回，只用了一天的时间。

叁

前面说了，万回的神奇，奇在预测上，而这种预测，通常都是以傻人说痴话的形式表达出来，是"聪明傻"。

《开天传信记》说完了万回寻哥的情节后，又继续显示他的"聪明傻"：

李隆基还是藩王的时候，经常在京城的大街上行走，只要万回碰到，他总要大声呼喊：天子来了！有时候也喊：圣人来了！而万回，就选择居住在李隆基出入的必经之地。

那李隆基，在做皇帝以前，基本没有什么心理准备，因为概率太小了，轮不到他呀。所以，他每每听到万回大呼小叫，心里既高兴又担心，这疯和尚，眼光真准吗？不过呢，这是极好的舆论造势，但不要帮倒忙呀！

李隆基从内心里尊敬万回。有一次，小李带着侍从去拜访万回，万回对其他人很不客气，不让进门，只把小李拉进屋，拍着他的肩膀说："你有五十年的太平天子命，要好好珍惜，至于五十年以后的事情，我万回也不知道呀！"是呀，万回怎么能算出五十年后安禄山的叛乱呢。

李显当朝，韦后和安乐公主权势熏天，她们每次出行，派头比皇帝还大，常常弄得鸡飞狗跳，无论朝臣还是普通百姓，都乖乖站在路边，战战兢兢，生怕得罪了她们。而这个时候的万回，却大胆地站在路边，对着迎面而来的车马，往地上不断地吐口水，并大声预测：太血腥了，太血腥了，大家不要靠近她们！

我们都知道的结果是，韦后和安乐公主忘乎所以，一同毒杀李显，当然要被李隆基诛杀了。对李隆基来说，这顺手的事，一举多得，大快人心。

肆

武则天治国，虽然显示了她的强大能力，但是，乘虚抢位，毕竟有点顾忌，这种顾忌，大多数时候转换成了害怕。武则天统治的一个显著特点就是高压，比高压锅密闭多了，她用各种手段，特别是苛法酷吏，来平灭国内的各种不满。而酷吏们，就像那些毒瘤，生长速度是几何级的。

段成式在《贝编》中，就渲染出了这种白色恐怖：

武则天听任那些酷吏罗织罪名陷害大臣，地位稍高的官员，人人自危，每天上朝前，都会和妻儿诀别。

博陵王崔玄晔，地位声望都非常高，他的母亲很担心儿子："儿啊，你去把万回师父请来，他神算，我们观察他的行为，就可以得知我们的吉凶。"

万回来了，崔母泪眼婆娑向他行礼，并且送给他一双银筷子作为见面礼。

万回接过银筷，走下台阶，突然将银筷丢到了崔家堂屋的顶上，背着双手，大摇大摆地走了，头也不回。

崔家人不知所以然，但都以为不是什么好兆头，心一直悬着。

第二天，崔家让人上屋顶，将银筷取下。仆人意外地在银筷下发现了一卷书，大家一看，竟然是一本关于谶纬的书，要知道，这类书多是妄言治乱兴废，妄谈符命，惑乱民心的，是禁书。崔家连忙将书烧掉。

几天后，衙门突然来了好多人，在崔家大肆搜查图谶，自然一无所获。

当时，酷吏们经常让坏人趁着夜色，把蛊物和图谶偷偷放到大臣们的家里，过个把月，让人举报陷害，然后抄没其家。

要是没有万回的帮忙，博陵王一家肯定要被满门抄斩了。

伍

对于这样一个差不多被神化的万回，唐朝及以后的好多笔记中，都有记载。

《太平广记·异僧》中有《万回》，摘引的是《谈宾录》和《两京记》中的有关情节，似乎有更多的添加：

万回，俗姓张。传说唐玄奘在西域取经时，曾在一座佛龛上发现有"菩萨万回，谪向阆地教化"的字样，所以，唐玄奘回到大唐后，便寻访万回，还送了万回三个瓶钵。两人交流极度愉快，万回和唐玄奘说起西域诸多风情物事，都宛如亲眼所见。

《太平广记》也继续延续着万回的传奇，这里再举两则：

一则是，张昌宗、张易之兄弟得武则天的宠爱，神气活现，不可一世。张易之还大兴土木，为自己建造宅第。万回指着那大宅子说了两个字：将作。众人都不明白万回说什么。等到张氏兄弟被杀，张宅被改为将作监（负责营造皇家宫室、宗庙、陵寝等公共土木建筑的机构），大家才恍然大悟。

另一则是，万回曾经对韦后和安乐公主说过：三郎会砍掉你们的头。

呀，李显就是武则天的第三个儿子，韦后她们吓得要死，以为是中宗要害她们，因此心生杀机。没有料到的是，这个三郎，是李旦的三儿子李隆基。

万回也要死。

太平公主曾在兴宁坊自己的住宅右边，专门替万回造了一间房。万回在临终前，对服侍他的徒弟说：要去取点家乡的河水来喝。弟子们感到茫然，家乡？这么远，怎么取呀？见徒弟们没有反应，万回明确指示道：堂前即是河水，为什么还不取来？

众徒弟手忙脚乱地跑到屋外，在台阶下掘井，一会儿工夫，一股清泉涌出，万回喝过水，溘然而逝。

陆

宋时，每逢腊月，杭州城里都要祭祀"万回哥哥"。

在明代田汝成的笔记《西湖游览志余》中，万回的形象一般是这样的：蓬头笑面，绿衣，右手执棒，左手擎鼓。

万回最大的能耐，是能在短时间里万里来回，带回他哥哥的信息，给家人以温暖，因此，后来，民间就将其当作和合之神。

万回历唐高宗、中宗、睿宗、武则天、玄宗五朝，玄宗还特地派两名宫人日夜服侍，并在集贤院画了他的图像。

至于万回的各种神通，显然有不少是附会、夸张，但不妨碍我们的认知，万回只是一面镜子，可以观照出唐代斑斓的天空。

王维的《郁轮袍》

壹

唐朝薛用弱的笔记《集异记》，讲了王维《郁轮袍》的故事，饶有趣味。

二十岁不到的王维，不仅文章好，还特别喜欢音乐，尤其弹得一手好琵琶。他遍行于有身份的人之间，岐王很看重他。

张九皋是进士，也很有名。有经常出入公主家的某人，就将张推荐给公主，请求公主在主考官面前保荐张，将张录取为当年考试的第一名。

这一年呢，王维也打算去考，听说了张的事情后，有点郁闷：这头名，不公平呀。他就将这个事情告诉了岐王，想听听岐王的想法。

岐王听了汇报后，安慰小王：既然公主说了话，我们是没有办法马上改变她的观点的，也驳面子。我给你想了个办法，你把过去写的最满意的作品选出十首，将其中的一首谱成琵琶曲，这一首一定要选好，格调要清新且略带忧伤，要有感动人的旋律。五天后，你再到我家里来！

小王准备妥当，如约而至岐王家。

岐王对小王说：你如果以作家的身份去求见公主，公主一定不会见。你能听我的安排吗？

小王此时不知道岐王的葫芦里卖什么药，自然一口答应：当然听您老人家的!

岐王就让小王换上华贵的衣服,捧着琵琶,装作音乐人士去公主家拜访。岐王对公主说:我带着好酒,还有好的音乐,想来和您一起欣赏。

公主也是个音乐迷,她连忙让人准备酒菜,并让舞女们配合舞蹈。

小王长得美而白,公主已经关注到他了,问岐王:这小伙是谁呀?

岐王答:这人是音乐专家,他弹得一手好琵琶。

在众人期待的眼光中,小王开始独奏。

幽怨,缠绵,哀哀切切,如泣如诉,满座皆动容。

公主问:真好听。这小伙弹的曲子,叫什么名呀?

小王恭敬地答道:禀公主,这首曲子叫《郁轮袍》。

公主音乐非常精通,却从来没有听到过这首曲子。这时,岐王趁机推荐小王:公主啊,这小伙子,不简单,他不仅琵琶弹得好,文章写得更好,可以毫不夸张地说,当今还没有人能超过他的!

公主一听,更加觉得小王可爱了:你有什么文章吗?

小王是有准备的,公主一问,他连忙从怀里掏出已经选好的诗歌,公主一看,再次吃惊:咦,这些诗,都是我儿子和张九皋那些少年们读过的,都说是古人写的,原来是你写的呀?!

公主连忙让小王换了装,坐在客人的首席位置上。

接下来,是小王充分发挥个人魅力的时刻了。他谈吐有度,举止得体,讲话很有分寸,在座的达官贵人无不赞叹。

岐王趁势出击:如果今年京兆考试,让王维做第一,那不是全国的荣光吗?

公主答：对呀，小王，你为什么不报名参加呢？

岐王：像王维这样的超级才子，没有人保荐他，他是不肯去参加的。并且，我听说公主您已经保举了张九皋。

公主笑笑：我其实不应该干预你们少年考试的事，推荐小张，那也是别人托我的，我是碍于人情，没办法。

公主转身对王维说：你的文才，确实不一般，我一定尽力保举你！

当年考试，王维一举夺魁。

王维诗书画皆通，还通佛理和音乐，成了开元十九年的状元，但对他用这样的方式考取第一名，别人还是有异议的。

异议集中在琵琶作品《郁轮袍》上。

唐代崔令钦的笔记《教坊记》，详细列举了当时流行的四十六种大曲名称，其中并没有《郁轮袍》。该曲已经失传，何人所作，几无考证。

即便如此，这种好酒也需要巧吆喝的方法，却为人称赞。

贰

这也算是一种营销。古代许多文人，在没成名以前，都绞尽脑汁。

我们看陈子昂。

《太平广记·贡举》，引用了《独异记》中著名诗人陈子昂的自我营销案件，堪称经典。

陈子昂是四川射洪县人，他在京城住了十年也没有人知道他。

他居住的街道比较热闹，街上卖什么的都有，其中一种胡琴

（少数民族乐器），卖得特别贵，要价一百万。每天很多人参观，而且都是有钱人，他们很好奇，这个东西，怎么那么贵，但没人明白它的价值。

有一天，陈子昂来了，他对大家说，他愿意用一千缗（古代一千文为一缗）买下这把胡琴。一千缗就是一百万，陈并没有讨价还价，这更引起了人们的兴趣。他们好奇地问：您花这么多钱买这把琴，这东西有什么用吗？

陈笑答：我会拉这种琴啊，而且拉得很好。

好奇者追问：那您能拉给我们听听吗？他们急于想听这么名贵的琴拉出来的音乐。

陈便告诉大家：我家住宜阳里，看，就在那边。明天，我会准备好酒好菜，专门等候诸位，各位不仅自己可以来，还可以邀请你认识的知名人士一起来，大家能光临，就是我的荣幸。

第二天早晨，陈家一下子来了一百多人，且好多都是名人。陈子昂悉心招待。酒过三巡，陈将昨日重金买来的胡琴捧出，神情有些激动，他对客人说：四川人陈子昂，写了好几百卷的文章，跑到京城里来，东奔西走，却不被人所知。这件乐器，不是什么值钱的东西，不值得我放在心上。说完这些话，陈将胡琴高高举起，用力摔在地上，咔嚓一声，断成几截。

在众人惊讶的眼光中，陈子昂让人将他写在帛上的文章取出，排在两张长案上，分别赠给客人。

一天之内，陈的名声，传遍整个京城。

陈大诗人，个性鲜明。他这个举动，是在第二次落第时。但我也奇怪，他二十四岁就中了进士，那么，笔记中说的，居住京城十年不为人知，应该是在年少的时候，因为考中进士，差不多就是知名人士了。

不过，陈子昂的才，大家公认。杜甫韩愈都高度称赞，白居易有诗：杜甫陈子昂，才名括天地。另外，陈的家庭条件应该相当不错，否则，不可能有这么多钱，史载他年少好施财。

陈子昂四十一岁就冤死狱中，留下的作品也只有百来首，但好多作品都浸入人们的脑髓。他的这个摔琴营销举动，和他的《登幽州台歌》一样，都是"前不见古人，后不见来者"，万古长传。

叁

名人的营销例子还有不少，看这一个，被动成名——唐朝名人牛僧孺。

《太平广记·贡举》引唐五代王定保的《唐摭言》，写到了韩愈和皇甫湜两位名人，一同提携年轻牛（僧孺）的故事：

年轻牛没中进士前，心态还是不错的，整天带着书和琴，在山水间游乐。他恭敬地登韩大师的门，将自己的作品送给大师看。不想，大师不在家，小牛只得留下作品遗憾告辞。小牛又去拜访皇甫大师，巧的是，他居然在皇甫的家里碰见了韩大师，这真是无心插柳柳成行啊，小牛太高兴了。

邀坐，闲谈，两位大师表现出无比的谦逊，他们问年轻牛：你今后有什么打算？怎样在京城发展呢？

年轻牛小声答道：我也没有什么功名，什么事都没有开始做。他恭恭敬敬地拿出自己的作品，先请大师们指教。

两位大师打开年轻牛的文章，一看开篇的标题《说乐》，还没有读，就连说，这一定是好文！他们问牛：拍板是什么？牛答：是乐句。大师们互相对望了下眼，再次肯定表态，这一定是好文！

谈天说地之后，大师对年轻牛说：你应该找一处地方住下来。没有那么多钱？那边寺院挺不错的呀，又清静，是个读书的好地方。

年轻牛按照大师们的指点，一切安排妥当，再次上门拜谢。两位大师对年轻牛说：明天，你可以去游玩下青龙寺，你要晚一点回来。

年轻牛不知道两位大师葫芦里卖什么药，但还是依言外出。

等小牛外出，两位大师特意来到他租住的寺院，在大门上题了一行字：韩愈、皇甫湜同访牛僧孺不遇。第二天，京城许多名人都跑去看这一行题字，自然，牛僧孺的声名，由是鹊起。

后来，牛进士及第，宰相接见这一群新科进士时，将屋子扫得干干净净，见此情景，年轻牛连连作揖：不敢不敢！而那一科进士还不知道发生过什么事呢！

牛僧孺，著名的政治家，两朝宰相，官也做得够大的了。因为党派之争，他成了牛党的领袖，这个不去细说了。他还是个著名的文学家，他的《玄怪录》极为有名，鲁迅的《中国小说史略》，将牛的这本书评为唐传奇的巅峰之作。

两位大师重才识才，且如此巧妙提携，实在别出心裁。

王维、陈子昂、牛僧孺，古代文人一举成名的事，看似巧妙，其实有大前提，即本身须具有扎实的基础，一旦机会来了，十九头牛也拉不住，自然如离弦之箭，向远方射发。

X 小概率事件
新版《让子弹飞》

小概率事件

历史上有些细事碎事，有些看起来很不起眼，却深深地烙在历史的年轮上，有些甚至影响着历史的进程。

壹

烤肉上有头发

明朝谢肇淛在《五杂组》卷十一物部三有如下记载：

> 晋文公时，宰人上炙而发绕之，召而让焉，以辩获免。汉光武时，陈正为大官令，因进御膳，黄门以发置炙中，帝怒，将斩正，后乃赦之。宋时有侍御史上章弹御膳中有发，曰："是何穆若之容，忽睹鬈如之状。"当时以为笑柄。

都是给皇帝的食物中发现头发，看当权者怎样处置。

晋文公发现吃的烤肉上沾有头发后，不大高兴。虽然，他是经历过大磨大难的人，但是现在国家稳定，百姓安居，我这个国家首领的待遇自然也要跟上去。烤肉中有头发，明显是不讲卫生嘛。不讲卫生是小事，不重视我却是大事，如果重视了，给我吃的东西一定会检查了又检查的，我又不奢侈，难道吃点肉还要沾着头发？

晋文公于是大喝一声：将那个做烤肉的厨师给我抓上来！

晋文公黑着个脸对做烤肉的师傅说：你一定要给我说清楚，这烤肉上怎么会有头发的？

那烤肉大厨吓出一身冷汗。不过，他还算伶俐，从容：

我亲爱的国君啊，这烤肉上的头发，一定是端上来时沾上的。首先，我们的肉非常新鲜，早上刚刚杀的猪，猪毛也是刮得干干净净，我们选取肉的质量是一头猪中最好的，这样处理过的肉，是不可能带毛的，即便有，也在烤的时候早就融进了肉的油里面。

所以，我敢断定，这个发是外来的。外来有两种可能，一是空中飘过来的，一是别有用心的人弄上去的，要么是故意害我，要么是想倒倒国君您的胃口。

我亲爱的国君啊，我这样说，并不是推卸责任，而是说，我们做事是非常认真负责的，一国之君，就是我们尊敬的父母啊，我们不会故意弄些头发到您吃的肉上面。如果是，那就是大不敬，大不孝啊！

还有，根据我的知识，我知道，这个肉上的发虽然有些倒胃口，但是它对人的身体也没有什么坏处，发来自我们的身体，源自父母，您就是吃了，也绝对不会有事的。

晋文公一听，还蛮有道理嘛，算了算了，不计较了，再问下去，烤肉就冷掉了，味道就会不好，吃吃吃。

哎，小子，要不你也来一块尝尝？！

这其实是一个简单的版本，只是谢作家为了叙事简便而已。此烤肉中有头发的完整故事，应该是《韩非子》里的《宰臣上炙》。原文如下：

文公之时，宰臣上炙而发绕之。文公召宰人而谯之曰："女欲寡人之哽邪？奚为以发绕炙？"宰人顿首再拜请曰："臣有死罪三：援砺砥刀，利犹干将也，切肉断而发不断，臣之罪一也；援木而贯脔而不见发，臣之罪二也；奉炽炉，炭火尽赤

247

红，炙熟而发不烧，臣之三罪也。堂下得无微有疾臣者乎？"公曰："善!"乃召其堂下而谯之，果然，乃诛之。

这里，故事情节已经相当完整了。

晋文公的愤怒已经显见：什么破厨师啊，你想噎死老子吗？烤肉上绕着头发，让我怎么吃啊？

大厨知道是死罪，国君在发怒呢，正面解释不清楚，不妨从反面回答：大王啊，我的确有死罪，我的罪行有三条：一条是，我将刀磨了又磨，犹如干将的剑那样锋利的刀，切肉的时候，居然连头发也切不断；二条是，我用削好的木棍穿肉，一串串地穿，却看不见这么长的头发；三条是，我用炽热的炉子，通红的炭火，肉烤熟了，头发却没有烧掉。我不想说，这堂屋里的人有嫉恨我的，有陷害我的，那样说了，会显得我小肚鸡肠呢!

文公细听大厨的"三条罪"，马上明白了是怎么回事：嗯，你讲得有道理，这三条罪里面，只要有一个环节，头发就不可能存在。一定是有人陷害你!

——审查，果然，有人陷害大厨。

头发事小，陷害人的事，在本朝绝对不能容忍，绝对不能坏了风气，杀无赦!

这个大厨是聪明的，他知道他的产品中不可能绕着头发，才可能沉着巧辩。

这样的场景还在继续。

汉朝光武帝吃的烤肉中也发现了头发。这回记载得更清楚，大官令陈正对此事件负全部责任。

这陈正想来也是得罪那些太监了，太监们也许不知道晋文公吃烤肉有绕发的故事，他们还想用这样简单的方法来害陈正。当然，事情开始的时候，一定是朝着有利于太监们的方向发展的，太监们会把责任推给陈正：这个陈，平时工作就有些吊儿郎当，随随便便，马马虎虎，还不讲卫生，一年也不洗一次澡，手指甲长得不晓得打理，上一次就发现，他端碗的时候，指甲长长地伸进碗里。这一次，果然——

光武帝最不能容忍细节上马虎的人了，小不注意就成大错！斩！陈正，你还有什么话说？

陈正辩解，哆哆嗦嗦，结结巴巴，和晋文公的大厨比，那辩解的语言艺术，真是差了十万八千里。不过，光武帝最后没有追究陈正的责任，可能是他想起了晋文公的故事，也可能是他认为陈正不可能做这样愚蠢的事情，更可能他暗想，有人要做坏事，但是查无实据，先养着吧，总有一天狐狸尾巴会露出来的。

至于宋朝那个侍御史，简直就是个傻瓜。估计他是分管皇帝日常卫生工作的，因此，把传言当真事，即便事真，皇帝自己都不追究，你瞎起劲干什么？关键的关键是，他对御膳中出现的头发的描写：应该是非常漂亮的那种，有点卷卷的样子。

真是扯，漂亮的头发，那不是说皇帝身边的那些美女吗？

贰

鞋带散了

明朝谢肇淛在《五杂组》卷十二物部四有这样的记载：

> 汉中山王来朝，成帝赐食，及起而袜系解，成帝以为不能也，于是定陶王得立。然文王伐崇，至凤凰之墟而袜系解；武王伐纣，行至商山而袜系解；晋文公与楚战，至黄凤之陵而

履系解。古之圣王霸主皆有然者，何独中山王耶？

我们先来看汉成帝不立中山王的事情。

字面上看，极其简单。中山王因为一个细节不注意，吃饭起来后，鞋带松了，成帝就此认定，一个鞋带都系不好的人，怎么能够将国家大任交付于他呢？显然不行的。

而事实上，鞋带松了只是导火索，在此前后有一系列的因素。如果有一百个原因促使成帝不立中山王的话，鞋带松了只是其中之一，不过，有可能是关键的因素。

《汉书》卷十一《哀帝纪》这样记载了事件的详细经过：

> 孝哀皇帝，元帝庶孙，定陶恭王子也。母曰丁姬。年三岁嗣立为王，长好文辞法律。元延四年入朝，尽从傅、相、中尉。时成帝少弟中山孝王亦来朝，独从傅。上怪之，以问定陶王，对曰："令，诸侯王朝，得从其国二千石。傅、相、中尉皆国二千石，故尽从之。"上令诵《诗》，通习，能说。他日问中山王："独从傅在何法令？"不能对。令诵《尚书》，又废。及赐食于前，后饱；起下，袜系解。成帝由此以为不能，而贤定陶王，数称其材。

定陶王基本素质确实比较好，但他能胜出，主要有两条：

一是，他入朝见皇帝时，带了他的全班人马：傅、相、中尉。皇帝问他：你为什么带这么多人来呢？定陶王的回答是按朝廷规定，各侯王来朝，其封国爵在二千石的官吏应一同前来，傅、相、中尉都是二千石，所以都应同来。我这是谨遵您的规定呢！

二是，皇帝考考他的文才，要他背诵《诗经》，定陶王说：《诗经》三百零五首，皇上您随便报个标题吧。皇上接连考了他好几首，而且还要求他说出诗的意思，定陶王都准确无误，并且还很有新意，很合成帝的心意。

另外，早就有人在皇帝的耳朵边嘀咕，定陶王怎么聪明怎么贤能，大家都在推荐定陶王。

再来看中山王的表现。他恰恰和定陶王成了明显的对比：

皇帝问了定陶王，同样的问题再问中山王：你为什么只带了老师过来呢？这有什么根据吗？中山王根本就没想这么多，他就随便带了个老师过来。当然回答不出了，也没有合适的理由可以狡辩。

皇帝考了定陶王，同样的问题再考中山王：考考你的学问，你就给我背《尚书》吧。中山王背着背着，不知怎么的，平时也还算是熟悉的，但一紧张，中间断了好几次，真的想不起来了，该死！

关键细节来了。

皇帝请诸王吃饭。大家吃得都比较快，只有中山王吃得慢腾腾，皇帝耐着性子等他吃好，看他从桌子上下来，鞋带又松散了。唉，真要命，这样的孩子，怎么能继承大任呢？罢罢罢，还是定陶王做太子吧！

中山王就这样稀里糊涂地丢掉了王位。

而谢作家，明显地为中山王抱不平：历史上有那么多的圣贤鞋带都松散过了呢，这有什么要紧的吗？

周文王讨伐崇国，到凤凰墟这个地方，鞋带散了。鞋带散了就散了嘛，弯下腰系紧不就行了？难道还有什么寓意不成？

武王伐纣，行至商山，系袜子的带子也松了。其实，在《太平御览》引《帝王世纪》还有如下几句：五人在前，莫肯系。皆曰："臣所以事君，非为系袜。"武王虽然厉害，但也是绝对遵守法律的，因为那五个走在武王前面的人，都不肯帮他系鞋带，他们的理由是我们跟随您是为了伐纣，不是为您系袜子的。别浪费时间了，您自己赶紧系好了！

晋文公在伐楚的过程中鞋带散了，仍然是自己系好了。这里的情节还蛮有意思的：

> 晋文公与楚战，至黄凤之陵，履系解，因自结之。左右曰：不可以使人乎？公曰：吾闻：上，君所与居，皆其所畏也；中，君之所与居，皆其所爱也；下，君之所与居，皆其所侮也，寡人虽不肖，先君之人皆在，是以难之也。

这里，晋文公因为没什么人可以依靠，鞋带散了，马上自己就系好了。左右的人不理解啊！您为什么不让我们这些人系一下呢？晋文公的理由是上等的人，国君与他们相处，都是国君所敬畏的；中等的人，国君与他们相处，都是国君所喜爱的；下等的人，国君与他们相处，都是国君侮辱的。我虽然能力不怎么样，但先父大臣都在身边，因此我不能使唤他们啊！

文王、武王、晋文公都清楚得很，非常时期，哪有这么多的讲究，不能在所有场合都讲等级的。如果不能变化，那就是找死！

回到前面。其实，很多人对汉成帝是有看法的，你自己也不怎么样，怎么要求这么严呢？根本就是偏心嘛！

事实上，公元前7年2月，汉成帝夜宿未央宫，和赵美女一夜欢乐，第二天起来，弯腰系袜带时，忽然中风倒在床，动弹不得，就此死了。在位二十六年，终年四十六岁。

难道是巧合？汉成帝的鞋带散了，却害了性命。

叁

鞋子丢了

丢鞋子的事，也是经常会发生的。

唐朝李冗的《独异志》卷上，讲了个丢鞋子挽救了一支部队的故事：

> 楚昭王与吴战，败走四十步，忽遗其履，取之。左右曰："楚国虽贫，而无一履哉？"王曰："吾悲与其俱出，而得与其俱返。"于是国无相弃者。

楚吴两国，战事一直不断，出于各种各样的原因。总之，这一回，楚昭王打败了，这应该是一场规模不小的战争，否则，楚王不会亲自带队。打败了，总要撤退，不管是战略性的还是被动的。训练有素的，撤退的时候也会有序，谁先谁后，都有预案，王，肯定要首先保护好，他肯定跑在撤退的前列。

跑了四十步（这么精确，可见从容，还有人计步），哎，一只鞋子（或是两只鞋子）丢了。因为跑得慌张，所以完全有可能，脚上鞋子掉了也不会发觉的，这场战争如果在冬天，那更不会发觉，脚里面穿着厚厚的袜子呢。

不行，鞋子一定要找回来的。

作出这个决定，几乎是一瞬间，楚王毫不犹豫。良好的心理素质，临危不乱，这些都是君王必备的。还有，古人打仗，很多时候是讲规矩的：先下战书，约定时间地点，两队排列，将领出战，赢了就是赢了，赢的不会追击，输的也可以跑得从容。楚王算定，还有时间跑回去捡丢掉的鞋子。

对楚王这样的行为，很多人不理解：我们楚国虽然不富裕，不见得买不起一双鞋子吧？这种危急时刻，我们必须快速撤退才是！

楚王当然清楚将士们的心理，但他还有更重要的捡鞋子理由：这次战争，我们失利了，主要应该归咎于我，我真的很伤心啊，这双鞋子和我一起来出征，我一定要带着它一起回到楚国，鞋子在，我们的精神也在。

难怪，楚王想得还是长远的，他知道，胜败乃兵家常事，但是败也要败得有精神，不能溃不成军，更不能自己践踏自己，我们一定要让剩余部队安全返回。众人从楚王捡鞋子的行动中，得到了莫大的鼓舞，大家相互帮助，顺利撤回。

捡回一只（或一双）鞋子，得到了众多的人心。

楚昭王于是成了楚国的中兴之主，连孔丘先生也表扬他：楚昭王知大道也！嗬，楚昭王是懂得治国大道理的君王！

宋朝苏东坡的《东坡志林》，讲了两个著名人物，也都和丢鞋子有关。

南朝宋人刘凝之，性喜山水，也算是个知名人物了。有一天，邻居指着他脚上的鞋说：哎，你这双和我丢失的一模一样，是我的吧？刘说：那你拿去好了！当即脱下鞋子给了邻居。此后不久，邻居找到了自己的鞋，送鞋来还，刘不愿再接受。

巧合的是，同样是南朝宋的另一名士沈麟士，也碰到了同样的事情。麟士笑着说：是你的鞋吗？好吧，你拿去吧。邻居找到了丢失的鞋，送鞋来还，麟士说：不是你的鞋？那还给我吧。于是笑着接受了。

或许是南朝宋那个时候，鞋的式样太过于单一，只有大小的区别，没有式样的区分，如果一群人，脚差不多大小，又混乱地堆放在一起，那是很容易认错的。

不过，这里显然不能就鞋论鞋。我们会马上想到他们为人处世的态度。刘和沈的两位邻居显然都做错了事，因为他们把不是自己的鞋认成了自己的，如果把不是自己的东西硬说成自己的，我们是可以追究法律责任的，比如，你硬说我的一万块钱是你的，不都是钱吗？上面还有我钱的几个特征，有我钱的特征，那还不是我的吗？所以，两位邻居无疑是错了，只是，这样的错事，性质可大可小，大了，很容易引起诉讼，你说是你的就是你的了？！小到如刘和沈的态度，你说是你的，那就是你的！

问题的关键肯定不在邻居这里，而在刘和沈发现了邻居们错误之后的态度。

刘的态度是，既然不是你的，那仍然是我的，我的鞋你凭什么要去穿呢？你穿过了，使用过了，我就不再要了，一双鞋不值什么钱，我也不缺这个钱，我就是想让你记着，以后不要随随便便把别人的东西说成自己的，那样会很麻烦的。而沈恰恰相反，既然不是你的，那仍然是我的，我的鞋你穿过了也没什么大不了的，不就是一双鞋吗？鞋不就是让脚穿的吗？你的脚和我的脚也没有多大的区别，你还我鞋，那我就继续穿，洗都不用洗呢，不脏，一点都不脏！

这样的态度我们还可以上升到另外一个高度。不愿意再接受鞋，那就是不容许别人犯错，别人犯错了，也不给别人改正错误的机会；快乐地接受鞋，就是宽容别人，允许别人改正错误。

东坡这个时候表态了：此事虽小，然而，处世当如麟士，不当如凝之也。

两双鞋的事情，摊开了说，肯定不是什么大事情，我们一般的人都会学麟士的方法，认为凝之的处世方法不好。然而，现实中，凝之多而又多，麟士少而又少。

官帽挂了

明朝何良俊，他的笔记《四友斋丛说》卷十六，说了张庄懿的两件小事，也让人深思。

第一件：官帽被挂落。

张庄懿是英宗朝的进士，二十七岁时，就被选为某道的御史，并派到山东检查工作。

刚到临清时，因为一酒家的酒标挂得太低，将他戴的纱帽挂落。官帽跌落，人们都认为不是好事，左右随从也吓得不轻，但张御史不以为意，仍旧取纱帽戴了，直接离开。

第二天，酒店老板戴着手铐，被知州押着，送到张这里治罪。张对老板讲：这条路，官人们经常要走，以后，你酒店的旗帜要挂得高些。他也不和知州讲一句话，直接将酒店老板放回。

第二件：拐棍被夺走。

张做刑部尚书时，有天，下班回家的路上，碰到一醉汉。这汉子一向酒醉就无赖，旁边有人怂恿他：你如果将旁边老爹的藤棍夺下，这才有真本事。醉汉就冲上去，将张尚书手中的拐棍夺走。张也不问，直接回家。

第二天，醉汉酒醒后，问老婆：我昨天醉酒回家，没有发生什么事情吧。他老婆答：你带了一根藤棍回来。醉汉将藤棍取来一看：哟，这是根文官用的棍子。出门去一问，大家都说，这是张大人的专用棍。

第三天凌晨，醉汉头上顶着张尚书的藤棍，跪在长安街上，请张尚书治罪。过了一会儿，张尚书上班经过，他只是让工作人员将藤棍取回，一句话也不问。

张御史官帽挂落的场景，我们可以复原一下。

前面有数兵引道，举着肃静之类的牌子，张骑在马上，随行高级别的官员也骑在马上，一行官家人，前呼后拥。御史嘛，级别不低，职责明确，当地官员都要防着点，说不定什么尾巴就被揪着了，说不定前面突然闪出一个拦轿喊冤的，这都不是什么好事，影响官员升迁。

左看看，右看看，这街道还是相当繁荣的嘛，这个地方不错！笃，笃，笃，马按部就班走着，突然，张御史的帽子被酒家的旗标挂落。呀，什么情况？众官员都着急了，立即检查，原来，是这家酒店的旗标挂得太低了，且又伸出街面许多，一行人毫无防备，张御史也没防备，就这样，两秒钟的工夫，御史的官帽被挂落在地。

只见知州急急上前，一副手足无措的样子。

众人心里也急，这不是什么好兆头，刚刚进山东地界，这个官帽就被打落，官帽跌地，人人忌讳啊！

此时，张御史脑子里，也迅速闪回出一些镜头：

十年寒窗，蒙学、中举、中第、做官，多少苦头吃过啊，这才刚刚开头呢，山东难道是我的劫数地？

历史上也有官员纱帽挂落吗？有，没有，没有，有。有，什么结果？没有，最好了。脑子有点乱。

我得罪的那些人，难道有不该得罪的？难道有冤假错案？报应吗？

脑子里在跑飞马，但张御史是明白人，他的情绪迅速稳定下来，安慰众人：没事，没事！

接过递上来的纱帽，他轻轻用指弹了弹，直接戴上，考察继续进行。

对于第二天知州的行为，他也是理解的，地方官嘛，总是要追查责任，给上级官员一个交代。

他也仔细想过，如果治酒店老板的罪，会是什么结果。

理由当然可以寻找。酒店的广告牌有专门的管理规定，好酒需要吆喝，但必不得影响和妨碍市容，这家酒店的旗标，显然为了自身的形象，不符合管理规定，按照城市管理规定，完全可以处罚。罚点钱，弄个行政拘留，一点也不为过，主要是给其他酒家一个教训，旗标必须挂得规范，不影响市容，更不能妨碍官员执行公务。

但，如果治罪酒店老板，负面效应还是很大的。

你们走路为什么不抬头看路？这么大根旗标，你们就是熟视无睹，也许，平时给官员们让路让得太多了，你们才无所顾忌。

还有，官帽掉在地上，和你的官运有什么联系吗？你的帽子捏在皇帝手上，取决于你自己平时的作为。你们硬要联系，且联系得那么紧密，似乎，你以后官做不上去，官做不好，一切都可以怪我这根旗标了。

毫无道理啊。

我御史，心胸广，纱帽掉地上，捡起来就是了。知州啊，你是小题大做，你的心意我领了，但人不必处罚，交代他一句，挂高点，下回不要再把别人的官帽挂掉了，我没事，纯属意外事件，老板，你回去吧。

至于藤棍，被那醉汉夺走，几乎就是一部完整的搞笑哑剧。

剧情不再重复。

居高位的张尚书，已经见过诸多人和事，遇到什么事情，什么样的人，他都波澜不惊。这厮是醉汉，能和醉汉计较吗？

酒醉是什么感觉？你有我有大家有。

酒醉时说的话，完全可以不作数，说要给你一个大合同，说答应给你升职，说我们是铁杆兄弟，第二天，酒醒了，完全记不得。你没醉？你还记得？哎呀，酒话你都相信啊！

醉汉常耍无赖，街坊邻里，都知道他的。

酒醉做的事，一样也记不得，道理和说话一样。大脑处于高度兴奋和混乱之中，平常不敢做的事，酒一喝下去，就敢了，你没见那李玉和吗，提着个红灯，挺胸甩头，临行喝妈一碗酒，浑身是胆雄赳赳！小鬼子，咱不怕你！

不能和醉汉计较，更因为，他是受人唆使，旁人的话，张尚书听得真真切切，他正好路过，就当醉汉和他开个玩笑吧。我又没有老到七老八十，离了藤棍走不了路，那棍子，只不过是朝廷发下来的，是身份的象征而已。

至于后来，对醉汉的自我觉悟，张尚书不去责罚，也没有表扬，按理，做了不好的事，能悔悟，也就是好人了，人非圣贤，孰能无错呢。

要是换了别的大官，藤棍被当众夺下，那是对官员的漠视，不，蔑视，是可能杀头的。

说一个人的好，心胸宽，不需要太多的表彰话语，只要两个细节，足够！

关于帽子挂了，还有个类似小例，也有趣。

清代作家昭梿的笔记，《啸亭续录》卷二：

乾隆年间，某大臣在上朝的时候，一根帽带突然断了，来不及缝补。怕皇帝突然出现，大臣急中生智，就用下属的启事粗笔，在颈下画了一根帽带，人们一时传为笑谈。

这帽带，也许是画得太像了，大家都笑了。

即便皇帝看到，问起，也不会怪罪，谁没有过失，及时补救，就行了嘛。

官帽的故事，笔记中屡见不鲜。明代江盈科的《雪涛小说》里，有三条比较另类，但不失为时代的产物。

其一，《闻纪·纪谑浪》里：

成化年间，大太监汪直擅权，他每次出行视察，当地的主要官员都跪着见他。某次，他去沛县，该县令性情有点古怪而且搞笑，沛县县令在见汪的时候，动作慢了些，汪就呵斥数落：小子哎，你这头上的乌纱帽是谁家的呀？该县令答：我这知县纱帽，花了三钱白银，在铁匠胡同买的。汪直大笑，他认为这个县令是个傻瓜，也就不和他计较了。

细想想，哪有什么傻县令，只是，该县令看不惯汪的作为，故意装傻罢了。你不过就是一太监，这纱帽大家都知道是皇家的！敢如此调侃，实在是大智慧。

其二，《谐史》里，江作家说了他家乡的一个真实故事：

张二一直给人家打工，某次，替人去缴税银。按旧例，干这样的活，用的都是低等苦力。那张二戴着平民帽，将文件送上，主管部门的官员立即训斥他：解官为什么不戴官帽？快点去戴官帽，否则要挨打的。张二一听，忙着去买纱帽，边走边笑：我本无心富贵，不想富贵却来逼我啊！

路人听了一定会大笑，这朝廷就是规矩多。不过，从另一角度看，这街面上，应该有纱帽店，开这种店的人还不少，否则，临时也不可能抱来佛脚的。

其三，《谐史》里，江作家又说了他家乡一个官员的真实故事：

张三崖要去吏部应选，穷得连路费都没有，但他心态很好：样样都要借，就如穷人种田，工本都要向富翁借，等秋收了，还掉工本，只落得扫地的笤帚了。我们借债做官，他日还了债，只落得一副纱帽角带。

是有点辛酸，但不值得同情，即便这样的纱帽，那些读书人还是趋之若鹜，其中有些更是变本加厉。

伍

帽戴歪了

明朝冯梦龙的《古今谭概》，迂腐卷第一有《治平之学》：

> 元胡石塘应聘入京，世祖召见，不觉戴笠倾倒。及问所学，对曰："治国平天下之学。"上笑曰："自家一笠尚不端正，又能平天下耶？"竟不用。

这胡石塘，应该有些名气和学问，否则，他不敢冒冒失失地上门，而且上的是皇帝的门。虽然忽必烈求贤若渴，但元世祖毕竟还是有些威望的，他不可能随随便便的人都接待。

这一天，应该是个晴朗的好天气，胡石塘戴着斗笠进宫。也许是走得急，也许是平时的习惯，这位胡先生抓住斗笠往头上一套就匆匆出门了，他完全没注意到帽子没戴正，还不是一般的不正，一看就是歪的，给人吊儿郎当的感觉。不就是一项笠帽吗？晴天雨天他都戴，戴在头上，装个样子，有志于干天下大事的人，差不多都有一项这样的帽子。

皇帝在大殿接见了胡。

气氛还算好，少数陪伴大臣分立在皇帝的左右，胡一进来，忽必烈就发现他的斗笠歪了，歪得不像话，再加上一跪一起，斗笠更歪了些。

忽必烈有些不悦，不过，他丝毫没表现出来：胡先生是饱学之士，你想报效朝廷，你的特长能不能向我介绍一下啊？

胡石塘胸有成竹，为这一天，他已经准备了若干年，或者说，他等的就是这一天：陛下，我有治理国家建设国家的良方，我愿意为国家效犬马之劳！

忽必烈一听，火一下子上来，这个呆书生，谁不会说治国平天下，这完全是夸夸其谈嘛！哈，先生，你的斗笠都没戴正，还谈平天下！就如那陈蕃一样，不扫一室，能扫清天下吗？嗬，忽必烈也知道小陈的故事，这个故事，和眼前这位胡先生的，太像了，这样的人，不用。

胡石塘很委屈，没想到一肚子学问，竟然坏在一顶斗笠上，早知如此，就不戴那破玩意了，不就是装个酷吗？今天又不是非戴不可的。

忽必烈对胡戴歪了斗笠生气，这个气，应该有来由的。一个人，无论你做什么事，都要遵循一定的礼节，这是起码的常识。

如果，胡平时见长者或尊者，都有脱帽的习惯，那么，进了森严的大殿，他早就将斗笠拿在手上了，必须毕恭毕敬的，这就没有戴正戴歪一说了。

忽必烈估计没有受过严格的儒家教育，他对那些烦琐的礼节一定不是很清楚，但胡石塘是个读书人，他应该清楚。

《论语》里，孔子的学生去世了，他老爹来向孔老师借车子，孔老师说：你儿子是个士，还不是官，他不应该享受用马车拉棺的礼节的；我儿子孔鲤刚去世，他也只是个士，他也只能如此。这个马车，我自己要坐的。

孔子不是小气，他是严格遵守礼节。

孔子那个时代，虽然已经开始"礼崩乐坏"了，但基本的秩序仍然存在，君君臣臣父父子子，历朝历代的君王，都想用这样的秩序来维护至高的皇权。

有人说，孔老师教书为生，也有人说，孔老师是帮人主持丧礼为生的。我觉得后一种观点也非常有道理，能主持丧礼的，一定是非常有文化的人，懂各种礼的程序，因为那个丧礼太复杂了，一般人根本不懂。

所以，作为一个读书人，一个想要谋得好职位的读书人，一定要懂得这一些，否则，就会吃大亏。

胡石塘还算幸运，只是斗笠戴歪而已，没有官就没有吧，至少，性命不会有问题。因为历史上，一个小概率事件，极有可能造成非常恶劣的结果，例子举不胜举了。

新版《让子弹飞》

壹

清代张潮的笔记《虞初新志》卷五，摘有徐芳的《雷州盗记》，好像一出古代版的《让子弹飞》。

雷州地处广东偏僻之处，崇祯初年，有个南京人，以部曹（京里的司官）身份出任雷州太守。太守上任途中，船过长江，遭遇盗贼。这伙人知道他是太守，就将他杀了，并将太守的随从也一并杀掉，独独留下太守的妻女。这伙人选出他们中间一个最聪明的人，装作太守，拿着公文去上任，其他人则装作随从，没有人知道这件事。

到雷州已经一个多月了，这假太守甚为廉洁，并干了好多事，州内形势一片大好，老百姓都互相庆祝，认为来了一个好官。太守的部下及监司使，也都认为假太守非常不错，并到处称赞。

没几天，假太守颁出一道禁令：禁止旅客过境。他所管辖的地方，不能接待一个南京人，不然，即便是太守最亲近的人，也要受到惩罚。于是，雷州的老百姓愈加认为，这个太守是真清廉，将自己的人管得这么紧。

没过多少时间，太守的儿子来了。他到雷州地界，竟然找不到住的地方，没有人敢留宿他。太守儿子就很奇怪，问原因，说有这样一道禁令，心里越发疑惑。

第二天早晨，假太守出来了，儿子在路旁观察，不是他父亲，但他询问太守的籍贯、姓名，都和他父亲一样。儿子突然明白：唉，这是碰到强盗了呀！但他不敢发声。

太守儿子秘密去见监司使，监司使这样告诉他：先别声张，我明天请"太守"吃饭，你出来见他。监司使还派下属，将太守府包围起来，并在吃饭的地方，埋下武装的士兵。

第二天，"太守"进来拜见监司使，监司使请他喝酒，并让太守儿子出来对质，"太守"自然不能辨认。监司使现场发飙，揭穿了假太守的画皮，"太守"很难堪，想要起来作乱，但埋伏的士兵一下子冲进来，将"太守"活捉。那些包围太守府的士兵，也冲进去捉拿其他盗贼，数十盗贼群起而斗，只抓住了六七个，其余的都逃跑了。

按法律定案，将这些盗贼戴上枷锁，送往南京杀头。

到这时，雷州的百姓才知道，原来太守，是个假太守。他们是一群强盗。

贰

作者徐芳，引了"东陵生"的感叹：

真是怪事啊，强盗竟能做这样的太守。现在的太守不是强盗，但他们的行径，很少有不像强盗一样的，这还不如用强盗做太守。这个假太守是个强盗，但他太守做得很好，胜过了其他真太守！

盗贼绝对要杀，因为他们杀人越货在先。

但如果撇开这个大前提，就太守这个官职的本义而言，话题却是有些嚼头的。一州之最高长官，应该是百姓的公仆，恪尽职守是他的本分，清正廉洁是应该具备的品行，这几点，假太守都做到了，而且做得很好，不然，百姓不会称赞，官员不会称赞，驻地的上级机构更不会称赞。

假太守虽然小智，但他的禁令，却一箭双雕：明里，自己的家乡人，不仅自己不照顾，也要求百姓及其他人不要因他的面子而照顾，不揩雷州百姓的油；暗里，有效防范南京认识真太守的人，只要没人认识假太守，就会平安无事。

想来，真太守的妻女都被牢牢软禁，否则，也有机会揭穿的。

更难的是，假太守一人还好，那一群跟着的盗贼，有很多机会露马脚而未露，实在有些不简单。从中我们可以想象，假太守晚上门关起来，和他的兄弟们，一定没少研究，如何保持官吏的身份，如何做得比官吏更像官吏，绝对不能见财起意、见色起意，坏了做官的好梦。

著名作家马识途的长篇小说集《夜谭十记》中有《盗官记》，讲的是二十世纪三四十年代，国民政府卖官的故事。

故事由一个引子和一个内核组成：

引子：有一年，新县长上任，下船时失足，掉恶浪里找不见了。跟来的会计和县长太太、师爷一商量，太太拿出委任状，师爷冒充县长，大家像什么事也没有发生一样，去上任了，因为内幕不好说，这个县长本来就是会计的钱庄老板赊账给的，会计是来收回本利的，县长死了，钱还是要收回的。

内核：这件事，给了土匪张牧之（张麻子）以重大启示，他率人打劫了前面那个假县长，也花钱买了个县长当当。张在当县长期间，为老百姓做了好多事，人们都称他为"张青天"。因他报仇心切，被人识破，最后和仇敌黄大老爷同归于尽。

著名导演姜文，将小说改编成了电影《让子弹飞》，使之变成了更好看的故事：北洋年间，中国南部，土匪张牧之劫了新上任县长的火车，遇见行走江湖的大骗子老汤，张自充县长，老汤做师爷，他们带着一帮弟兄，去鹅城上任，和恶霸黄四郎斗智斗勇，故事曲折，趣味横生。

这也就是说，买官卖官，中国古代一直延续，只是，出钱给朝廷，名正言顺，而后来的世道混乱，吏治失范，好多卖官的钱就落到了个人的腰包里。

买了官，是要收回成本的，所以有跟着来的会计。

马识途的故事，是虚构的，素材却来源于真实的历史。这个故事，一直到他七十多岁才出版。2016年12月，中国作协第九次全国代表大会在北京召开，我在名单里看到，马老已经一百零二岁，是本次大会年龄最长的作家。

"真太守不如假太守"的言论，我相信，在雷州的民间舆论场，一定广泛存在。这就给那些真太守，以及许许多多的真知县真巡抚等一系列的官员，敲响了重重的警钟：如果一味为了自己当官，注定要贪，那还真不如来个假太守，因为假太守脑里有根弦时刻绷着。

Y

阳羡的书生

壹

南朝梁的吴均，浙江安吉人，一封短札《与朱元思书》，将我家乡的富春江写得空前绝后。他不仅是卓越的诗人和散文家，也是极具想象力的小说家，他的笔记《续齐谐记》里，阳羡书生蹲鹅笼的故事，极像俄罗斯套娃。现在，听我慢慢一只一只替你打开。

故事发生在东晋的阳羡县。

阳羡人许彦，这一天，他拎着鹅笼，正在绥安山里走，他要翻过这座山，前往集市卖鹅。走着走着，路上碰见一个读书人，年纪十七八。读书人躺在路旁，很痛苦的样子，问他原因，他说脚痛，走不动路了，他向许彦请求：能不能打开他手上拎着的鹅笼子，他要钻进去。

许彦做点小生意，也算见多识广，他认定这读书人一定读傻了，脑子出了问题，鹅笼怎么能站人呢？但为了不让书生难过，他还是打开了鹅笼子。

让许彦惊讶的是，这书生真的就钻了进去。更奇怪的是，那笼子也没变大，书生也没变小，书生与一对鹅坐在一起，鹅竟然不惊！

许彦想了想，今天什么日子呀，出什么问题了吗？难道这个世界要发生剧烈的变化？想破了头，也想不出结果，他就去拎那鹅笼，一拎，鹅笼像平常一样，一点也没增加重量。

许彦虽是个无神论者，但这时，他忽然就变成了有神论。他认定，这书生是神仙，只是不知道为哪方神仙，对于人来说，任何神仙都不能得罪的。

许彦想到这里，突然很高兴，今天有幸碰到神仙，我倒要看看，神仙有什么能耐呢。

许彦拎着鹅笼，迈开了轻松的步伐。

贰

走啊走，估计有些路程了，来到了一棵大树下。书生发话：先生，我们休息一下吧，就在这里，这棵大树下，挺好的地方。我想为你摆一桌薄宴，以表感谢。

现在，书生的话，许彦一点也不奇怪，他已经认定书生是神仙了，神仙摆一桌宴，那还不是小菜一碟呀，我就等着吃吧。

许彦停下来，小心打开鹅笼，弯着腰，哈着笑，书生又像坐在路边一样，真实鲜活，一点也没痛苦的感觉了。

两人坐定，书生当着许彦的面，从嘴里吐出一铜盘匣子，里面有各种酒菜，山珍海味，杯盏全是铜的，气味芳美，世所罕见。

许彦有些惊异，这些东西怎么从神仙的嘴里吐出？！按他以往的经验——也不是经验，是他长辈说给他听的大头话，神仙变物，都是从衣袖里抖一抖就出来了，或者，朝空中吹一吹，就会来到手中的，而现在，这书生，竟然从嘴里吐出，神仙肚子好大呀，竟然能装这么多的盘子、酒菜！

不管三七二十一，有酒就吃，有菜就夹。两人你来我往，一盏接一盏，尽兴得很。

书生有点醉意，他开始和许彦说起了知心话：大哥呀，这几天，有一个年轻女子，一直跟着我，今天，我想把她叫来，一起吃酒！

许彦已经有了足够的思想准备，出现什么情况，他都不会惊奇的，他想看看，书生要喊的女子，在什么地方，是天上下来的，还是地上钻出来的。

在许彦满腹狐疑的期待眼光中，书生很自然地，又从嘴里吐出一个女子。这女子年轻，十五六岁，衣着艳丽，容貌华美。许彦从来没见过这么美的女子，他马上也认定，这就是仙女了吧，一定是！

仙女落落大方，见了许彦也不吃惊，三人像老朋友一样，喝起了酒。没喝多少，书生顶不住了，倒头便睡着。

这下，轮到许彦吃惊了，这神仙的酒量也一般嘛，还不如我，神仙也会醉。看样子，神仙也不是万能的。

叁

书生倒下，仙女和许彦喝得火热。

仙女也不把许彦当外人，她也和许倾吐真情了：大哥，我不瞒您，我虽然和书生相好，可实际上我还是有另外的男朋友的，而且，这男朋友，我还带着，现在，书生既然睡着了，我想把男友叫来，一起喝酒，希望您能替我保密！

许彦已经见了好多稀奇事了，他觉得，故事正朝精彩的方向发展，他很高兴地对仙女讲：小妹，你放心好了，我一定不对书生说！

许彦刚保证完，仙女就从嘴里吐出一男子来，二十三四岁，英俊潇洒，人见人爱，难怪仙女要挟私呢，还这么大胆！

这俊男一见许彦，也像老朋友一样，极有礼貌，三人一起愉快喝酒寒暄。

酒喝得差不多了，仙女估计，书生差不多要醒了，于是就从嘴里再吐出一张鲜艳华美可以移动的屏风，搂着书生去睡了。

肆

故事还在继续。

俊男也和许彦说起了真心话：这女子，虽然与我有情，但我早就知道，她不是一心一意的。方才，我也偷偷约了另外一位女子前来，现在，我想趁这个机会看看她，希望大哥替我保密！

许彦看戏的情绪被激上来了，他满口答应好好好。

俊男于是也从嘴里吐出一女子，约莫二十岁年纪，长得极美。

这美女子，也不和许彦搭腔，直接和俊男调笑，两人肆无忌惮，当着许彦的面调情。许彦在一旁暗笑，这一对什么人啊，估计刚刚认识，或者是久不见了，都急得很，哪还有神仙的样子呢！

伍

一切都要结束，屏风里发出了长长的哈欠声，书生要醒了！

俊男闻此，立即将美女子吸进嘴里。

仙女走出屏风，对许彦说：书生醒了，我要将俊男藏起来！一口就将俊男吸进嘴里。仙女仍然和许彦对坐着，装着在聊天的样子。

书生醒来，对许彦说：抱歉，这一觉睡得有点久，让你单独坐着，挺难受的吧？天色已晚，我要和你告别了！

书生说完，将仙女连同杯盏器皿，全吸进了嘴里，只留下一个直径两尺多的大铜盘，送给许彦：别后咱们估计也见不着面了，我们互相回忆这段珍贵的时间吧。

太元年间，许彦做了兰台令史，将那大铜盘送给了侍中张散，张散细看铜盘，哎，上面有字呢，你看：东汉永平三年制作。

陆

吴均写这个故事，一定是有寓意的。

阳羡书生的故事，因为奇特，于是百代不绝，读书人都喜欢讲，讲着讲着，就多了个成语式的典故：阳羡鹅笼，幻中生幻。

这就很明确告诉了我们，故事的主题是：没有什么是不可能的，一切皆有可能发生。

按鲁迅先生《中国小说史略》的研究，这个故事的来源，应该出自印度佛教《旧杂譬喻经》，且著名的笔记作家、唐朝段成式的《西阳杂俎》的《续集·贬误篇》中就这样推论："余以为吴均尝览此事，讶其说以为至怪也。""此事"惊倒了见多识广的吴均，它是指：

> 昔梵志作术，吐出一壶，中有女子与屏，处作家室。梵志少息，女复作术，吐出一壶，中有男子，复与共卧。梵志觉，次第互吞之，拄杖而去。

虽是佛经故事，暗喻的却是人间诸事；虽是男女之事，映照的却是全社会全领域。显然，吴均的构思，已经明显高出原文本一筹，结构和空间更加广阔，内涵更深。

故事的高潮，从仙女吐出俊男开始，前面都是铺垫。俊男基本上是男小三，书生十七八，没有交代他有没有娶妻，在那个朝代，这个年纪的男子，应该娶妻。于是，这书生，就等于是养了个小三，这小三，看来是主动追的他，因为书生和许彦说，这女子跟得很紧嘛。

既然做了书生的小三，那妹妹你就安分点嘛，耐心点，等着书生读出个名堂来，也好有个盼头。可那女子偏不，她脚踩两只船，也养了个外室，和她的俊男打得火热。

故事到这里，如果结束，应该还是蛮精彩的，其中已经有好几层的波澜了。但并没有，俊男显然也不是个安分的人，他的野心在狂奔，他有另外的相好，他见了相好胆子还贼大。

书生，仙女，俊男，美女子，一娃套着一娃，一层比一层精彩，一个比一个意外。

纪昀的《阅微草堂笔记》、袁枚的《子不语》，都引用过类似的故事，不过，他们有的转换了角色，将里面的人物，换成了鬼，各种鬼。在他们眼里，只有鬼，才会这么灵精。

柒

既然，这个故事的主核，是男女之间婚外恋情，是对情欲的揭露与批判，那么，接下来，我想简单考察一下，三国两晋南北朝以来的男女关系。

除了母系社会，女人的地位，一直都低，这是大前提。

有人说，东晋十六国，是男女关系最混乱的时期。虽然有点偏激，但这个时期，真有两个显著特点：一个是少数民族政权不断出现，他们的一些生活习俗和文化传统，已经影响到汉人，就如赵武灵王的胡服骑射改革一样，时间长了，许多事情都融合了，有些在汉人看来不能接受的习俗，也会见怪不怪。比如《史记》中有匈奴习俗：父死，妻其后母；兄弟死，皆取其妻妻之。比如《后汉书》中有鲜卑习俗：俗妻后母，报寡嫂，死则归其故夫。

另一个特点是，经过连年不断的战争，人口急遽减少。晋末乱世，人口已经降到秦汉以来的最低点，《晋书》载，"制女年十七父母不嫁者，使长吏配之"，也就是说，一个女孩子，到十七岁还不嫁，那政府就替你安排嫁了。

此外，尽管民不聊生，但晋惠帝吃肉粥的故事似乎已经家喻户晓，当权者不顾民众的死活，更不了解民众的需求。但在富贵者的引领下，人们思想开放。

有了种子发芽的良好土壤，就足够可以酝酿产生阳羡书生的故事。如果无聊，还可以顺着那俊男的女子接下去再吐，吐个几层，也没问题，关系也可以搞成四角五角六角，甚至七角八角九角。

在前面故事的叙述中，我将书生以及嘴里吐出的各个男女，都当作神仙，这算是给他们最高待遇了，因为确实找不到更合适的词语去描绘，但按鲁迅的说法，这些人，充其量，不过鬼怪而已。

就如蒲松龄的《聊斋志异》，那些神狐鬼怪故事，几乎都是现实的折射，阳羡书生，虽然鹅笼里站了几里地，却生出了这么多的故事，着实让人惊奇。

补记。

吴均的这个故事，构思已经相当精巧，但翻检笔记，它也是有蓝本的，这个参照本，就是比他早些年代的东晋荀氏的《灵鬼志》，他的笔记中，已经有这个故事的雏形：

故事的起因是，有道人自外国来，他的本事很大，能够含刀吐火。接下来，一个挑着担担的行人上场，行人担担上有小笼子，可以放剩余重的东西。道人碰见行人，要求进小笼子休息。行人惊异，一系列故事就发生了。不过，情节没有吴均的曲折。

荀氏讲完前面的故事后，情节还有发展。道人让那行人见证了他的另一桩本事：有一个拥有巨大财富而十分吝啬的财主，道人使法，先让财主的好马失踪，马后来出现在小小的瓶子里，但瓶子怎么也打不破，道人要求财主做可供一百个穷人吃的饭菜，马于是出现在老地方；道人觉得还不够，第二天，又让财主父母一会儿在堂上，一会儿失踪，一会儿出现在水壶中。财主惊惶，又拿出钱财来施食，救济一千名穷人。

不过，无论书生或是道人，中国文学里奇思妙想的种子，早已经种下。

医　地

清代姚元之的笔记《竹叶亭杂记》卷七中，讲了两则占卜算命的事，看似平常，揭开真相后，却让人唏嘘。

壹

所谓的"医地"。

京城有赵八疯子，据说会医地。他曾为武清一县令卜地。赵告诉县令：不久前，我找到一块好地，在某村某家的锅灶下，如果能将那人的房屋拆掉，会是一块非常好的地。

县令信了他的话。

县令要做这样的事，小指头一捏，容易得很，稍微想了个办法，就将那家的房子买来，拆掉，又拆掉锅灶。反正又不要花什么大钱，宁信其灵。

这一切都做完。赵八疯子来了，左看右看，前看后看，站着看蹲着看，煞有其事地发布他的观察结果：这块地，过去做锅灶，老百姓家的，烧的又不是什么好东西，泄了地力！

县令一听，有道理呀，着急了：那怎么办呢？我可是花了不少钱呢!

县令急了，他不急，他就是要将县令弄急了，急得很。赵八疯子微微一笑，深藏不露的那种笑，鱼要上钩的那种笑，他显得慢条斯理，安慰县令：没关系，没关系，我有办法，医一医就好了，这块地，生病了，需要医治！医地的药，也不是什么贵药，就是用一斤人参，半斤肉桂。你将这两味药买来给我，其他的药我来配。

这还不简单，立即行动。县令让人迅速备齐人参肉桂。

第二天，赵八疯子挖地下药。谁也没见过给地下药，赵八疯子也没见过，他只是按照药农种药的步骤，将人参肉桂当种子埋下罢了。不过，他边种边念念有词，词念得很轻，隐隐约约。这词县令肯定不懂，他也没法懂，赵是没节奏地胡念，他自己也不知道念了什么。

药下完，赵又告诉县令：三天后的夜半，你站在一里地外，如果远远看见这里有火光浮起，那么，就是地的元气恢复了。赵说这些话时，很自信，好像他就是会算的神仙。

县令满怀希望走了。

这一边，赵八疯子又偷偷地将火药埋放在地边，神秘地吩咐人：三天后的夜半，如果你看见前方一里地左右的地方，有灯笼在移动，就将火药点燃。

三天后的夜里，赵八疯子来到县令家，邀请他一起去一里地的地方观察，夜这么黑，当然要打着灯笼啦。

时间一到，立即出门。远望那块地，果然有火光迸发，赵八疯子立即恭贺县令：您家福气甚大，没有想到这块地的元气恢复得这么快！

县令当然大喜。

然而，县令为了这块地，再加上购买医地的药物，家财已经消耗过半，而赵八疯子却连连赚钱，家称小康。

贰

所谓的"神算"。

有号称神卜神算的瞎子（这里权称他为贾画），每每到人家里，就知道他家的事，于是借机吹嘘他的阳宅阴地之学。

名声大了，有人上门来请。

贾画一进入人家门，就用手去摸人家的门框什么的，一摸，就说他家祖坟在哪个方向，离家的远近，什么时候，发生过什么事，什么人生过什么病，分毫不差。人家就以为贾画是神算，准得很。

如果请贾画卜地，他会预先派人去考察方位，回来详细向他汇报。到了那个地方，贾画装模作样地走几步，便确定说，此地，某山，某个方向，是龙首，今后将会产生好官还是赃官，说得头头是道。这块地，就是好地，大吉。然后，贾画朝东朝西朝南朝北一一指点。请贾画看风水的人，见他说得如此有道理，自然大喜，于是就再请贾画点穴择期，深信不疑。

有户人家，备下厚金，来请贾画择一吉日葬亲。

贾画装模作样掐指后告诉对方：某一天特别好，到了那个时刻，会有吉祥的凤凰经过。你们做好一切准备，只等凤一到，立即下棺！

然后，贾画暗地派人，花三百钱买了一只白雄鸡，鸡不拿走，却告诉卖鸡人：什么时间，你抱着雄鸡，到某某下葬地走一下，鸡仍然你自己留着。这样好的生意，为什么不做呀，卖鸡人想也没想就答应了，表示一定办好这件事，不就是抱着鸡去玩一下嘛。

差不多到了约定时间，贾画显得有点着急，装模作样地询问主家：有凤来吗？这只凤，应当是白颜色的，你们要看仔细，不要错过！

过了一会儿，卖鸡的出现，他一脸迷茫，但仍然很认真地抱着白雄鸡，有人喊：没有看见凤，只看见一只白雄鸡！

贾画一拍大腿，喜出望外的样子：鸡就是凤呀，天下有谁看见过真的凤呢。吉利时间到，立即下葬！

葬家于是也大喜，认为真是碰到了一个特殊的时刻。

叁

这些人的智慧——权且称智慧，都可以追溯到《周易》，《周易》在上升为国学第一经典前，其实就是一本占卜算命的书。

按照庄子的观点，《周易》整个讨论的就是阴阳，万物都是由阴阳构成，万物也都会变，变是硬道理。

于是，那些掌握占卜算命知识的人，就成了神判的代言人，遇有不决的事情、悬疑的事情，你要相信他，他会给你一个判断、一个决定。

而赵八疯子和那个瞎子贾画，充其量只掌握了一点皮毛，这点皮毛，完全不足以支撑他们的整个占卜活动。

他们一定懂阴阳，阴阳分合还是简单的，天是阳，山南水北为阳，男性是阳，多也是阳，圆也是阳，热是阳，快也是阳；反之，就是阴。关键是要掌握阴阳的度，什么是度？度在哪里？物极必反，这个极也是度，这已经是哲学问题了，极难，不是一时半会儿能掌握的，完全要凭经验，凭智慧。

他们露馅的情节，极像魔术。事先周密安排，把戏拆穿，一点也不稀奇，反而让人心生厌恶。感叹的只是那些受骗者，被贾画们骗得团团转，还要帮他们数钱，然后恭恭敬敬地、心悦诚服地、满心希望地、满脸感激地将钱交给贾画们。

一对绣花鞋

这不是恐怖故事，而是一个有点凄惨但结局还算完美的爱情故事。

故事出自元代陶宗仪的著名笔记《南村辍耕录》卷四中的《妻贤致贵》。

北宋末年，国家动乱，程公子鹏举，曾被辽人抓住，在兴元的张万户家做奴隶。

这一年，程公子十七八岁。

这张万户还算个好心人。估计是为了长久使唤程公子，就将同样被抓来的官家某女（我们权且称她为翠花）嫁给程做老婆。

新婚第三天，翠花就偷偷对程公子说：我看夫君有才有貌，一定不会长久在这里待着的，为什么不想个逃跑的计划，离开这里呢？

程公子听了吓一跳，这不会是张万户派她来试探我的吧？不行，我不上当！他第二天就告诉了张万户。

张万户一听，这还了得，将翠花叫来，痛打一顿，看你还敢不敢乱鼓动！

过了三天，翠花又对程公子说：夫君若离开这里，一定可以成大器，不然，您一辈子只能做人家的奴隶了！

程公子听了更吓一大跳，跳得差不多有一米高，连环计呀，这什么人啊，这不明显是张万户派来的奸细吗？诱我上当，谁知道他和她是不是一伙的呢！

这回更直接，程公子当夜就告诉了张万户。

张万户愤怒得不行,翠花啊翠花,本来想让你们好好过日子的,可你偏不,那就不要怪我对不起你了。

张万户迅速找人,将翠花卖掉,卖给市上的其他人家。

翠花临别前,将所穿的绣花鞋脱下一只,交给程公子,哭着对程说:夫君啊,我是真心的,期望以后我们能以此鞋相见。

这个时候,程公子似有所悟,翠花是真心待我,她不是张万户的奸细,可已经迟了,翠花被张万户卖了。是我害了翠花呀!程公子常常在内心指责自己。

瞅准一个时机,程公子跑回了宋地。

程的祖上是做官的,他得到了顶职的机会,做了个小官。

后来,动乱平息,程的官运也一直亨通,做到了陕西参知政事。这个时候,他已经和翠花离别三十年了,因为十分想念翠花,一直不娶。

不行,一定要找到翠花。立即派人,去兴元!

寻翠花的人,带着那只绣花鞋到了兴元。首先去以前那户买家。幸好,买家没有搬家,还告诉寻翠花的人:这个女人到了我家,工作很努力,夜晚睡觉的时候,也不脱衣服。常常纺织到天明,神情凛然,不容侵犯。我老婆非常奇怪,后来就将翠花当作女儿看。过了半年,翠花将织成布匹卖的钱,偿还了我买她的钱,乞求去寺庙出家为尼。我老婆就帮她了却心愿。翠花,现在就居住在城南的一所尼姑庵内。

寻花人得到这条宝贵消息后,立即赶往城南的尼姑庵。

在庵内,寻花人装作晒衣服,腰间故意掉出一只鞋,一只绣花鞋。一尼姑见了,马上询问寻花人的来历。寻花人答:我的主人是程参知政事,是他派我来找他夫人的。尼姑就拿出她的那只绣花鞋,一合,真是一对,原装,一点不假!

见此情景，寻花人倒地便拜：您就是我主人的夫人啊！

尼姑翠花说：鞋子合拢了，我的心愿也了却了，你回家见过程相公及夫人，代我问他们好。翠花说完，转身进屋，不再出来。

寻花人在外面告诉翠花：主母啊，我们程相公，一直在等您呢，他为了您，一直未婚！但任他怎么劝，翠花就是不开门。

寻花人只好立即写信告诉程相公，程大喜，夫人看样子不肯原谅我呢！

他毕竟是地方长官，又派人带着公文到兴元，要求兴元的地方官帮他完成这件事。

翠花终于被感动。

兴元的长官，带着礼物，又派了参谋官，带着一些兵丁，一路护送翠花到陕西。

自然，断了三十年的姻缘合上了，翠花和程公子，过上了幸福的晚年生活。

陆布衣也被故事感动。

故事里的这一对，都是有情有义的男女，只是，生活太像小说，他们的爱情，必须经过这么多年的曲折，才能修成正果。

翠花的专一，贯穿于她的整个一生，初嫁，被卖，赎身，出家，其中，她牢牢守着自己的底线。这种底线，既是封建社会对妇女的普遍约束，也是翠花自己的内心需求，但发自内心需求的约束，我们是不能以贞操观来狭隘地评价她的，她内心的幸福，就是和程公子好好过完一生。

而程公子，也用了三十年来弥补自己的过错。

说是过错，也未尝不可以说是他安身立命的本能选择，在那种环境里，想必他已经听说过各种试探的故事，或者，他在书中也读到了不少这样的案例，因此，年纪轻轻的程，就显得特别的成熟，成熟得毫不犹豫。

悲剧于是诞生。

后来的程，也完全可以以各种理由，寻找自己的爱情，可是，他心中背负着的石头太沉重了，或者说，负担已经变成了无穷的动力，一定要寻到他的翠花。

三十年后，当翠花在庵里看到那只绣花鞋后，感觉一下子轻松了许多。当年，她拿出那只亲手绣的花鞋给程做信物，其实就是为了一个证明：为妻没有骗你，为妻以一只绣花鞋为誓，如果有缘分，我们一定还会再相见的。

上苍定不负有情人，但以毅力和缘分为基石。

犹龙传奇

壹

犹　龙

冯梦龙，字犹龙，才情跌宕，诗文丽藻，尤明经学。崇祯时，以贡选寿宁知县（《苏州府志》）。他的笔记传奇《喻世名言》《警世通言》《醒世恒言》，合称"三言"，为其最著名作品。

《冯氏宗谱》和《苏州府志》都记载，隋朝的兵部尚书冯慈明，是冯梦龙的祖上，冯慈明的次子延鲁，甚有文名，做过中书舍人、工部侍郎、东都副留守，延鲁的五个儿子，散居江南，于是江南诸冯始盛。明万历二年（1574），冯梦龙出生在苏州长洲。冯家是儒官世家、书香门第，冯梦龙和其兄冯梦桂（书画家）、其弟冯梦熊（诗人），即"吴下三冯"，名满江左。

冯梦龙，字犹龙，又字子犹。龙子犹、墨憨斋主人、顾曲散人、吴下词奴、姑苏词奴、前周柱史，这些都是他用过的号。古人的号，其实就是一段经历或生涯。梦龙，梦字应该是辈分，我关注的是龙，取名为龙也常见，关键是字和号，犹龙，子犹，龙子犹，这里面，暗含了"老子犹龙"的典故，因为事涉冯梦龙的整个创作，我稍详演绎，依据《论语》《史记》，韩愈的《师说》，还有我的想象，综合而成。

某天的课后，孔子忽然对子贡说，你帮老师去找找老子吧，看看我能不能向他请教些问题，我有些礼义上的问题想请教他。子贡于是出差，找到了老子。老子对子贡说，你老师想请教我啊，可以啊，让他跟随我三年，我才能教他。

孔子很虚心，随后拜师。老子见面就给孔丘一顿劈头盖脸的教训：现在有钱的人都装得像没钱的人一样，没有德行的人都装得像有德行的一样，你，应该尽快去掉骄气和过多的欲望！

老子的眼果然很尖啊，我孔丘为了那一点点政治理想，已经游说了很多个国家了，但一点效果也没有，先王的治国之道，都说好，但就是没有人采纳！

有一天，老子检查孔丘的作业，这显然是随意抽查：最近你在读什么书啊？我在读《周易》，孔子还补充一句，圣人都读这本书的。老子马上教育他：圣人读可以，你为什么要读呢？你是谁？你从哪里来？你要到哪里去？这些问题你想清楚了吗？孔丘一头雾水，不知道，不知道，还是不知道，想破头也想不出来。

这老子学问果然很深啊，深得让孔丘没有招架之力。又一天，孔学生很认真地向老子请教"仁义"，他自己研究和实践了半辈子，但始终没有弄清楚。老子教育他说，仁义在我看来，就是一种蛊惑人心的东西，就像夜里咬得人不能睡觉的蚊虫一样，只能给人增加混乱和烦恼。你看看我们身边：天本来就高，地本来就厚，日月本来就放射光芒，星辰本来就排列有序，烟霞风雪，江山塘岸，花柳苔萍，蜂蝶莺燕，台槛轩窗，舟船壶杖，一切都是自然搭配，你如果修道，那就顺从自然存在的规律，自然就能得道了，你把那些你自己都弄不清楚的仁义到处讲来讲去，有什么用，那不是和敲着鼓去寻找丢失的羊一样可笑吗？说得严重些，你是在破坏自然规律，败坏人的天性啊！

孔丘这一课上得越来越糊涂了。我平时研究和实践的那些东西，怎么就和老师的不一样，他说得很有道理啊，我想改变什么呢？人家不是生活得好好的吗？现在不好，以后肯定会好嘛，说不定现在的不好就是为了以后的好，这就是自然规律啊，我干吗要去打破它呢？是呢，为什么同一块土地上会长出不同的水果呢？为什么我们因为自己所没有的东西而感到不幸，却不会因为自己所拥有的东西而感到幸福？

孔丘还是有不少的疑惑：老师，我寻了二十七年的道，怎么仍然没有找到呢？

老子又继续教育道：孔丘啊，道不是我们能看得见的东西。设想一下，如果道是一种有形的东西，那么人们一定会拿来送礼，你想想看，首先会送给谁呢？君王，亲人，还有各式各样想要送的人，如果道可以一下子说得很清楚，那么我们一定会首先告诉自己的兄弟，如果道可以传给别人，那人们一定会传给自己的子女。为什么这些人都没有得道呢？道理很简单，那就是如果一个人心中对道没有正确的认识，那么，道就绝对不会来到他的心中。

孔丘三年学成回来，三天没有说话。子贡很奇怪地问老师怎么了。孔子说，我自认为已经很有学问了，如果对方的思想像鱼一样遨游，我一定可以用钓钩来捕捉它，可是老子的思想像龙一样，乘云驾雾，太虚幻境，无影无踪，我实在不知道他到底是人还是神呢！

冯梦龙崇拜老子的"龙"思想，我试着描摹一下：他有龙行云天一样的远大志向，既然人世间的道路不宽阔，那就如老子一样，任自己的思想自由驰骋飞翔，诗歌，传奇，笑话，都可以装载他龙一样的思想。

接下来的重要篇章，我从"三言"中的四个著名篇目和人物着手，进入犹龙的传奇世界，分享这条龙身上片片闪亮的鳞甲。

贰

卖油郎秦重

冯梦龙为这个故事梳理的大致脉络为：北宋末年，莘姑娘瑶琴和父母逃难途中失散，被二流子邻居卜乔卖到临安妓院，改名王美。王美迅速成为花魁，看中卖油郎秦重，自己赎身，从良嫁秦，幸而和此前被秦收留的父母重逢，秦也找到了失散多年的父亲，一家人其乐融融。

一个卖油郎，为什么会被花魁娘子看中？因为他是秦重，秦重，不就是情义重吗？

秦重重情，从下面三个角度刻画。

第一，秦重和其父亲秦良，从汴梁一路逃难到临安城，日子实在过不下去，秦良只得将小秦卖与清波门外开油店的朱十老，自己跑到上天竺的寺庙里去管香火。秦重于是变朱重，可是，朱十老的侍女兰花和伙计邢权勾搭，这一对狗男女，每天到十老面前说小朱的坏话，朱十老一糊涂，就给了小朱三两银子，打发他走了。小朱又改名小秦，一直在街上卖油，逐渐赚得了"秦卖油"的好名声，生意相当不错。而那对狗男女，终于耐不住，趁朱十老病重，卷走所有财产。老朱气息奄奄，小朱情重，立即赶回，丧事办得风风光光，一直忙完七七才算告一段落。

第二，小秦卖油，在盛油的桶上，一面写个大大的秦字，一面写上汴梁二字。将油桶如此标记，不仅仅是生意的需要，也是为了方便找父亲，他经常去上天竺的寺庙送油，他想着，有一天，说不定他父亲就看到油桶了。

第三，莘姑娘的父亲莘善，原在汴梁城外的安乐村居住，知书达礼，也精通商业，他夫妇自和女儿失散后，胡乱过了几年，想着南渡的人大多居住于临安，女儿恐怕就在那城里，于是特来寻觅。不想找了好久，女儿根本不见踪影，而盘缠用尽，打听到小秦的油铺需要帮手，就托人寻来了。小秦和他们一见如故，有活干，有钱拿，有地住，将他夫妻俩安顿得妥妥的。莘善，心善嘛，一定会得到好报的。

漂亮姑娘，人见人爱。一日小秦从寺里卖完油挑得空担回程，在西湖边的一处角落闲坐，忽见得王美女从一处漂亮的门庭走出来。这姑娘的美，就不去描绘了，总之，小秦的魂一下子就被勾走，正巧，这家也注意到了"秦卖油"的品牌，就与他签订长期协议，隔两日送五斤油来，小秦欢天喜地，因为，他要让他内心那颗种子发芽并长大，他要实现自己的愿望，和王姑娘见一面，宿一晚。对卖油郎来说，这需要付出极大的代价，因为王姑娘的身价是每夜十两银子。

冯梦龙写秦重下这个决心的思想斗争过程，堪称一绝。小秦的内心有两种声音一直在打架，最后，想见王姑娘的决心终于占了上风，他想出一个计策，这也算是他的理想，我们可以称之为"有志者事竟成"：从明日为始，逐日将本钱扣出，余下的积攒上去。一日积得一分，一年也有三两六钱之数，只消三年，这事便成了。若一日积得二分，只消得年半。若再多得些，一年也差不多了。小秦为自己的这个决定，竟一夜没有合眼。

接下来的场景，需要想象。小秦开始为他的理想而准备，我将它看作小秦的爱情理想，每日的工作劲头，和客户的关系处理，做生意的精明，和和气气，不厌其烦，精打细算，一年多后，终于有一天，他将那些碎银子拿到银铺去称一下，一称，自己也吓了一大跳，居然整整一斤，十六两呢！于是，他将这些碎银铸成银锭，他要带着这些银子，去实现他的理想了。

然而，不是有钱就能达成目的的，小秦足足等了好几个月，就是见不上王姑娘的面，但他有决心：就是一万年，也愿意等着。

真不是那鸨儿骗他，王姑娘确实忙。他第一次去，鸨儿王九妈就这样说王姑娘的忙：昨日在李学士家陪酒，还未曾回。今日是黄衙内约下游湖。明日是张山人一班清客，邀她做诗社。后日是韩尚书的公子，数日前送下东道在这里。你且大后日来看看。

一个大雪日，他终于有了机会。王姑娘这一日游湖回来，已是小秦茶呀酒呀都喝得好久好久的时候了，但王姑娘根本没正眼瞧他，她只顾自己大杯灌酒，直至喝醉。其实，王姑娘不是痛恨小秦，她挑剔小秦的身份，是对王九妈的某种反抗，因为是王九妈设计害她破了身，继续朝着自己不想走的路上走去。

秦重的情，又闪亮了起来。秦重见状，也不恨王姑娘，他的愿望，就是和她待一夜，至于干什么，他根本没奢求。他和衣躺在王姑娘身边，看着这个醉酒的人，满足了。他特意要了一壶浓茶，并将茶壶焐在怀里，他知道，眼前这美人，醒来一定会喊口渴的，他在等待。果然，半夜醒来的王姑娘，不仅吐了小秦一袖子，还喝了两盅茶，此时，王姑娘的内心，已经有了四五分的欢喜。到天亮，王姑娘看着眼前的情景，清楚了事情的原委，感动得一塌糊涂，她反而送了小秦二十两银子作生意的本钱，并暗下决心：这不就是自己日夜想找的托身之人吗？什么公子哥儿，什么豪富人家，全都是玩弄妇女的坏蛋，滚一边去！王姑娘，千万个孤老都不想，倒把秦重整整地想了一日。

王姑娘为自己赎身的过程，也是南宋社会的一面镜子。交一千

293

两赎银，暗自还积存了三千两私产。南宋社会的富裕，公子哥儿的大方，名牌效应，这一点，后面我们从杜十娘那百宝箱里还会看得到。南宋社会的勾栏瓦肆，发达程度，大大超出人们的想象，这一个销金窟，这一个温柔乡，都只将临安作汴梁。

卖油郎独占花魁，表面上看，算是秦重运气好，但看他的为人和经历，却是一种不折不扣的道德回报。说到运气，运退黄金失色，时来铁也生光。秦重看着是铁，其实是人品如黄金，他比任何一个公子哥儿都正经，他靠自己的聪明、勤奋，当然还有毅力和坚持，终于达成了目标。

莘瑶琴本来绝对不会变成王美，她是父母的掌上明珠，自小聪明，七岁上村学读书，日诵千言，十岁便能吟诗作赋，十二岁时，琴棋书画，无所不通，女红之事，也是飞针走线，出人意料。这样一个好姑娘，却在靖康之乱中遭到了厄运。是谁的责任呢？卖她的卜乔？鸨儿王九妈？无能的宋朝皇帝？是，也都不是。这就是特定时代的一个传奇。

几百年来，冯梦龙看着各种各样版本的《卖油郎》戏剧，或许会感叹，这个励志故事，还是挺圆满的！

（叁）

杜十娘的百宝箱

我问冯梦龙，杜十娘要是不怒沉那百宝箱，或者，她根本就没有那百宝箱，这个故事会朝哪个方向发展呢？

犹龙拈须嘿嘿而笑：你自己看吧，杜十娘要是不抱着百宝箱跳江，会是什么结果。

先让李公子李甲出场吧。这位李太学生，家中老大，父亲是布政使，官不算小了，他自幼读书，却没有一举金榜题名，只有继续在太学里复习功课。某一日，他和同学柳遇春一起游教坊司院，与杜十娘相遇，情景和秦重见莘姑娘是一样的，这也算古代传奇的老套路，勾魂了，但李太学生，显然要比秦重有实力，他在京城复习考试，钱包鼓鼓的，这就为他和杜十娘相会创造了有利的条件。而十九岁的杜十娘呢，误落风尘六年，她和莘瑶琴立的志也一样，就是要找个可以终身托付的人从良。

悲剧从此开始，杜十娘的眼光严重不准。

看那李甲，一开始就懦弱，他主要有两怕：一怕，钱用完，待不下去了；二怕，这事要让老爹老妈知道了，非得掉一层皮不可。

以利相交者，利尽而疏，第一怕来了。老鸨极不客气地向杜十娘指出：我们行户人家，吃客穿客，前门送旧，后门迎新，门庭闹如火，钱帛堆成垛。可你那李公子呢，混在这里快一年了，我们不要生活了吗？！

而铁了心要跟李公子走的杜十娘，终于在最恰当的时机，向老鸨提出了她的第一个计策：她要赎身。老鸨立即答应：十日内，交来三百两银子，人可以带走，不反悔。在老鸨心里，那李甲，已经没吃没穿，不可能拿出钱来的。

已经过去六日，李甲一分钱也没借到，杜十娘使出第二计，她不能让他彻底绝望。她和李甲说，相公呀，我有私蓄一百五十两，可以全数拿出，郎君只要去借一百五十两即可。怀抱希望的李甲，找到了柳同学，柳同学为杜十娘的情所感动，以自己的名义去借了一百五十两给李甲。

当那三百两足银排在老鸨面前时，她想反悔也没用，只能眼睁睁地看着李甲带着杜十娘离开。拥着身边的娇娘，李甲的另一怕立即浮现在眼前，如何带十娘回家见父母呢？这一怕，比前一怕更要命。没有功名，不好好读书，为了个风尘女子，将读书的钱全部花光，还想带她回家，显然，这一点，不仅仅是李甲怕，大多数读书人都怕，不，男人都怕。

李甲的第二怕，杜十娘自有第三计应对：我们俩先去苏杭风景区暂时居住，郎君你先回绍兴的家，求求亲友，在父亲面前说说情，一切妥当，再来接我回家。也只能这样了。一半开心，一半忧愁，开心来时，忘了忧愁，开心过后，立即只剩忧愁。

载着小两口的船，一路顺水到了瓜洲，却风雪阻渡，解李甲忧愁的人出现了。

孙富，年方二十，徽州新安盐商，家资巨万，生性风流。他在船头，偶然听得杜十娘的唱曲，真如那白乐天听琵琶女的曲一样，如听仙乐耳暂明，当下就凭第六感觉，这里面有戏，待第二日，见了十娘的芳容，那也是一下子没了魂儿。

李兄呀，天这么冷，咱们上岸喝酒去吧。

嗯，好，走。

这李甲也老实，根本没有防备已经起了色心的孙富，几杯热黄汤下肚，李公子就将事情和盘托出，怎么遇见十娘，十娘如何看上他，十娘怎么赎身，他有一怕二怕，尤其是二怕，接下来就要正面应对了。

而孙富呢，风月老手，生意做得大，惯于见机行事，他给出了诱人的方子：仆愿以千金相赠，兄得千金，以报尊大人，只说在京授馆，并不曾浪费分毫，尊大人必然相信，从此家庭和睦，须臾之间，转祸为福。前提大家都清楚了，那就是，我送给你一千银子，兄弟你将十娘转让给我，让她跟着我吃香喝辣!

这一边，杜十娘摆好酒果，欲与公子小酌，谁料他竟日未归，又挑灯以待，等来的却是心事重重的李郎，温酒他不喝，对话他不答，只和衣而卧。也是，这样的事，怎么说得出口呢? 那十娘冰雪聪明，料定有事，一来二去，就慢慢套出事情的前因后果了，而李甲说完，泪流满面。此时的十娘，脑子里快速将和李甲交往的前后过了一遍，然后，她冷静地说道:公子明早快快应承了他，不可错失机会，但你要先拿到钱，我才到他的船上去!

第二日出现在大家眼前的，就是经典镜头了:杜十娘拿出小钥匙，慢慢地开启了她的百宝箱。这是一个中型箱子，内设数层小抽屉，十娘叫李公子抽第一层来看，只见翠羽明珰，瑶簪宝珥，约值数百金，十娘一把抓起，投之江中;第二层三层再抽出，玉箫金管，古玉紫金，均值数千金，十娘又将其全部投入江中。这个时候，岸上之人，已经观者如堵了，众人齐声叹息，最后又抽一箱，箱中复有一匣，大大的夜明珠，还有祖母绿，猫儿眼，都是宝贝，每一颗都是无价。李甲大悔，抱着十娘痛哭，然而，杜十娘已经决绝地抱着那宝箱，跃入江中。那一跳，也算世纪之跳，空前而绝后。

十娘跳江前一定后悔，后悔眼光不准，后悔李甲薄情，后悔自己命苦，但她不后悔自己的最后一计:我就将宝藏得好好的，先不让你发现，这是考验。金钱面前，很少有人经得起考验，只有过了最后一关，她才有真正的幸福。

回到开头的设问，陆布衣自问自答了。

十娘不沉百宝箱。她原谅了李甲，然后欢天喜地回家，李家终于接纳了十娘，十娘相夫教子，李甲在十娘的督促下，最终考取功名，十娘还开了座药坊，专门救济贫苦民众，十娘生了三个儿子，日后都中了进士。

十娘没有百宝箱。一条线，十娘跟着孙富走了，孙富玩厌了十娘，又将十娘转卖。转卖者玩厌了十娘，又转卖。十娘色衰。十娘生病。十娘遁入空门。另一条线，李甲回家，如孙富所述，骗其父亲，娶妻生子，继续科考，连连失利，儿子科考，连连落第，孙子科考，再次落第。

见陆布衣如此编排十娘故事，犹龙淡淡地说：十娘必须死！她死了，李甲和孙富们才会清醒一些，只是说清醒一些，因为我已经为那两个男人安排了十娘跳江后的情节：李甲在舟中看了千金，转忆十娘，终日悔恨，郁积成狂疾，终身不痊。孙富自那日受惊，得病卧床月余，终日见杜十娘在旁诟骂，奄奄而逝。一傻一死，显然，我还是照顾了读者的心理，如果孙富不出现，那十娘就不会跳江。

嗯，布衣知道，杜十娘这个人物中暗含了犹龙先生的许多告诫，百宝箱，孙富，都是试金石，人生随处都有试金石，不要做李甲，不要做孙富，但可惜的是，李甲孙富，随处都是。

肆

两个红莲

秦重遭遇情，杜十娘遭遇负情，这两个人物，一直活跃在戏剧舞台上，戏场锣鼓大敲，人们看得津津有味。

犹龙说，下面出场的两个和尚，是同一种遭遇，两个红莲姑娘，弄得僧人身死名毁。陆布衣呀，需要告诫的，不仅是普通的百姓，也包括那些整日在修炼的僧人。

《喻世名言》第二十九卷有《月明和尚度柳翠》，第一个红莲上场。

临安城南水月寺的玉通禅师，如果那日去了临安府点个卯，见过新任长官柳宣教，也许就躲过了那场考验。偏偏，柳宣教按参见人员点名的时候，玉通禅师不见人影，柳长官大怒：此秃无礼，何故不来，拿来问罪！当下就有各寺住持报告事情的原委：此僧乃古佛出世，在竹林峰修行已经五十二年，不曾出来过，每遇迎送，都由徒弟出场。

柳长官虽然弄清了事情的真相，但依然心有愤愤。第二日，府堂公宴，柳看着年方二八的官伎红莲，计上心来，他这样给红莲下了死命令：你明日用心去水月寺内，哄那玉通和尚云雨之事，如了事，就将所用之物前来照证，我这里重赏，判你从良，如不了事，定当记罪！

看红莲设下计谋，如何将玉通禅师打进网的。

次日午时，天阴无雨，这是十二月底的天气，红莲一身重孝，手提羹饭，出了清波门，直奔水月寺而来。当红莲立于水月寺的门前时，不见一人，而风雨大作，天色将晚，老道人出来关山门，红莲双眼泪下，拜那老道人，她第一步必须先进寺里：妾在城住，夫死百日，家中无人，自将羹饭祭奠，坟边哭得太久，天晚大雨，城门也要关闭，我回家不了，央公公慈悲，告知长老，容妾寺中过一夜，免虎伤我性命，明早就离开。

红莲的要求合情合理，以慈悲为怀的出家人，岂有推却之理？

睡到二更，红莲起来完成自己的重大使命。她先是向玉通借衣服，说冷，后来又说肚子疼死了，此时的玉通，并不理她，只瞑目而坐，但他实在听不得红莲持续的哭泣声，悲而又痛，为何哭泣？哪里疼痛？一问，就迅速落进了红莲的圈套中：妾丈夫在日，有些肚疼之病，我夫脱衣将妾搂于怀内，将热肚皮贴着妾的冷肚皮，便不疼了。不想今夜疼起来，又值寒冷，妾必死矣。怎地得长老肯救妾命，将热肚皮贴在妾身上，便得痊可。若救得妾命，实乃再生之恩。

当玉通解开衲衣，将红莲抱在怀内，那就由不得他了，五十二年的修炼，就在那热肚皮一贴中变成云情雨意。事毕，玉通想了想，今夜这事，恐怕没这么简单，他要解开心中的疑问，于是再三要红莲实说情由，如此如此，这般这般，玉通悔之晚矣。

东方发白，红莲离开，兴高采烈向柳长官汇报去了。这边，玉通吩咐老道人烧开水，他洗浴好，写下八句《辞世颂》，将其放到香炉足下压着，对老道说：临安府尹差人来请我时，你将香炉下简帖交与来人，不可有误。老道人依旧去殿上烧香扫地，而玉通禅师，坐在禅椅上圆寂了。

柳宣教自以为得意，玉通终于进了圈套，还写下嘲讽诗，差人送水月寺，待他看到玉通的《辞世颂》，方才大吃一惊：此和尚乃真僧也，是我坏了他的德行！

后面的情节大致为，柳身死，玉通投胎为他的女儿，取名翠翠，柳家母女为生活所迫，入了娼门，月明和尚引导她向佛，翠翠皈依佛门，悟前生世，洗浴坐化，一切都按着报应的老套路来写，无甚新意。

第三十卷《明悟禅师赶五戒》，又名《佛印长老度东坡》，第二个红莲接着上场。

话说杭州南山净慈孝光禅寺，有两个得道高僧，一个是三十一岁的五戒禅师，样子有些古怪，左边瞽一目，身不满五尺，但举笔能成文，琴棋书画，无所不通，长成出家，禅宗释教如法了得。另一个为二十九岁的明悟禅师，头圆耳大，面阔口方，身高七尺，丰采精神，极像罗汉。这两人，关系好得如亲兄弟。

某严寒之晨，五戒在方丈椅上坐着，耳内远远听得有婴孩的啼哭声，他立马吩咐道人清一：你去山门口看看，有什么事来与我说。清一开门，吃了一惊，原来，山门外松树根的雪地上，一块破席上放着一个婴儿。清一将婴抱回寺，与五戒细看，却是一个五六个月的女婴，怀里还揣着个纸条：今年六月十五午时生，小名红莲。五戒对清一说：你养着吧，养到五七岁，送给人家去，也是好事。

小红莲就在清一的养育呵护下，一日日成长，五戒也似乎早已忘了这件事，突然间，红莲就长到了十六岁。

某六月炎热天，五戒忽然想起十数年前的事，他到清一的房间问：那年抱的红莲，如今在哪里？清一不敢隐瞒，引红莲见了五戒。五戒见过红莲，随后就起了邪心：清一，你将红莲装扮成小头陀的样子，今晚送到我卧房来，不可有误。你若依我，我自抬举你，此事切不可泄漏！

清一本来想，到时候给红莲寻个女婿，要她养老送终的，但长老的命实不可违，只得二更天气，领了红莲送到五戒房里去。

明悟禅师在禅椅上入定回过神来，慧眼已知五戒犯了色戒，多年的清行，付诸东流，作为兄弟，他当然要劝劝他，点拨一下。不过，第二天，明悟并没有直截了当指出，而是去山门外撒骨池内，采了一朵盛开的莲花，插入瓶中，然后，将五戒请来，两人喝着清茶，开始聊天。

师兄呀，今日我见莲花盛开，摘了一朵，特请师兄以莲花为题吟诗清谈。

五戒很开心，拈起笔来，随即写下四句诗。明悟见此，自然依韵附和四句。明悟吟完，哈哈大笑，五戒心中却一时顿悟，脸就红一回、白一回，转身回房，吩咐一行者说：快与我烧一桶热水来洗浴。洗完后，找来一张素纸，写下八句《辞世颂》，盘坐在禅椅上，合掌坐化。

行者见此，连忙跑去报告明悟禅师，明悟大惊，他看了五戒的《辞世颂》后，连声说：五戒呀，你走得太快，我这就赶你来了。明悟也叫道人烧热水洗浴，然后吩咐徒众：我今天去赶五戒和尚，汝等可将两个龛子盛了，放三日，一同焚化。说罢，圆寂而去。

一家寺院，两位高僧，同一日坐化，临安城内城外，一时轰动，众人都来烧香拜佛，布施者人山人海。

后半场的大致情节为，五戒托生到四川眉山县城中的苏老泉家，明悟托生到本城谢道清家，苏老泉家的孩子叫苏轼，谢道家的孩子叫谢瑞卿，谢后来出家做了和尚，就是著名的佛印禅师。苏轼贬黄州三年，佛印朝夕相随。两人最后在相国寺一同沐浴，讲论到五更，分别而去，佛印圆寂，苏轼回到寓中，亦无疾而逝。

这个两世相逢的故事，自然编造得痕迹重重，虽然苏轼自己也说，他的前生是和尚，但相信的人肯定不多，我想的是，冯梦龙为什么要连续让两个红莲出场？

一个修了五十二年，一个是五戒，都在色字面前犯了戒律。如果换做李甲，换做孙富，或者换做张甲，换做王富，一般的肉身凡胎，在红莲面前，会是什么状况？不能想象。

其实，红莲只是一个形象而已，这个形象，并不是冯梦龙的独创，她在宋代就出现了，那在祝融峰修行十年的至聪法师，自认为已经修成金刚身，没有什么东西可以引诱得了他，某日下山途中，碰到了一个叫红莲的女孩儿，一瞬而动，遂与合欢。和冯梦龙同时期的作家，以及清代的作家，都写过红莲，有人统计，至少有十五部作品，写到了红莲的故事。

由此，我以为，红莲已经成为一个比较通俗的隐喻，喻义简单而明确，那就是，面对强大的外在引诱力，需要一百零一分的免疫力才有可能抵抗得住，重复一下，只是有可能而已，并没有保证。

伍

鲜于同报恩

己亥年的十一月底，我去莫干山脚开散文创作研讨会，我说要避免一种现象，这种现象是有些作者故意为之的：嫩嫩的口气，乱乱的文法，歪歪的四六，怯怯的策论，惯惯的判语。其实，这不是我独创，我是借冯梦龙安排的明朝考官之口说的，就是这个考官，一直无心插柳，柳反而成荫，庇护了他。

此柳叫鲜于同，广西桂林兴安县人，八岁时曾举神童，十一岁就读于州县学宫，成绩巨好，超增补廪，就是说，如果不出什么问题，这样的发展势头，连中三元，不是问题。但他家境不好，全靠他读书成绩好挣点奖学金，于是，他就一直让贡，就是将名额让给别人，以获取资金。他从三十岁让贡起，一直让了八次，到了四十六岁，人家开始笑话他了，怎么老这样，为什么不去考个功名？鲜于同心里清楚得很，那贡生做的官，根本抬不起头，即便你兢兢业业，上司还是看不上你，这就是官场现状。我要么不考，要考就考个进士，大器晚成者多的是，我不急。于是，鲜于同还是和那些年轻学子混在一起，谈文讲艺，乐此不疲。

插柳人出场。兴安知县蒯遇时，浙江台州仙居人，少年科甲，博古通今，意气风发，只是，他爱少贱老，不喜欢老年学生。这一年的考试，他就有心想选个优秀少年出来，考试，批卷，他相信自己的眼力，于是向众秀才宣布：我取的这个第一名，应该是个少年俊杰，他的文章大气，一定会连连报捷，我们全县的秀才都不如他。

结果一宣布，大家惊呆，头名是五十七岁的鲜于同。蒯知县脸上有点挂不住，但无法改呀，鲜于同虽近花甲，但得头名还是很开心，于是信心满满地准备迎接下一场省城的贡院考试。

在贡院，鲜于同大喜，因为他看到了蒯知县正被聘作《礼记》房的考官，他想，我和蒯知县研究方向相同，我被蒯选了县里的头名，他必然喜欢我的文字。谁知，蒯考官不这样想，前次已经失误，应该取少年门生，我也好靠得着。蒯考官以为，三场下来，文章做得齐整的，应该都是老年考生，他只选少年考生。他的选文标准呢？就是我刚刚开头说的那几条，乱乱的文法，歪歪的四六。哈，几场考试顺利进行，考生成绩全部填好，这就发布，《礼记》房首卷，是兴安县的学生鲜于同，综合成绩，第五名正魁。

为什么呢？为什么呢？蒯考官心里连连问了为什么，就是不知道原因。原来，那鲜于考生，心里笃定，十拿九稳，于是先吃酒自我庆祝，多吃了几杯酒，吃坏了肚子，跑肚拉稀，勉强进考场，一头想文字，一头跑肚子，三场下来，都是草草完稿，十分才学，不曾用得一分，心想这下完了，不想蒯考官这么给面子，以后要好好答他。但第二年京城会试，鲜于同落第。于是，蒯知县就劝鲜于同，你还是去选个官做了吧。鲜于同不这样想，做了四十年的秀才，考了个举人，全县唯一，也算荣光的事，我还要继续努力，下次再去考！

多年后，已经六十一岁的鲜于同参加会试，考前他做了个梦，梦见自己中了正魁，会试录上有名，下面却要求填做《诗经》，不是《礼记》，鲜于同书读得多，哪一科都通，既然有这样的梦，宁信其有，于是改试《诗经》。而此时的蒯知县，为官清正，已经升任礼部给事中，并且又来做会试的考官。他知道鲜于同来考，就想，我还是看《诗经》卷吧，即便他考上，也是别人的事，和我无关，我实在不想取这一把年纪的人了。揭榜，《诗》五房的头卷，列第十名正魁，拆号一看，又是鲜于同！蒯考官目瞪口呆，等到鲜于同来见蒯考官时，问他为什么会选《诗经》呢。鲜于同说了他的梦，蒯考官连声说：你是真命进士！真命进士！接下来的殿试，鲜于同发挥正常，二甲头上，得选刑部主事。

蒯考官无意插柳，可是，鲜于同不这样想，他一直以为是蒯的提携，他要报老师的恩德，考三次，他也要报三次。

第一次，蒯直言敢谏，得罪了某大学士，下诏狱，对方欲置蒯于死地，但在鲜于同的努力下，蒯从轻降处，被贬云南，保住了性命。蒯感叹：若不中得这个老门生，今日性命也难保。

第二次，蒯公子在老家仙居县，与豪户争坟地疆界，对方一佣人走失，赖蒯家打死人，蒯公子无力应对，跑到云南向父亲求救，台州府在全力缉拿蒯公子。而鲜于同已任职六年，口碑极好，领导有意要放他去一个好的地方做知府，鲜于同知道蒯家的事后，立即主动申请去台州府，圆满地解决了蒯家的大麻烦。

第三次，鲜于同做了三年台州知府，名声大振，不断升官，到了八十岁，依旧健如壮年，做了浙江巡抚。而比他小二十来岁的蒯老师，却因眼睛不好退休在家，得知鲜于同做了本省大官，于是带着十二岁的孙子，到杭州拜见鲜于同，将孙子拜托给他。鲜于同将蒯老师的孙子和自己孙子一起教育，请最好的老师，八年后，两个孙子同榜进士。

这是一个关于读书人功名的完美故事。

几乎所有专家都认定，"三言"中，《警世通言》第十八卷《老门生三世报恩》，完全是冯梦龙的独创，因为我们读到了冯梦龙一生努力的影子，他并没有像陶宗仪那样，考了一次就永远弃考。冯梦龙还是有理想的，但他这位老秀才，一直到五十七岁才援例出贡，做了丹徒县的训导，六十一岁，才做了福建山区小县——寿宁县的知县。

读书人，每个人都有一条长长的路，一肚皮的苦水。在三年寿宁知县任上，冯梦龙深知，这个官他已经做到顶了，再无发展的可能，但在传奇中，他却可以为自己创造另一个精彩的世界，鲜于同，就是冯梦龙，虽然，科举虐他如千遍，他仍待它如初恋。还有，如何看待少与老，鲜于同就是典范，而清朝的沈德潜，冯梦龙的同乡人，几乎就是按着冯梦龙画好的功名路线图做的官。沈德潜六十七岁中进士，一路顺风顺水，深得乾隆皇帝信任，历任侍读、内阁学士、上书房行走、礼部侍郎，封光禄大夫、太子太傅，一直活了九十七岁。谁说老年考生不行？

不仅如此，这个报恩故事，批判的锋芒也如钢针般犀利，蒯考官，第二次判卷，为了不取老年考生，竟然只关注那些"乱乱的文法，歪歪的四六"，于是，行贿，受贿，各式作弊，就有了极大的可能，陶宗仪、冯梦龙、李渔、蒲松龄式的考生落第，也就再正常不过了。

冯梦龙"三言"的上百个传奇中，还有大量的笑话，如《笑囊》《古今谭概》，虽是悲喜剧及笑料的肤浅拼合，集合起来一看，却会发现他其实制造了一个不一样的广阔空间，此空间既隐藏又开放，他传递给我们的是满满的老子式的智慧和告诫，贫和富，美和丑，福和祸，恩和仇，生和死，都会转瞬转回，谁也不能脱离其外。

Z

张镃的南湖

壹

北宋刚立国不久，有一天，宋太祖外出考察，突然就到了宰相赵普家里。此时，刚好两浙王钱俶派使者送来一封信，还有十坛海产品，就堆在左边的走廊下，有些显眼。皇帝来了，赵宰相匆忙迎接，这礼品也就暴露在宋皇的眼皮底下了。

太祖果然眼尖，好新奇呀，他问什么东西，赵据实回答。

太祖好奇心上来了，哈哈一笑：这些海产品，味道一定好，打开看看！

一打开，都是瓜子金。

面对突如其来的情况，赵宰相也吓坏了，立即跪下：我信也没看，实在不知道他送来的是什么东西。

太祖又大度地笑了：你只管收下就是了，没关系的。他认为国家大事，都是由你这个书生决定的呢！

赵普收下礼物并去信感谢。

赵宰相在京城的豪宅，就是用这些金子修建的。

上面这个情节，出自司马光的笔记《涑水纪闻》卷三开头。

赵匡胤虽然大度，也是话中有话。他觉得，钱王绝不会只送十坛海货，一定有名堂，当众拆穿有诸多好处，我手上有足够的证据，同时也充分表明，我的"杯酒释兵权"是说到做到，你们爱钱，尽管收吧。

贰

这就为整个大宋朝树了个榜样，只要不握兵权，不惦记着皇位，弄点钱，没事，皇帝宽容。

张镃的曾祖父张俊，就是个捞钱的高手。

两段笔记，可以印证。

明代田汝成《西湖游览志余》卷二十二，记载了这样一个有趣的场景：

> 绍兴间，内宴，有优人作善天文者，云："世间贵官人，必应星象，我悉能窥之。法当用浑仪，设玉衡。若对其人窥之，则见星而不见人。玉衡不能卒办，用铜钱一文亦可。"乃令窥光尧，云"帝星"也；秦师垣，曰"相星"也；韩蕲王，曰"将星"也。张循王，曰："不见其星。"众皆骇，复令窥之，曰："只见张郡王在钱眼内坐。"殿上大笑。俊最多资，故讥之。

这是宫廷宴会联欢常见的笑话节目。

张俊家的钱，怎么个多法，无人清楚知晓，恐怕连他自己也不知道细数，但读者通过这笑话，基本有个印象，在钱眼里坐着的人，钱最多了。

南宋周密的著名笔记《武林旧事》里，卷九有《高宗幸张府节次略》，详细记载了这次私访，没有任何多余的话，只是一张清单。

贵客到，当然先要上果子了：绣花高钉一行八果垒，八种；乐仙干果子叉袋儿一行，十二种；镂金香药一行，十一种；雕花蜜煎一行，十二种；砌香咸酸一行，十二种；脯腊一行，十种；垂手八

311

盘子，八种。

上面是第一轮的果盘，已经六七十种了，众官员，作揖，寒暄，品尝，热闹一阵后，又上来第二轮果子，又是几十种，绝对不重复。

两轮果盘上完，接下来，要上酒，喝这酒也有讲究，每一轮，都配有两个品种果子。看看十五轮酒的果子清单：

第一盏：花炊鹌子、荔枝白腰子

第二盏：奶房签、三脆羹

第三盏：羊舌签、萌芽肚眩

第四盏：肫掌签、鹌子羹

第五盏：肚肢脍、鸳鸯炸肚

第六盏：沙鱼脍、炒沙鱼衬汤

第七盏：鳝鱼炒鲎、鹅肫掌汤齑

第八盏：螃蟹酿枨、奶房玉蕊羹

第九盏：鲜虾蹄子脍、南炒鳝

第十盏：洗手蟹、鲟鱼假蛤蜊

第十一盏：五珍脍、螃蟹清羹

第十二盏：鹌子水晶脍、猪肚假江蜮

第十三盏：虾枨脍、鱼汤

第十四盏：水母脍、二色茧儿羹

第十五盏：蛤蜊生、血粉羹

上完酒，后面再上吃的，这吃的，还要分品级，什么职级的官员吃什么，比如送太师尚书左仆射同中书门下平章事秦桧的：

烧羊一口　滴粥　烧饼　食十味　大碗百味羹　糕儿盘
劝　簇五十馒头血羹　烧羊头（双份）　杂簇从食五十事　肚
羹　羊舌托胎羹　大脐子（双份）　三脆羹　铺羊粉饭　大簇
钉　鲊糕鹑子　蜜煎三十碟　时果一合（切榨十碟）　酒三十瓶

宴请完毕，各级官员们返回，张府还准备了大量礼品，一一
赠送。

宋高宗私访张俊家，成了南宋的著名事件，街谈巷议，莫不惊
奇，它也成了中国饮食史上的著名案例，几百道果、酒、菜，绝不
重样，这是八百多年前富庶的中国南方，杭州。

叁

按照大宋对官员子孙的优待条例，作为张俊嫡长曾孙的张镃，
五岁时便荫补直秘阁，淳熙年间做了临安的通判。

他"有吏才"，应该是个会做官的人，但他的兴趣在文学，为
此结交了很多文坛名家，朱熹、陈亮、叶适、陆游、辛弃疾、姜
夔、杨万里、范成大、尤袤、周必大、洪迈等，都是他的朋友，富
二代，官二代，诗也写得非常不错，又爱交文友，热心文学活动，
这就注定会在南宋文坛上留下很多的遗闻轶事了。

在临安皇城艮山门内的白洋湖畔，张镃营造了一个超级豪华的
花园王国——南湖园，南宋时人们就赞其为"赛西湖"。

南宋耐得翁的笔记《都城纪胜》，大致描绘了南湖的规模：

城中北关水门内，有水数十里，曰白洋湖。其富家于水

次起迭塌坊十数所，每所为屋千余间，小者亦数百间，以寄藏都城店铺及客旅物货。四维皆水，亦可防避风烛，又免盗贼，甚为都城富室之便。其它州郡无此。

我手上有一张同事姜青青复原的《南宋咸淳临安志图》，图中东北角，艮山门内，明确标出了白洋湖的位置，还有"张寺""张园"，"张寺"就是张家的家庙，"张园"就是南湖园。姜青青是南宋史研究专家，去年他花了极大的精力，利用现代科技手段，复原了南宋咸淳四图，影响很大。他很有把握地和我说：南宋淳熙年间，南湖（白洋湖）的地理位置，大致在中河以东、艮山门以南、仓河下以西、凤起路以北一带的区域。

看来，张镃的南湖园，规模确实不小，大致的布局是这样：

纲举而言之，东寺为报上严先之地，西宅为安身携幼之所，南湖则管领风月，北园则娱燕宾亲。亦庵，晨居植福，以资净业也；约斋，昼处观书，以助老学也。至于畅怀林泉，登赏吟啸，则又有众妙峰山，包罗幽旷，介于前六者之间。

简单说来，张镃费心打造的南湖基本格局是：东寺，西宅，南湖，北园，各方位重点相当明确。有资料佐证，淳熙十四年（1187）秋，张镃已经舍所居为寺，绍熙元年（1190），皇上赐额广寿慧云禅院，俗称张家寺。

我们将"北园"稍微展开一下，这是张镃的最爱。

群仙绘幅楼（前后十一间，下临丹桂五六十株，尽见江湖诸山）；

　　桂隐（诸处总名今揭楼下）　清夏堂（面南临池）；

　　玉照堂（梅花四百株）　苍寒堂（青松二百株）；

　　艳香馆（杂春花二百株）　碧宇（修竹十亩）；

　　水北书院（对山临溪）　界华精舍（梦中得名）　抚鹤亭（近松株）；

　　芳草亭（临池）　味空亭（蜡梅）　垂云石（高二丈广十四尺）；

　　揽月桥　飞雪桥（在梅林中）　蕊珠洞（荼蘼二十五株）；

　　芙蓉池（红莲十亩，四面种芙蓉）　珍林（杂果小园）；

　　涉趣门（总门入松径）　安乐泉（竹闲井）　杏花庄（村酒店）；

　　鹊泉（井名）。

　　（以上均见周密《武林旧事》，卷十《约斋桂隐百课》）

　　亭台楼阁，阵容不是一般的豪华，谁人有这样的园林？

　　索性再深入下，以北园中的"玉照堂"为例，这几百株梅，张镃视为心头肉，因为，"一棹径穿花十里，满城无此好风光"。

　　张镃爱死这些梅了，为此，他特地制定了赏梅五十八条策略（详见周密《齐东野语》卷十五《玉照堂梅品》）：

　　花宜称（二十六条）：澹阴。晓日。薄寒。细雨。轻烟。佳月。夕阳。微雪。晚霞。珍禽。孤鹤。清溪。小桥。竹边。松下。明窗。疏篱。苍崖。绿苔。铜瓶。纸帐。林间吹笛。膝上横琴。石枰下棋。扫雪煎茶。美人淡妆簪戴。

　　花憎嫉（十四条）：狂风。连雨。烈日。苦寒。丑妇。俗子。

315

老鸦。恶诗。谈时事。论差除。花径喝道。对花张绯幕。赏花动鼓板。作诗用调羹驿使事。

花荣宠（凡六条）：主人好事。宾客能诗。列烛夜赏。名笔传神。专作亭馆。花边歌佳词。

花屈辱（凡十二条）：俗徒攀折。主人悭鄙。种富家园内。与粗婢命名。蟠结作屏。赏花命猥妓。庸僧窗下种。酒食店内插瓶。树下有狗屎。枝下晒衣裳。青纸屏粉画。生猥巷秽沟边。

兴致真好，但视角也确实独到。

在梅花林中，什么事可做，什么事不可做，什么物可配，什么物不可搭，统统都做了规定，以免不识相的人，在梅花丛中做出不识相的事。

梅花应该和晓日、细雨、佳月、微雪、清溪、苍崖、傲松等相伴。这边林间吹笛，闲云野鹤，那边扫雪煎茶，闲谈人生，一切都非常协调。

梅花讨厌狂风、烈日、俗人，甚至丑妇，在梅花林中弄个帐篷，独占风景，或者铺下卷毯，浮大白，吆五喝六，这些都是梅花所痛恨的。

在张镃看来，梅是有生命的，是鲜活的，大家都喜欢梅，却不一定懂梅。梅花是用来欣赏的，它甚至都讨厌恶诗，讨厌谈论时事，当然，它喜欢宾客能诗，喜欢名笔传神，喜欢花边歌佳词。

折花，猥妓，插瓶，拉狗屎，晒衣服，这些不文明的行为，梅花一定感到屈辱。

张镃看似细致的护花策，其实是在制定一种文明规则，赏花这样，做其他事也要这样。

梅花只是一个象征。

肆

张镃就在这样的环境中，天天过着他美好的咏物生活。

南湖，地处临安皇城北面，白洋湖畔，北关水门附近，进出京城，极为方便。

张镃强大的朋友圈，就使得他的私家花园成了官员离京饯行的最佳场所。

绍熙五年（1194）闰十月，朱熹就来到这里，饯送范仲黼。

周密《齐东野语》，卷二十有《张功甫豪侈》，全方位描写了这种豪华：

> 张镃功甫，号约斋，循忠烈王诸孙，能诗，一时名士大夫，莫不交游，其园池声妓服玩之丽甲天下。尝于南湖园作驾霄亭于四古松间，以巨铁絚悬之空半而羁之松身。当风月清夜，与客梯登之，飘摇云表，真有挟飞仙、溯紫清之意。
>
> 王简卿侍郎尝赴其牡丹会云："众宾既集，坐一虚堂，寂无所有。俄问左右云：'香已发未？'答云：'已发。'命卷帘，则异香自内出，郁然满坐。群妓以酒肴丝竹，次第而至。别有名姬十辈皆衣白，凡首饰衣领皆牡丹，首带照殿红一枝，执板奏歌侑觞，歌罢乐作乃退。复垂帘谈论自如，良久，香起，卷帘如前。别十姬，易服与花而出。大抵簪白花则衣紫，紫花则衣鹅黄，黄花则衣红，如是十杯，衣与花凡十易。所讴者皆前辈牡丹名词。酒竟，歌者、乐者，无虑数百十人，列行送客。烛光香雾，歌吹杂作，客皆恍然如仙游也。"

杭州城里，高档私家园林，这样的环境让人羡慕。

这四棵古松，有多大多高？数人合抱，扶摇顶天，它们足够担得起巨大的铁索。用铁索将古松互相串连起来，还造了个亭子，驾霄亭，想在云上赶车吗？清风明月夜，从古松间登亭，旋转，颤颤而上，似乎行走于云端，这帮人不是像李太白登天姥山那样，去空中闻天鸡，他们是去体验道仙的虚幻之景之情。

不能用不安全这样的指标去考量这个建在古松间的亭子，张镃的财力，完全可以保障那帮酒醉朋友的安全。

好戏，牡丹会，隆重出场。

张镃接待文友们的方法非常特别。

一干人在一个宽阔的接待大厅坐好，首先是闻香。这满座的异香，是什么香？没有细说，但按唐宋富家请客所用之香，有好多就是龙涎香。

蔡绦的笔记《铁围山丛谈》卷五，有这种香的记载：

> 时于奉宸中得龙涎香二，琉璃缶、玻璃母二大筐……香则多分赐大臣近侍。其模制甚大而质古，外视不大佳。每以一豆火蒸之，辄作异花气，芬郁满座，终日略不歇。于是太上大奇之，命籍被赐者，随数多寡，复收取以归中禁，因号曰“古龙涎”，为贵也。诸大珰争取一饼，可直百缗，金玉穴而以青丝贯之，佩于颈，时于衣领间摩挲以相示。坐此遂作“佩香”焉。今佩香，盖因古龙涎始也。

太上（宋徽宗），起先还不知道这种香的珍贵，当作一般礼物送给身边人，不想，它的香气整天都不断，太好闻了，又逐一收回，这是什么行为？皇帝说话也有不算数的时候，但都有特殊情况，龙涎香太珍贵！那些大太监，不惜巨资，买一小袋，整天挂在颈项间晃荡，宝贝得不得了！

果然，在张镃的客厅里，这种香，彻底将人熏翻，来宾们个个神情迷离。然后，美女们左手轻搭右手，挽着长袖，踏着碎步，鱼贯出场，她们带来了美酒，她们带来了音乐。

上面只是暖场，接下来，牡丹会正式开始。

十位名模，一色白衣。衣服领子上都用牡丹装饰，一点红；头上插着山茶花，再加一朵红。她们手抱乐器——一定是琵琶，弹着名曲——一定是唐代大曲，白乐天琵琶女"初为霓裳后六幺"的那种，歌词呢？显然，这是本场酒会的中心，历代名家名作中关于咏牡丹的，统统找出，主题相当集中。文友们，喝啊喝，敬啊敬，一杯接一杯，你来我往，没完没了，兄弟，您这一去，我们不一定什么时候才能见呢！莫愁前路无知己，天下谁人不识君？劝君更尽一杯酒，西出阳关无故人！走好走好，保重保重。

这只是第一轮。美女们退场，香又换上，长久地交流。

第二轮开始，还是这十位名模，但是，衣服换了，花也换了，大致为白花配紫衣，紫花配鹅黄衣，红衣则黄花，十次出场，衣与花绝不重样。

夜已深，东方即将晓白。

酒终于喝好，不得不结束呀，以张镃为首，唱的，舞的，演奏的，所有的演职人员，所有的服务人员，两边列队，欢送客人回家。

美酒，烛光，香雾，客人们还沉浸在销魂的情景中，回不过神来。

送别只是形式，南宋士大夫的忘情闲逸才是本质。暖风熏得游人醉，光复中原这种大事，皇帝们都不太愿意去干，我们为什么硬要干呢？！

伍

张镃和文友交往，许多都有长长的故事。

这里简单说一说他与陆游和杨万里的交集。

陆游长张镃二十八岁，老师辈，陆老师也确实如老师那样对待小张。陆游八十几年的生活经历中，在京城的日子，其实不算多，但就是这样短的日子里，他仍然结交了不少朋友，张镃就是其中的一位。

《剑南诗稿》卷二十四《和张功父见寄》诗：

> 举世何人念此翁，敢期相问寂寥中。
> 回思旧社惊年往，细读来书恨纸穷。
> 我用荷锄为事业，君将高枕市神通。
> 叮宁一语宜深听，信笔题诗勿太工。

小张虽年轻，但陆大诗人，还是很看重与小张的友情的，他读张的来信，都嫌他写得短，读了又读。他又谆谆教导小张写诗，写诗不要太拘泥呀，要放得开，这句话你尤其要听进去！

其实，小张的文学悟性还挺高，他一直在不断努力创新，特别是杨万里的"活法"作诗主张，他已经深深有所体会。

这就要先说杨万里的"诚斋体"了。

杭州诗人袁枚的眼光很挑剔，一是他自己会写诗，而且写得好；二是他也是诗选刊的主编，经常要编选评价别人的诗。

《随园诗话》卷一，这样评价杨万里：

> 杨诚斋曰："从来天份低拙之人，好谈格调，而不解风趣。何也？格调是空架子，有腔口易描；风趣专写性灵，非天才不办。"余深爱其言。

要让同道中人佩服，也不是件容易的事。

杨万里一生写有四千多首诗，他喜欢写诗，并且时时创新。创新的一大特点，就是亲近自然，诗写得活，有浓厚的生活气息。

苏轼写过《饮湖上初晴后雨》后，许多文人都吓傻了，不敢对西湖下手，怎么写，也到达不了"淡妆浓抹总相宜"的境界，可杨万里不怕，他有《晓出净慈寺送林子方》："接天莲叶无穷碧，映日荷花别样红"，又成写西湖的千古绝唱。

诗完全写实，但意境全新。笔记中说杨万里在外出的时候，基本不坐轿，他骑马，拉着马的缰绳，边走边看，从容得很。如此用心，湖光山色，能跑得出他的法眼吗？"肩舆岂不稳？万象非我有。呼童唤马来，湖山落吾手。"看看，这就是杨万里的活水源头。所以，杨万里"诚斋体"的精髓就是"活法"，写作讲究"生擒活捉"。

这样的文学大神，张镃绝对跪地膜拜。他感叹："愿得诚斋句，铭心只旧尝。一朝三昧手，五字百般香。弦绝今何苦，衣传拟自强。"

张镃的《南湖集》一编完，立即送给杨老师看，要求指点，并请老师作序。因此，有人说，张镃的悟性高，他很早就发现了杨老师诗的突出特点，并以此为榜样，刻苦学习。终于，他的诗，也挤进了南宋名诗人行列，这和他的财富，他家祖宗的权势，一点关系也没有，他凭的是自己的诗才。

作家方回，生活在宋元之交，他的《桐江续集》卷八，有对南宋诗人的评价，我认为还是比较中肯的：

乾淳以来称尤（袤）、杨（万里）、范（成大）、陆（游），而萧千岩东夫、姜梅山邦杰、张南湖功父亦相伯仲。梁溪之槁淡细润，诚斋之飞动驰掷，石湖之典雅标致，放翁之豪荡丰腴，各擅一长。千岩格高而意苦，梅山律熟而语新。南湖生于绍兴癸酉，循忠烈王之曾孙，近得其《前集》二十五卷，三千余首，嘉定庚午自序，盖所谓得"活法"于诚斋者。生长于富贵之门，辇毂之下，而诗不尚丽，亦不务工，洪景卢（洪迈）谓功父深目而癯，予谓其诗亦犹其为人也。

张镃虽不在南宋四大家的第一方阵里，但绝对也是名家，他的三千余首诗，深得"诚斋体"真谛，鹤立鸡群，如他的长相，凹眼，瘦高，完全没有富家子弟大腹便便的征候。

陆

水星阁。

这是杭州城中一个比较著名的小区名，这一块的范围，也属张镪的南湖园。我的工作单位杭州日报报业集团，就在水星阁边上，一直到写这篇文章时，我才算有点弄清楚，普通的一个地名，居然这么有历史，但张镪这个家族，他心爱的南湖园，现在似乎只剩下"水星阁"这个地名了。

世界上没有永恒的辉煌。

张镪的南湖园林，自然也随着历史滚滚向前的车轮，被碾碎成各种遗迹，唯有张寺，也叫广寿慧云禅寺，几百年来一直毁毁建建。至明万历年间，浙江布政使吴用先，索性在修建原寺的基础上，又建了个"张公祠"，显然，这是为了纪念张镪的。杭州自南宋建都以来，因人口众多，民居密集，火灾不断，吴用先们又修了个阁，水星阁，六角三层，七丈八尺高，水嘛，用来镇火。

现在的水星阁，只是一个小区名，已经和原来的寺阁无关，不过，它仍然能让我们与张镪联系起来。

水星阁往南，就是田家桥，浙江日报大院一带，姜青青很确定地告诉我，浙报大院内，还有南宋留下来的沟渠。我相信的，杭州作为南宋的皇城，虽然只有一百五十多年的历史，但皇城本来就不大，现在好多地方，都留有南宋的遗迹，我每天开车经过的大关桥，就是南宋在运河上的海关旧址。

白洋湖不断被侵蚀，就变成白洋池了。不过，池的规模仍然不小，周回三四里。湖的西岸，据《咸淳临安志》卷三八《池》所载"白洋池，在梅家桥东"，则大致在今杭州高级中学一带。

杭高边上，有一个公交站牌，梅登高桥。以前我住报社七甲院宿舍时，上班经常坐到这个站下车，我什么也没有多想，以为在上塘高架桥旁，所以叫高桥了。现在看起来，这个地方，至少有八百多年的历史了，梅家桥，它连接着张镪的闲逸和文情。

我现在的办公室，杭报老大楼的十七楼靠南，窗口望过去，就是杭州高级中学的操场，学生在操场上跑来跑去，身影清晰可见，学校广播体操、眼保健操的喇叭声，听得一清二楚。有时站在窗口，直直地望去，眼前忽然会幻化出一片大湖，湖边芦苇摇曳，湖上小舟鱼游，那张镃，是不是也和文友惬意地坐在船上呢？极有可能。按张大诗人的性情，他一定会驾着扁舟，在白洋池上晃悠，看花赏梅，是他寄情山水的好方式。

柒

张镃的后半段政治生涯，并不顺利，甚至可以说是很糟糕。他介入了一件事，一件似乎该介入又不该介入的政治事件，这就是谋杀韩侂胄。

叶绍翁的《四朝闻见录》，周密的《齐东野语》《癸辛杂识》，都有相应的记载。

看《癸辛杂识》后集《韩平原之败》：

> 韩平原被诛之夕，乃其宠姬四夫人诞辰，张功甫移庖大燕，至五更方散，大醉几不可起。干办府事周筠以片纸入投云："闻外间有警，不佳，乞关阁门免朝。"韩怒曰："谁敢如此！"至再三，皆不从。乃盥栉，取瑞香番罗衣一袭衣之，登车而往。旋即殿司军已围绕府第矣。是夕所用御前乐部伶官皆闭置于内，饥饿三日始放去。

从个人关系看，张显然和韩走得很近，韩姨太太生日，张主动请客，韩也高兴，喝得非常尽兴。韩的下属，警惕性还是比较高的，知道了危险，提醒韩，不要去上朝了，但自高自大的韩，根本听不进劝告，一人之下，万人之上，谁敢弄我韩大人啊！

从整个情节看，张镃应该是主动设局者，诛韩有功劳。事实上，韩被杀后，张镃随后就升了官，司农少卿。

但不久，张镃就受到史弥远的猜忌和排挤，一直被打击，甚至革职除名，发配象州（今广西来宾）劳动改造二十四年，最终死在了那里。

我的猜测是，在象州的二十多年时间里，张镃应该是在美好想象中过的日子，南湖，北园，玉照堂，那些梅花，那些红莲，那些修竹，南湖中所有的景物，都是他的精神支柱，每时每刻，他都沉浸在花开花落的诗文中。

不过，张镃绝对不会想到，他的曾祖张俊，有一天，会被强行拉到岳飞像前跪着，和那秦桧一样，永远不能站起来。

也许，这就是命运，让人唏嘘不已的历史命运。

南宋狭窄而富裕的时空里，诗人张镃和他的南湖，都是一个省略不去的标点。

粥的故事

一粥一饭，当思来之不易。粥在前，饭在后，历代笔记中，关于粥，有许多记载，录得数则，有趣味，有思考。

粥，在中国古代，已经种类繁多。

宋代官修的《圣济总录》就录有一百一十三种粥。吴自牧《梦粱录》记载：冬天卖五味肉粥、七宝素粥；夏月卖义粥、豆子粥。

清代著名诗人兼美食家袁枚，在《随园食谱》里，将粥定义为：见水不见米，非粥也；见米不见水，非粥也。必使水米融洽，柔腻如一，而后谓之粥。

清代作家陆以湉的笔记《冷庐杂识》卷一中，说钱塘有个太史张衔，品学兼优，做官后，从不和同道来往，日常生计出现问题，也处之泰然。他曾有一联题于堂上："相对半床书，冀渐臻圣域；但啜一瓯粥，誓不入公门。"为了坚守自己的理想，不同流合污，即便只喝一罐粥，也自得其乐！

壹

北宋僧人惠洪的笔记《冷斋夜话》卷四《梦中作诗》写到了粥，粥后做梦，梦中作诗。崇宁元年，元旦这一天，无所事事，新年开始，总得有些新想法，新安排。喝下一碗粥，不过瘾，再盛一浅碗，直到肚子胀胀。靠床，略坐，沉思，昏昏欲睡，索性倒头躺下。

梦中作一诗，醒来还很清晰，立即写下来：

无赖东风试怒号，共乘一叶傲惊涛。不知两岸人皆愕，但觉中流笑语高。

　　说实话，这诗不怎么样，第一句就抄老杜的：八月秋高风怒号。是不是矛盾呢？我们在船上，风急浪大，危险得很，两岸的人看我们也着急，会不会翻船啊？但是，船上的人呢，却若无其事，还谈笑自如呢！

　　奇巧的是，梦中诗还真有现实来印证。惠洪接着写道：

　　三月七日，我和莹中（陈瓘），一起渡湘江。

　　这一天，风极大，很多船都停开了，但是，老陈一定要去道林住夜，好说歹说，给了平时加倍的钱，船家才同意开船，但嘴里嘀咕：安全问题，你们自己负责噢。老陈笑嘻嘻：没事没事，我等都是有福之人。

　　滔滔湘江，一叶小舟哪经得起风浪，小船在湘江抛上抛下，惊心动魄，两岸的人聚在一起指指点点，胆小的人吓得尖叫，老陈呢，却在船中哈哈大笑，谈笑自如，一点也不害怕。

　　我脑子也乱哄哄的，迅速整理了头绪，和陈莹中讲了梦里的诗。

　　陈大声说：这段故事，三十年后，文坛一定会大量传播的！

　　作者惠洪和尚，也是命运多舛，幼年父母双亡，他才出家为僧。他虽出家，但文化修养极高，写得一手好诗，和黄庭坚等著名文人关系都极好，也就是说，他也是混在文学圈子里的。因为这些关系，他受到过牵连，流放海南崖州，也因事被诬入狱。

　　梦中作诗，在古代笔记中，比比皆是。正所谓，日有所思，夜有所梦，好诗，都是一字一字抠出来的，做梦都想诗。

贰

陆游在《老学庵笔记》卷二里，引用护圣杨老的两个生活小技巧，很有意思。

一个是写被子的：被当令正方，则或坐或睡，更不须觅被头。

一个是喝粥的：平旦粥后就枕，粥在腹中，暖而宜睡，天下第一乐也。

正方形的被子，不用找被头，困意上来，扯过盖上就是。这个不多说，好玩的是喝粥。

早上喝粥后，肚子里暖乎乎，一碗？两碗？不太清楚，不过，一定喝得饱饱的。是白米粥、绿豆粥，还是八宝粥？粥材料也没有细说，如果是正常的早餐，那么，十有八九是白粥。

粥喝完后，拖枕，躺倒，再睡上一个回笼觉，那感觉，天下还有比这更快乐的事吗？这个过程，是不是也要酝酿下呢？随便拿本书过来，《论语》，《诗经》，还是什么八卦传奇，没有关系，只是一个仪式而已，粥在肚中，书在手中，在书的怀抱里，脸上浮着刚升起不久的阳光，沉沉睡去。

不过，乐不乐，其实是心境，被子的形状，暖乎乎的粥，只是心境的表达方式。

心态平和，心无旁骛，满足于当下，即便喝粥，也能喝出天下第一快乐的事。

看陆游的《食粥诗》：

世人个个学长年，不悟长年在眼前。我得宛丘平易法，只将食粥致神仙。

陆游将食粥，提到了神仙的高度。

接下来，必须说到睡觉，似乎粥后不睡觉，就没有学会喝粥。

叁

不管睡眠有没有方子，人们都在孜孜以求。有诗为证：花竹幽窗午梦长，此中与世暂相忘。华山处士如容见，不觅仙方觅睡方。

南宋作家周密，在他的笔记《齐东野语》卷十六《睡》中，提供了三个方子：

1.《遗教经》有这样的睡眠方子：烦恼毒蛇，睡在汝心。睡蛇既出，乃可安眠。

2. 西山蔡季通有睡诀这样说：睡侧而屈，觉正而伸，早晚以时。先睡心，后睡眼。

3.《千金方》也有"睡心""睡眼"之语。

睡不好就会彻底崩溃，古今同理。所以，好的睡方堪比仙方。

失眠就像毒蛇，它在不断噬咬着你的心，翻来覆去，也像沙滩上的鱼。但《遗教经》只是比方，并没有真正的睡方，它只是笼统地说，要睡心，心安了，眼自然可眠。

现代医学表明，睡不好，既是生理问题，也是心理问题。

所以，三个方子，都强调"睡心"，这应该是抓住了睡眠问题的本质所在。

要想"睡心"，话题太大太深也太长，但简而言之，如能做到将物看轻，放下，舍得，不做亏心事，基本就成功了。还要再加一条：喝粥。

所以，世上并没有真正的睡眠方子，睡眠方子就在自己的心里。那些药物，那些良言，最多也只是改善而已。

东坡有一帖这样说：夜坐饥甚，吴子野劝食白粥，说能推陈致新，利膈（胸、腹两腔的薄肌）养胃，僧家五更食粥，实在是养生的好方法。粥既快又美，粥后一觉，尤不可说，尤不可说！

为什么不可说？是因为喝下热乎乎的粥，倒头便睡了，且美梦连篇，一觉自然睡，妙不可言，妙不可言啊！诗云：粥后复就枕，梦中还在家。

又一个问题来了。

古人喜欢喝粥，这似乎和经济能力没有正比的关系，也就是说，米饭吃不起，只能喝粥，这只是相对而言，许多人是吃得起饭的，他喝粥，是一种养生。

如果日子不好过，喝粥是首选。喝粥省钱，这毫无疑问。

肆

清代褚人获的笔记《坚瓠集》丙集卷三引《煮粥诗》：

> 煮饭何如煮粥强，好同儿女熟商量。一升可作二升用，两日堪为六日粮。有客只须添水火，无钱不必问羹汤。莫言淡薄少滋味，淡薄之中滋味长。

上诗淡而有味，却明白告诉我们，煮粥是节粮的好办法。

明人何良俊的笔记《四友斋丛说》卷三十四，就讲了困顿时的苏轼。

苏轼刚刚被贬黄州，薪俸就断了，吃的都供应不上，但家中人口不少，私下里就很担忧，只有节俭再节俭了。自己规定，每天用的钱不能超一百五十文。每月初，取四千五百钱，分为三十包，挂在屋梁上。每天早上用画叉挑下一包，就将画叉藏好。没用完的钱，用另外的大竹筒装好，用来接待客人。

苏轼是因"乌台诗案"被贬黄州。这五年，有点难熬。

这封给秦太虚的信，写得有点凄凉。弟弟女儿去世，老奶妈去世，家中一堂兄去世，自己身体又有病，年纪也大了，一被贬，什么都不如意。

但毕竟是心胸豁达的诗人，他看得开，他刚刚写完这个节俭计划，就说了些开心的事：

我住处的对岸就是武昌，山水美妙。有位老家在蜀地的王生住在城里，我过江后常因为风涛阻隔，王生就为我杀鸡煮饭，一连几天都不厌烦。又有一位潘生，在樊口开酒店，可以划船直接到他店旁，虽是乡村土酒，也是味醇汁酽。

这些事都难不倒他。他还有粥呢！

通过自己的劳动，他将东坡的生地变成了熟地，虽然皮肤黑了，身体瘦了，但意志更加得到了磨炼，因为"东坡"那块地，他还成了永远的"东坡居士"。

在黄州，除了《念奴娇·赤壁怀古》《赤壁赋》等名作，自然，我们也忘不了他的《猪头颂》：

> 净洗铛，少著水，柴头罨烟焰不起。待他自熟莫催他，火候足时他自美。黄州好猪肉，价贱如泥土。贵者不肯吃，贫者不解煮。早晨起来打两碗，饱得自家君莫管。

不会计划永远受穷，人生也需要计划，否则便没有伟大的文学家了。

其实，苏轼和范仲淹比，境遇仍然好了不少。

范仲淹年轻时读书，生活拮据，每天晚上用糙米煮一盆稀饭，第二天早上，将凝结冻后的粥，划成四块，早上吃两块，晚上吃两块。没有菜，就弄一些腌菜下饭，不，下粥。这样划粥吃块的日子，持续了整整三年。

范仲淹曾经在《齑赋》中这样描写当时的艰苦日子：

陶家瓮内，腌成碧绿青黄；措大口中，嚼出宫商角徵。

嚼得菜根，则百事可为，三年划粥吃块，有多少人能坚持？范仲淹坚持下来了，他几乎很少时间想钱，这有什么好想的，钱少，米缺，那不可以喝粥吗？果然，范仲淹成了一代栋梁。

伍

接下来，要赞扬一下"第一清官鱼公"。

清代王应奎的笔记《柳南随笔》卷三，写到了作者的同乡清官鱼侃。这鱼公，清廉不比包公差。他从开封太守位置上退休回乡，随身只带一竹箱子，里面存银子八两。家乡学堂里，宣圣像前，刚好缺香炉、花瓶，他就用那银子帮助补齐。

王作家说，鱼公捐助的炉和瓶，现在都还在。

王作家继续描写清官鱼公：

他家里没有仆人，没有小妾，吃的都成问题，常常供应不上，家人很不高兴。他偶感风寒，每天睡在一张小床上，起居也没人照顾。他的床上挂着两根绳子，每到饭点，夫人会捧一碗麦粥到床前，一定这样叫他：清官，麦粥来了。此时，鱼公拉着绳子，勉强坐起，喝完粥，再捏着绳子慢慢睡下。

鱼公死的时候，身上只穿着一件葛布做的夏衣。家里人竟用这件葛衣将其草草下葬。他的墓在北山的报慈里。

崇祯丙子年，直指使路公振视察我们乡，去拜祭了鱼公的墓，并为他立了石碑，上写：第一清官鱼公墓。

"清官，麦粥来了。"看到这里，我百味涌心。鱼夫人的不高兴，已经不光光写在脸上了，也表现在行动中：我们大家都跟着你受累，基本生活都得不到保障，这过的是什么日子呀！

让人难过的是，一个病了的清廉官员，且官位还不小，退休后却请不起仆人，吃的都供应不上，要靠拉着绳子才能起身，喝粥度日。

幸好，后人还记得他。

不过，正是这碗麦粥，才有力地撑起了鱼公挺直的脊梁。

陆

宋代费衮《梁溪漫志》卷九中，有一篇《张文潜粥记》，讲到作为一种食疗的粥，非常有利于脏腑：

> 张安道每晨起，食粥一大碗。空腹胃虚，谷气便作，所补不细。又极柔腻，与脏腑相得，最为饮食之良。妙齐和尚说，山中僧将旦一粥，甚系利害，如或不食，则终日觉脏腑燥渴。盖能畅胃气，生津液也。今劝人每日食粥，以为养生之要，必大笑。大抵养性命，求安乐，亦无深远难知之事，正在

寝食之间耳。

有读者读了，一定会笑张文潜的说法。但是，费衮说，他看《史记》，阳虚侯赵章生病，太苍公给他诊脉，预测五日死，结果赵章十日才死。为什么多活了五天？就是因为赵章很喜欢喝粥，吃谷物，身子骨打下了一定的基础，身子骨有基础，就能多挺一些日子。

褚人获的笔记《坚瓠集》丙集卷四，有《神仙粥》，就介绍了一则粥方。

神仙粥专治感冒、风寒、暑湿、头疼、骨痛并四时疫气流行等症。初得病两三日，服此粥即可解除病状。用糯米半合，生姜五大片，河水二碗，放砂锅内煮滚，然后将带须大葱白五七个放入，煮至米熟，再加米醋小半盏入内和匀，趁热吃粥，或只吃粥汤，再到无风处睡，以身体微微出汗为好。打个比方，这是用糯米补养为君，姜葱发散为臣，一补一散，而又以酸醋敛之，屡用屡验。

这个方子，现代人也在用，更简单了：一把糯米煮成粥，七个葱白七片姜，煮熟兑入半杯醋，伤风感冒保安康。

当然，医学角度的养生粥，不胜枚举，这里抄录两则元人的食疗粥方。

羊骨粥

原料：羊骨一副，全者槌碎，陈皮二钱去白，良姜二钱，草果二个，生姜一两，盐少许。

制法：用水三斗，慢火熬成汁，滤出澄清，加米作粥，主治虚劳腰膝无力。

酸枣粥

原料：酸枣仁、米。

制法：用水绞取枣仁汁，下米三合煮粥，空腹食用。主治虚劳心烦不得睡卧。

陆游有诗云："今朝佛粥更相馈，反觉江村节物新。"这里的"佛粥"，就是腊八粥。这个粥，自宋代以来已经非常盛行，那几乎是全民的节日。

庄绰《鸡肋编》载：宁州腊月八日，人家竞作白粥，于上以柿栗之类，染以众色，为花鸟象，更相送遗。

范成大《口数粥行》诗说：家家腊月二十五，淅米如珠和豆煮。大杓辖铕分口数，疫鬼闻香走无处。

杭州灵隐寺，每到腊八，都会精心准备，红枣、莲子、核桃、栗子、杏仁、桂圆、葡萄、白果、菱角、红豆、花生，等等，熬制数千上万碗的八宝粥，分发给民众。

杭州人说，吃了腊八粥，来年百事顺。

我们单位食堂，每逢腊八，莲子桂圆粥免费，不知道是不是灵隐寺运来的，我从来没问过。

柒

用粥救济，自古有之。

北齐文学家颜之推的《颜氏家训·治家》中，就赞赏过读书人裴子野，用粥做善事：

> 裴子野有疏亲故属饥寒不能自济者，皆收养之；家素清贫，时逢水旱，二石米为薄粥，仅得遍焉，躬自同之，常无厌色。

二石米的薄粥，可以吃好多天，可以救好多人，即便是他的亲朋好友。灾荒年景，如果有能力的富户都这样施粥，那么，大多数人一定可以平安渡过艰难。

有一年，郑板桥给弟弟写了封信，信中要求他：十冬腊月，凡乞讨者登门，务饷以热粥，并佐以腌姜。

寒冷腊月，北风凌厉，乞丐能讨得一碗热粥，且还有下粥菜——腌过的、略带酸甜能让人暖胃的生姜，那真是等于救人一命。

粥能有这么多的好处，历代各级政府，自然会将它变为救助行动的主要载体。

清代陆以湉的笔记《冷庐杂识》卷三有《担粥》：

> 担粥法，始于明季嘉善陈龙正，简而易举。道光癸巳，林文忠公抚吴，冬荐饥，仿行此法，雇人挑赴各城，以济老弱贫病，活人无算。

明末灾荒连连，陈龙正不愿意在官场混，回到家乡，乐善好施，他大力倡行的同善会，成为风行全国的乡村社会团体。担粥法就是其中一种方法，这种方法，因地因时制宜：

> 故于极荒之岁，特设粥担，以待流移，若反舍土著，则倒行甚矣。

我们常见饥馁场景，冻僵冻死，四肢直，救援的办法是先温暖其身，然后，用热水喂，再用清粥慢慢喂，人差不多就可活过来了。

但，粥也不是万能的，夏天，没有几个钟头就要坏馊，因此，他又提出：四月后，天炎不可用粥，倘民饥方甚，奈何？近复得一法，不拘栖米麦豆，磨粉为蒸饼汤圆之类，照散粥法分给，甚便。

有了先例，碰到灾荒，政府官员首先想到这个方法，简便有效。老弱贫病，靠一碗粥，活下来的无数。

捌

小时候，妈妈做饭的原则是，忙时干，闲时稀，几乎家家都这样，这是中国农村流传了上千年的传统，食物的匮乏，历来是个大问题。

不过，这样的粥，基本只存在于文学作品中："薄粥稀稀碗底沉，鼻风吹起浪千层。有时一粒浮汤面，野渡无人舟自横。"这不应该叫粥，或者可叫米汤。

富贵人家喝粥，更多的是养生，比如燕窝粥，那靡费的程度，其实不是我这个概念的粥，完全是两回事。

读到这里，你一定明白，我说的粥，说古人笔记中关于粥的一些趣事，其实包含着诸多的无奈和复杂，这个粥，已经掺有许多社会原料和时代原料，不仅仅是单纯的白粥了。

朱元璋的子孙们

壹

明代作家郑晓的笔记《今言类编》，大量记载了明代洪武到嘉靖年间的政治、军事、经济等事，许多有非常具体的数据。

我看这些数据，着重从皇室和政府人员及国家的负担角度分析，一个朝代是怎么被这些压得喘不过气来的。

洪武八年初，皇帝下令规定，亲王，每年给俸禄五万石，锦绮盐茶万计。到二十年，停止供应锦绮盐茶。二十八年，亲王的岁俸改为万石。

即便这样减，到了嘉靖八年夏五月，有一个数据还是吓倒人：

宗室载属籍者八千二百零三人，亲王三十位，郡王二百零三位，世子五位，长子四十一位，镇国将军四百三十八位，辅国将军一千零七十位，奉国将军一千一百二十七位，镇国中尉三百二十七位，辅国中尉一百零八位，奉国中尉二百八十位，未名封四千三百位，庶人二百七十五名。

朱元璋这个放牛娃，儿女众多。

他有二十六个儿子：懿文太子、秦愍王、晋恭王、成祖、周定王、楚昭王、齐庶人、潭王、赵王、鲁荒王、蜀献王、湘献王、代简王、肃庄王、辽简王、庆靖王、宁献王、岷庄王、谷庶人、韩宪王、潘简王、安惠王、唐定王、郢靖王、伊厉王、皇子楠。

还有十六个女儿：临安公主、宁国公主、崇宁公主、安庆公主、汝宁公主、怀庆公主、大名公主、福清公主、寿春公主、十公主、南康公主、永嘉公主、十三公主、含山公主、汝阳公主、宝庆公主。（其中十公主和十三公主早薨，没有封号。）

这样繁衍下去，你懂的。

不要被朱元璋吓着，史上有远远比他强的呢，西汉中山靖王刘胜，就是那个汉武帝刘彻的异母兄，只是诸侯王呢，他生了一百二十多个儿子。刘胜喜好酒色，他认为诸侯王嘛，就不要给皇兄皇弟添乱了，听听音乐，喝喝美酒，泡泡美女，这才是正道。

一句话，大明王朝就是他们朱家开的，自然要有这么多的爵位了，而和爵位相对应的是俸禄，一个亲王就是万石。侯也是不得了的事，要什么有什么！

皇家分封不断，就如过年过节，随便赏一下，就是一个县一个州。

贰

尽管如此丰厚，这些子孙还不满足，常常要求增加。

弘治二年，徽王打报告要求，将钧州升格为府。他要求，割汝州、郏县、鲁山、宝丰、商州、许州、襄城、长葛、临颍、郾城、钧州、密县、新郑，改变这些地方的隶属关系，归他管理。他的理由是，这些地方，经济凋敝，他有能力将其建设好。

皇帝略加思考，就批准了这个请求。至于徽王真的治理得如何，只有天晓得，肥肉咬进嘴再说。

你以为就这些皇亲需要费用啊，远远不止！还有国戚，扯来扯去，绕来绕去，皇亲国戚，就如藤蔓相连，扯不断，理还乱。

整个国家，还有着庞大的政府机构：

正德年间，亲王三十位，郡王二百十五位，将军、中尉二千七百位，文官二万四百，武官十万。卫所七百七十二，旗军八十九万六千。廪膳生员三万五千八百，吏五万五千。其禄俸粮约数千万。天下夏秋税粮大约二千六百六十八万四千石，出多入少，故王府久缺禄米，卫所缺月粮，各边缺军饷，各省缺俸廪。

面对国家如此沉重的负担，文达公李贤，忧心如焚，向英宗报告：军官有增无减，且天地间万物有长必有消，如人只生不死，无处着矣。自古有军功者，虽金书铁券，誓以永存，然其子孙不一再传而犯法，即除其国。或能立功，又与其爵。岂有累犯罪恶而革其爵？今若因循久远，天下官多军少，民供其俸，必至困穷，而邦本亏矣，不可不深虑啊！

英宗听了后，若有所思：你说的这个事，确实很让人担心，但改革嘛，总要慢慢来吧，心急吃不了热豆腐。

副都御史吴讷，更提供了令人心酸的细节：洪武间，京官俸是全支的，后因各项工程开工，大家都减了工资，以后就成为惯例了。近来，一些小官，连家都不能赡养，如广西道御史刘准，由进士授官，月支俸米一石五斗，不能养其母妻子女，他家向御史王裕、刑部主事廖谟等人借俸米已三十余石。去年，刘准病死，竟还不了米债。所以，我请求，适当增加基层官员的工资。

还有呢，还有不少人在吃着国家的皇粮国税。

马文升提供的一份数据让人哭笑不得：国制，僧、道府各不过四十人，州三十人，县二十人，今天下百四十七府，二百七十七州，千一百四十五县，额该僧三万七千九十余人。成化十二年，度僧十万。成化二十二年，度僧二十万。以前所度僧、道，又不下二十万人，统共应该五十余万人。以一僧一道一年吃米六石计，该米需要二百六十余万石，足够京师一年的费用。况且，他们不耕不织，还不服赋役。更有不少人，没有经过批准，私自剃度而隐于寺观的。现在的寺和观，天下遍设，从京师到地方，僧道们需要大量的费用。根据现状，我建议，对僧道寺观，严加禁约！

叁

皇帝是当家人，他未必不懂，他也在进行改革：

嘉靖初年，锦衣旗校裁员三万一千八百余人，每年省下粮数十万石，裁掉冗官冗兵四万多人，每年省下一百六十八万石。

但是，小改小革，和沉重的负担相比，解决不了根本问题。看看，成化年间的漕运船，有一万二千一百四十三只，管理这方面的官兵却有十二万之多。不管如何，一张嘴总要满足的，饭都吃不饱，还谈什么大王朝！

宗室内部，王与王之间，这一个和那一个，经常内斗，你告我，我告你，一不小心，就会降职降薪，严重的，还要降为庶人，看名单也不少，这些都是窝里斗的结果。

想造反的也不是极个别，成者王，败者寇，都是皇帝的子孙，凭什么你能做，我不能做？有资格上位的，往往能力不行，没资格上位的，就要"王侯将相宁有种乎"了。

朱棣打侄儿建文帝，长期准备，胸有成竹。大侄子其实水平还是不错的，一上来就一通改革，且军事也是有所准备，他防着这个能干的叔呢：江阴侯吴高兵十万，屯辽东；都督宋忠兵十万，屯怀来；都督徐凯兵十万，屯河间。而张昺、谢贵在北平城中。长兴侯耿炳文又统兵三十万，至真定。但是，朱棣起兵后，如洪水猛兽，势如破竹，侄儿挡不住，这也许是天意了！

唉，要怪，就怪这个体制，嫡长子传位！

自古以来的这个传位法，其实弊端不少，嫡长子就一定能保证做皇帝的水平吗？乾隆皇帝就对朱元璋批评过，要是直接传给朱棣，那就没"靖难之役"，国家可以安定，百姓可以安居，而不用吃四年的苦头了。乾隆于是自豪：咱大清朝多好，秘密储君，谁优秀谁上，不到临终那一刻，谁也不知道，瞎猜没有用。但从大清朝传位的结果看，其实也好不到哪里去，人毕竟不是圣贤，皇帝单单出你家啊，你家只能保证，这个儿子比那个儿子稍微好些而已，但不能保证他是天下最优秀的领导者。谁家都不能保证，只有体制能保证。

正德十四年六月，宁王朱宸濠又反了，也是惊天动地。

所以，无论哪一个上位，都极力想保住自己的龙位。

肆

宣德三年，皇帝在武英殿和官员讨论历代户口的盛和衰。

所有的皇帝自然喜欢户盛了，户盛，就是老百姓多，百姓多，税就多，国就富嘛，道理很简单。官员的专业性极高，他们提供的数据相当有力。

前面的朝代太远，就不细说了，单说汉朝给您听。

从汉高祖到文、景帝，民数大增。武帝征伐不息，十数年间，民数减半。昭帝罢兵务农，至成帝初，户口极盛。东汉承王莽后，老百姓锐减至十才二三。明、章两帝，天下无事，人口滋殖。三国、六朝疆宇分裂，所存无几。

皇帝是明白人，听完后立即总结道：户口盛衰，足见国家治忽。盛的原因就是休养生息，衰的原因不外土木兵戈。

所以，他就时刻要注意这个盛衰，事关他的王国。

宣德五年十二月，浙江巡抚成钧报告：海盐县有海塘二千四百余丈，这是用来防台护田护家的，但因风潮冲激，有一千一百余丈已塌。海盐县有关部门经常修理，但是，这些石嵌土岸，经不起大浪冲击。现在，我的想法是，在旧海塘里面，再修一条内塘，全部用石头砌建，可保永久。我还希望，嘉兴、湖州、严州、绍兴等府，也一起支援我们，共同建设好这条海塘。

皇帝一想，大事啊，马上批准。

宣德九年，德胜门外有个西教场，皇帝想移到西直门，他命令都督武兴，做一个可行性计划。武兴率人考察研究了一番，报告说可以移，但要拆迁三十六户老百姓的住房。后来又报告，有一块地也比较合适，可老百姓都种着麦苗，还有桑树枣树等果树，以及一些古墓，这些都需要一一推掉。又说，白云观旁边，也有一块地比较好，但老百姓都种着蔬菜，这是京城的重要菜篮子工程基地。皇帝听完这些可行性报告，觉得都不可行，下令，不要去扰民了，移教场这件事，就这样放弃。

伍

没有永远的王朝。

尽管朱由检很努力，六下罪己诏，当李自成的大军攻破北京城时，朱由检还是绝望地在煤山自缢了，别无他路。

朱家王朝，只是中国历史上众多王朝中的一个，他的子孙们，也只是众多王子王孙的一个缩影而已。

生于忧患，死于安乐。

两千三百年来，孟子的话，似乎已成铁律。

采薇（代后记）

伯夷和叔齐最近出走了。他们的出走不是因为他们不要做孤竹国的继承人，说实话，做继承人的感觉还是蛮不错的。他们出走是因为一个国际赛事，一个在他们看来是很俗很俗的事。

这就是第十九届"天下蹴鞠大赛"。这次大赛是周朝在七十一个国家中选出的十六支队伍里进行比赛。据说看点不少，其中姬姓封国队中入围的强队最多，有虞国队，虢国队，鲁国队，管国队，蔡国队，卫国队，晋国队，吴国队，等等。权威人士分析指出，强队强的原因，一是他们的全民蹴鞠素质教育搞得比较好，大街小巷人人都玩这个；二是国家富裕，财政支持多，队员积极性高，能高薪聘请教练。

但伯夷和叔齐不喜欢这个，他们认为这种比赛充满了铜臭味，充满了争斗，这么多汉子为了一个蹴鞠踢来踢去，根本不能体现和平相处和谐相处的崇高精神。于是他们逃到了一个叫首阳山的地方，因为他们早就仰慕这个世外桃源了。

然而，初到首阳山，发生的两件事就令他们惊诧不已。

刚住进驿馆，打开房间，就发现好几份邸报放着。不看不知道，一看吓一跳：这个小小的首阳山，竟有四张甲骨报纸，而且，这些报纸都在做"天下蹴鞠大赛"同一个话题。A报的标题是：顶级派对，他们认为，七十一个国家选出的十六支强队，各队不断切磋技艺，一定会使水平大增，从而会将蹴鞠水平提高到一个新高度。B报的标题是：过鞠瘾，他们认为，蹴鞠事业是一项喜闻乐见的群众性体育运动，大赛期间，百姓天天像过节一样，不仅能强力拉动各国经济，还能促进各国人民的友好往来。C报的标题是：想入鞠鞠，主要是对大赛的预测，博彩版面众多。D报的标题是：黑与白，主要是从人种的角度、技术层面分析各国蹴鞠的优劣。看着这些报纸，他们很是伤感，你看你看，这场大赛简直让整个天下发了疯。

第二天，伯夷叔齐悄悄上街，还没走出驿馆大门，就被闻讯赶来的首阳报记者许由拦住了。许由大笑：你们两位有点像我一样不识时务啊，当初我不去做官，甚至不想听到做官这句话，甚至还到河边去洗了洗耳朵。这事整得动静挺大，全天下都知道了，我爸有个朋友就责问我，你既然不想做官，干吗弄那么大的声响？听说你们不满意"天下蹴鞠大赛"，跑到这里隐居。告诉你们，天下根本就没有隐居的地方，否则我就不会再吃这碗饭了。今天，我不仅要采访你们，还带来了好消息，滕国和蓟国有两家生产"蹴鞠"的实力一流的上市公司，想请你们做代言人，你们干不干？不想干，有很多人想干呢，他们找我做经纪人，是因为你们是高干子弟，有影响力，好好想想吧。

伯夷和叔齐商量着，既然暂时没有更好的去处，那我们就在首阳山先待着吧，看看情况再说。但是，我们一不做代言人，二不看有"天下蹴鞠大赛"消息的报纸，三呢，我们也不要首阳地方政府的资助。我们不相信，当今这个天下就没有一块不谈金钱的净土。

再怎么有骨气，饭还是要吃的。于是他们去首阳山里采薇。早就听说，这里的野生豌豆苗鲜嫩无比，营养丰富，久吃不仅能强身健体，还能延年益寿。走啊走，采啊采，开始几天，还能勉强填饱肚子，后来就很难采到薇了。有天，正当他们饥渴难忍的时候，来了位中年汉子，汉子和他们说，现在生态不好，野生薇早就不多了，在首阳山那边，我们建了个大型薇园，那里有我们人工培养的大片薇苗，你们不妨到那里采。

一路喘着粗气，伯夷叔齐到那个薇园一看，外面挂着个牌子："天下蹴鞠大赛"特约赞助单位。伯夷盯着叔齐说，看来我们是逃不过蹴鞠了，要不回国算了，大不了我们也去玩蹴鞠。

于是，伯夷和叔齐回国也办起了蹴鞠队。几年后，他们队就夺得了孤竹国甲级联赛冠军，并代表国家打进了第二十届"天下蹴鞠大赛"十六强。

于是，采薇的历史被彻底颠覆。

三个为什么：

1.为什么要用伯夷叔齐的故事来作后记？

2.为什么要杜撰他们办起了蹴鞠国家队？

3.为什么让伯夷叔齐复活呢？

答案就在你的阅读过程中，山水自见。

本次修订，增加《犹龙传奇》和《庚子食单》两篇，将《小鸟杀大蛇》移至《笔记中的动物》，部分篇目略有文字修改。

己亥春，笑记

庚子三月再版修改